AF279787

An einem kalten Februartag 2023 wird eine junge Frau aus der Ukraine erschossen. Sie arbeitete als Praktikantin im Andersen Nexø Museum. Ist der Grund in ihrem privaten Bereich zu suchen? Oder vielleicht im Drogengeschäft? Oder ist die Tat politisch motiviert? Es bleibt nicht das einzige Verbrechen dieser Art, und so kristallisiert sich schnell ein wahrscheinliches Motiv heraus.

Doch bevor die Ermittler Jan Kofoed, Ditte Holm und Christian Dam weitere Nachforschungen anstellen können, zeigen die Täter ihre wahren Absichten. Bornholm bebt, und die Auswirkungen reichen bis Kopenhagen. Jan Kofoed muss erkennen, dass er kaum jemandem mehr vertrauen kann. Fast auf sich allein gestellt, wählt er einen hochriskanten Weg, um die Lösung des Falles zu erzwingen.

Carl Harry Kirkeby betrat 1967 mit seinen Eltern und seiner Schwester erstmals Bornholm. Seitdem ist er fast jedes Jahr wieder dort gewesen und das zu allen Jahreszeiten. So ist die Insel zu seiner zweiten Heimat geworden. Er verfasste unter anderem Namen Reiseführer über Bornholm, Jütland, Kopenhagen und Dänemark. 2022 bekam er die Idee für eine Krimireihe auf Bornholm, deren vierter Band „Die 8 Tage von Olsker“ ist.

In seinem deutschen Leben arbeitet der gebürtige Lübecker Jan Scherping als Personalberater und Coach in Schwerin und veröffentlicht auf seiner Website u.a. regelmäßig Blogs zu seinem Berufsalltag.

www.nord-coach.de

Carl Harry Kirkeby

Die 8 Tage von Olsker

Jan Kofoeds vierter Fall auf Bornholm

Originalausgabe
Der Text wurde ohne KI erstellt.
Korrektorat: Ulla Thomsen, München
Verlag: BoD · Books on Demand GmbH, In de Tarpen 42,
22848 Norderstedt, bod@bod.de
Druck: Libri Plureos GmbH, Friedensallee 273,
22763 Hamburg

Bibliographische Information der Deutschen Nationalbibliothek: Die Deutsche Nationalbibliothek verzeichnet
diese Publikation in der Deutschen Nationalbibliogra-
phie; detaillierte bibliographische Daten sind im Internet
über dnb.dnb.de abrufbar.

ISBN: 978-3-7693-5071-5

Personenverzeichnis

Ermittler auf Bornholm

Christian Dam, jung, aufstrebend und ehrgeizig
Ditte Holm, studierte Psychologin und lieber vor Ort als am Schreibtisch
Jan Kofoed, erfolgreich und landesweit bekannt, für die letzten Dienstjahre wieder auf Bornholm tätig
Karen Rasmussen, Chefin der Bornholmer Polizei, verheiratet mit dem Bibliothekar Tom

Bornholmer (A-Z)

Ole Abrahamsen, nach dem Verkauf seiner Firma wohlhabender Rentner
Per Bjerg, IT-Millionär und zwielichtig
Pelle Bruun, Online-Händler von Bornholmer Delikatessen
Freyja und **Lennart Carlsen**, Ehepaar in Klemensker
Lærke Dam, Volksschullehrerin und verheiratet mit Christian
Lone Holm, Mitarbeiterin im Bauamt (Byg og Miljø) und mit Ditte verheiratet
Ida Ibsen, ehrgeizige und nicht nur beliebte Politikerin
Rune Kofoed, Sohn von Jan, lebt auf den Færøern
Tom Rasmussen, Bibliothekar und mit Karen verheiratet
Aksel Riis, Leiter der Bornholmer Bereitschaftspolizei
Karsten Schack, selbstständiger Garten- und Landschaftsbauer

Sonja Skovgaard, Witwe (Jens-Ole † 2018) und jetzt
Partnerin von Jan Kofoed

Dänen *(Festland)*
Mogens Mørch, Chef der *Rigspoliti* in Kopenhagen

Bornholmer Legenden der Befreiung 1658 *(A-Z)*
Povl Ancher, Pastor in Rutsker und Hasle
Villum Clausen, erschoss den schwedischen Statthal-
ter Printzenskjöld
Claus Kam, Bürgermeister in Rønne
Peder Olsen, Bürgermeister in Hasle
Hofrat Thienner, Hofmarschall

Organisationen

Aktionsstyrken

Aktionsstyrken (AKS) ist eine operative Spezialeinheit des Nachrichtendienstes PET. Sie bildet eine operative Antiterrorbereitschaft und unterstützt die Polizei bei besonders schwierigen oder gefährlichen Einsätzen. Das kann die Rettung von Geiseln sein, außerordentlich gefährliche Festnahmen sowie die Wahrnehmung von Aufgaben in der Terrorbekämpfung.

Bornholms Energi & Forsyning

Bornholms Energi & Forsyning (Beof) ist als Versorger verantwortlich für Strom, Wasser, Wärme und Abwasser. Das Unternehmen ist zu 100 % im Besitz der Bornholmer Kommune.

Det Bornholmske Hjemmeværn

Det Bornholmske Hjemmeværn (Bornholmer Heimatschutz) wird von wenigen Festangestellten und vielen Freiwilligen gebildet. Seine Aufgabe ist die Unterstützung der Polizei und der Zivilgesellschaft bei Bedarf. Dabei kann es sich z. B. um die Suche nach Verschwundenen handeln oder das Absperren eines Gebietes bei Feuer, Schneeräumung, Bombendrohung oder Ähnlichem.

Politiets Efterretningstjeneste

Die Aufgabe des nationalen Nachrichten- und Sicherheitsdienstes Politiets Efterretningstjeneste (PET) ist es, Bedrohungen von Freiheit, Demokratie und Sicherheit in Dänemark zu identifizieren, vorzubeugen, nachzuforschen und entgegenzutreten.

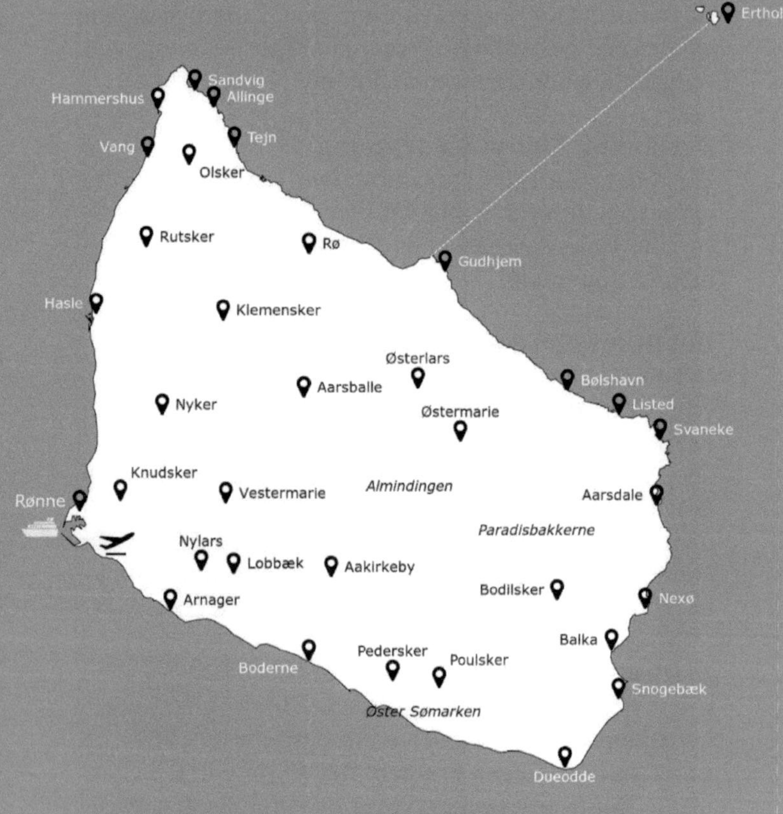

Ertholme
Hammershus
Sandvig
Allinge
Vang
Tejn
Olsker
Rutsker
Rø
Gudhjem
Hasle
Klemensker
Østerlars
Bølshavn
Aarsballe
Listed
Nyker
Østermarie
Svaneke
Knudsker
Almindingen
Vestermarie
Aarsdale
Rønne
Paradisbakkerne
Nylars
Lobbæk
Aakirkeby
Bodilsker
Nexø
Arnager
Balka
Boderne
Pedersker
Poulsker
Snogebæk
Øster Sømarken
Dueodde

Tag 1

<u>1</u>

Das dunkle Motorrad hielt in Nexø direkt vor der Martin Andersen Nexø Mindestue in der Ferskesøstræde. Der Sozius stieg ab, während der Fahrer den Motor laufen ließ. Es war ein ungemütlicher Tag im Februar, es nieselte ununterbrochen, der Wind war ziemlich heftig, und die Temperaturen waren noch immer sehr niedrig. Bis auf ein paar einzelne Autofahrer an der Kreuzung war um 13 Uhr weit und breit niemand zu sehen. Der Sozius behielt seinen Helm auf und ging strammen Schrittes in das kleine Museum zu Ehren des großen Schriftstellers. Die zierliche Frau mit dem schwarzen Pagenschnitt schaute auf und freute sich über den ersten Besucher heute. Gleich der erste Schuss traf sie in die Stirn. Der Mann ging in die Ausstellung, riss Bilder von der Wand und schubste Schaukästen um. Am Ausgang schenkte er der toten Frau noch einen verächtlichen Blick. Draußen schwang er sich auf das Motorrad, und der Fahrer gab Gas. Sie bogen rechts in die Straße 38 Richtung Aakirkeby ab.

Eine Stunde später betrat ein älteres Ehepaar aus Jütland das Museum. Nach wenigen Schritten sahen sie die tote Frau. Sie griffen nach einander, hielten sich fest, die Frau schrie, der Mann atmete schwer. Im Rückwärtsgang bewegten sie sich zum Ausgang. Wieder an der Straße zog der Mann sein Handy aus dem Wintermantel und rief die 112 an. In der Notrufzentrale nahm eine Frau die Standortmeldung und das Ereignis auf und versprach, umgehend einen Wagen zu schicken. Die Frau bat das Ehepaar, so lange vor dem

Haus zu bleiben. Die beiden waren allerdings von ihrem Hotel in Allinge mit dem Bus nach Nexø gekommen und hatten ihren Schirm im Bus liegen gelassen. So beschlossen sie, sich gegenüber bei der UnoX-Tankstelle unterzustellen. Da waren sie auch in sicherer Entfernung.

Die Bereitschaftspolizisten Berger und Knudsen, die beide in Nexø wohnten und deshalb vorzugsweise an der Ostküste im Einsatz waren, nahmen gerade einen Autounfall auf. Auf der Stichstraße hinunter nach Dueodde hatten sich zwei Wagen gestreift. Wie man das auf dieser übersichtlichen Strecke im Februar schaffte, wollte den beiden Polizisten nicht in den Kopf. Anscheinend hatte der Hyundai-Fahrer eher nach links und rechts geschaut, weil ja auf der Straße nichts los war. Zu spät hatte er den entgegenkommenden Dacia bemerkt.
Als der Anruf aus der Polizeizentrale in Rønne kam, mussten sie deshalb ablehnen. Was sie beide mächtig ärgerte, denn ein Mord war natürlich viel interessanter als ein paar Autoschrammen. Aber der Dacia-Fahrer bestand auf einer gründlichen Aufnahme.
So fuhren Sanne Kjøller und ihr Kollege Noah zu einer ersten Inspektion des Tatorts. Sie hatten gerade einen missglückten Einbruchsversuch in Aakirkeby aufgenommen. Ein Fenster war von außen durch ein Stemmeisen in Mitleidenschaft gezogen worden, ebenso die Eingangstür. Aber das Haus war hervorragend gesichert. Es gehörte einem älteren Ehepaar, das früher ein gut gehendes Textilgeschäft in Nexø besessen hatte. Vielleicht hatten die glücklosen Einbrecher hier wertvollen Schmuck oder Bargeld vermutet,

vielleicht war das Haus auch nur zufällig ausgewählt worden.

Nun rasten sie mit Höchstgeschwindigkeit die Straße 38 nach Nexø. Die 24-jährige Sanne war eine begeisterte Autofahrerin. Ihr Plan war, Bornholm in den nächsten zwei Jahren Richtung Jütland zu verlassen. In die Nähe von Silkeborg zog es sie, dort befand sich mit dem „Jyllandsringen" die große dänische Motorsportbahn. Hier würde sie trainieren und an Rennen teilnehmen wollen. Bislang hatte sie dort nur während einiger Stippvisiten ein paar Runden drehen können.

In diesem Moment musste sie erst einmal die ziemlich geraden 15 Kilometer nach Nexø fahren. Sie trieb den Tacho hoch, bremste scharf am Ortseingang am Kreisel und hielt kurz darauf direkt an dem kleinen gelben Museum, vor dem sich schon ein kleiner Pulk gebildet hatte. Jemand aus dem Vereinsvorstand, der das kleine Museum betrieb, stand vor dem Eingangstor und versperrte den Neugierigen den Zugang. Sanne und Noah drängelten sich durch die Ansammlung von Regenschirmen, sie schoben die Handvoll Zuschauer zurück und sperrten die Tür ab.

„Ich bin Sanne von der Polizei, mein Kollege Noah begleitet mich. Wer bist du?"

„Ejner. Ejner Larsen."

Der Mann war sichtlich mitgenommen, er sagte zunächst nichts, schüttelte nur den Kopf und kämpfte mit den Tränen. Dann hob er wieder den Kopf: „Drinnen liegt Zhanna, unsere Praktikantin. Ich glaube, sie ist erschossen worden, in ihrem Kopf ist ein Loch. Außerdem ist unser Inventar zerstört worden." Die Tränen übermannten ihn wieder.

Die beiden Polizisten gingen vorsichtig hinein. Die junge Frau mit den dunklen Haaren lag in geronnenem

Blut. Sie schauten Richtung Ausstellung, vieles war umgeschmissen oder zerschlagen worden. Sanne und Noah wollten nicht weitergehen, um die Zerstörung würde sich zunächst die Spurensicherung kümmern.

Sie gingen wieder hinaus zu Ejner Larsen: „Bei unserem zentralen Notruf hatte sich ein Mann gemeldet, der die Frau gefunden hat. Warst du das?"

Der Angesprochene schüttelte den Kopf: „Nein, ich war mit Zhanna verabredet. Als ich sie entdeckt habe, bin ich schreiend rausgelaufen. Das hat wohl ein paar Leute angelockt." Aus der größer werdenden Menschenansammlung hob sich eine Hand. Noah ging durch die Wartenden hin und traf auf einen älteren Herrn: „Wir, also meine Frau und ich, haben die tote Frau entdeckt und angerufen. Wir haben uns nur drüben in der Tankstelle untergestellt, hier ist es so nass und kalt."

„Das verstehe ich gut, kommt bitte mit mir mit." In der Zwischenzeit hatte Sanne in der Rønner Polizeizentrale Großalarm ausgelöst, weitere Einsatzkräfte, die Ermittler, der Rechtsmediziner und die Spurensicherung mussten kommen.

Eine gute halbe Stunde später stiegen die Ermittler Jan Kofoed, Ditte Holm und Christian Dam aus dem Wagen, alle eingehüllt in dicke Jacken. Den ersten Neugierigen war es inzwischen zu kalt geworden und zu sehen gab es hier anscheinend auch nichts. Sie gingen zurück in ihre warmen Wohnungen. Drei, vier Leute hatten ihre Handys in die Höhe gehalten und gefilmt, aber viel zu erkennen war vermutlich nicht auf ihren Aufnahmen.

Die Ermittler gingen zunächst in das kleine Museum. Knud Rømer, der Rechtsmediziner, hockte bereits an der Seite der Toten. Er schaute hoch zu den Ermittlern: „Das dürfte ganz einfach sein, die Frau ist mit einem einzigen Kopfschuss umgebracht worden. Kein Kampf zuvor, kein Widerstand, sie ist sicherlich völlig überrascht worden. Wenn die Spurensicherung fertig ist, kann sie zu uns gebracht werden. Ich fahre wieder.“

Jan drehte sich zu seinen Kollegen: „Ditte, du kümmerst dich bitte um die beiden älteren Herrschaften, die die Frau gefunden haben. Sie sollen dir von ihrer Entdeckung erzählen. Christian, du klingelst bitte an den nächsten drei, vier Häusern links und rechts in der Fersekesøstræde, vielleicht hat jemand etwas gesehen. Da hockt der ein oder andere doch bestimmt den ganzen Tag hinter der Gardine.“ Die beiden nickten und gingen hinaus, während Jan sich an Ejner Larsen wandte: „Wer war die junge Frau genau und was machte sie hier?“

Der mittelgroße hagere Mann mit den dünnen silbrigen Haaren und dem völlig durchnässten Trenchcoat hatte sich inzwischen gefangen: „Das ist Zhanna, eine ukrainische Studentin. Sie lebte in Kopenhagen und studierte dort Dänisch. Sie war von Andersen Nexøs Beziehungen zur Sowjetunion sehr angetan und wollte darüber mehr forschen. Sie hat uns gefragt, ob sie hier ein Praktikum machen kann, um in unseren Materialien zu lesen. Wir haben ihr angeboten, dass sie das gerne tun kann, wenn sie auch den Eingangsbereich betreut. Hier ist in dieser Jahreszeit fast nichts los, und wir haben deshalb auch sehr eingeschränkte Öffnungszeiten. Sie konnte also in Ruhe ihren Studien nachgehen.“

„Was weißt du noch über sie? Hat sie eine Familie? Wie lange wollte sie auf Bornholm bleiben? Wie lange wollte sie in Kopenhagen studieren?"

„Ich weiß nicht wirklich viel. Sie war doch erst drei Wochen hier." Er begann wieder zu weinen, zitterte. „Sie wohnt in Kopenhagen in einer WG, soweit ich weiß. Sie wollte insgesamt zwei Monate auf Bornholm bleiben, eventuell länger. Ihre Eltern haben wohl Geld, sie stand jetzt mit ihrem Studium nicht unter Zeitdruck. Aber wie lange sie in Kopenhagen bleiben wollte, weiß ich nicht."

„Wo hat sie hier gewohnt?"

„In Balka, in einem Ferienhaus. Gudrun, eines unserer Vorstandsmitglieder, hat dort ein schönes Haus, das sie ihr zu einem sehr günstigen Preis vermietet hat."

„Hast du irgendeine Idee, wer es auf Zhanna abgesehen haben könnte?"

„Nein, absolut nicht. Sie war eine entzückende junge Frau, sympathisch, höflich, gut erzogen, herzlich, fröhlich. Ach, was soll ich noch alles sagen? Ich mochte sie einfach. Alle im Verein mochten sie."

„Ich möchte mir gerne dieses Ferienhaus ansehen. Könntest du mir bitte die Kontaktdaten von dieser Gudrun geben?"

„Moment." Larsen fummelte sein Handy aus dem nassen Mantel, drückte kurz darauf und sprach mit besagter Gudrun.

„Sie wohnt in Pedersker, sie versucht in 15 Minuten am Haus in Balka zu sein." Er nannte Jan die Adresse.

Ditte kam zurück: „Die beiden Herrschaften haben nichts gesehen, niemanden, der weggelaufen oder weggefahren ist. Es war alles ruhig im Museum, als sie eintraten. Sie haben nichts erwähnt, was uns irgendwie weiterhelfen könnte."

„Schade, vermutlich ist der Mord schon deutlich früher verübt worden, Knud wird es uns nach der Obduktion sagen können."
„Jan, eines noch. Die beiden kommen aus Jütland, sind über 80 und wohnen im Badehotel in Allinge. Sie sind mit dem Bus von dort hierhergefahren. Jetzt haben sie die ganze Zeit für uns hier ausgehalten. Sie wollen ihren Nexøbesuch verständlicherweise abbrechen. Kann eine Streife sie zurückfahren?"
Jan kräuselte die Stirn: „Das ist nicht ganz den Vorschriften entsprechend, aber ich glaube, ich kann diese Ausnahme nach oben hin begründen, falls nachgefragt wird."
„Danke, ich kümmere mich darum."

So richtig zufrieden sah Christian nicht aus, als er sich Jan näherte: „Bis auf eine Frau hat hier niemand etwas gesehen oder gehört. Die Frau sagt, dass sie ein Motorrad bemerkt hat, weil der Motor die ganze Zeit lief. Da hat sie aus dem Fenster geschaut und das Hinterrad gesehen und den Qualm aus dem Auspuff."
„Hat sie sich die Farbe des Motorrads gemerkt?"
„Weiß, aber es kann auch schwarz gewesen sein."
„Es wäre ja auch zu schön gewesen. Und wie lange lief der Motor so ungefähr?"
„Sie glaubt so zwei, drei Minuten. Jedenfalls hat sie nochmals herausgeschaut, weil sie das Geräusch nervte. Und da ist das Motorrad gerade wieder gestartet. Sie meinte aber, da hätte nun noch eine zweite Person draufgesessen."
„Na, immerhin etwas. Wir müssen uns vortasten. Ditte kümmert sich gerade um die beiden Zeugen und deren Rückfahrt nach Allinge. Wenn sie das erledigt hat,

fahren wir nach Balka, da hat unser Opfer in einem Sommerhaus gewohnt."
Kurz darauf saßen sie zu dritt im Wagen und fuhren das kurze Stück nach Balka. Jan erzählte kurz, was Ejner Larsen über Zhanna berichtet hatte.

Gudrun, die Vermieterin des Hauses, wartete schon in ihrem Wagen. Das Haus war normal groß, vermutlich für vier Personen und lag dicht zum Strand. Die großen Fenster ließen sicherlich viel Licht hinein, nur heute nicht. Alles war in Weiß gehalten, nur Sofa und Sessel waren hellbraun. Während Ditte und Jan langsam durch das Haus schritten, suchte Christian die Außenwände und die Tür ab. Vielleicht hatte der Mörder noch etwas in ihrem Haus suchen wollen. Doch nichts deutete auf einen Einbruchsversuch hin. Auch innen war alles unspektakulär. Zhanna hatte an Klamotten nicht sonderlich viel mitgenommen, aber das Haus besaß ja auch eine Waschmaschine. Ein paar Bücher lagen auf einem Tisch herum, teils auf Russisch oder Ukrainisch, den Unterschied kannte Jan nicht, teils auf Dänisch. Unter ihnen verbarg sich ein Laptop, am Rand stand eine Schale mit Äpfeln und Mandarinen. Der Kühlschrank war recht leer, allerdings war das Gemüsefach bis oben hin voll, in der Tür stand ein Karton Bornholmer Milch, in den Fächern lagen Danskvand Flaschen und darunter standen Joghurt und Ymer.
„Vegetarierin", murmelte Ditte.
Der Schlafraum war eiskalt, das Bett war ungemacht. Das Bad war sehr sauber, das große Handtuch feucht, Zhanna hatte wohl morgens noch geduscht.
Jan griff sich den Laptop: „Ich glaube, hier kommen wir nicht weiter. Wer auch immer Zhanna aus welchem Grund erschossen hat, war an ihrer Kurzzeit-

Wohnung nicht interessiert. Vielleicht verrät uns ihr Laptop noch Geheimnisse. Lasst uns gehen." Sie bedankten sich bei Gudrun und machten sich auf den Weg zurück nach Rønne.

„Ich glaube nicht, dass der Grund für diesen Mord auf Bornholm zu suchen ist", unterbrach Christian das Schweigen, als sie die Kirche in Bodilsker passierten. „Nein, momentan zumindest spricht nichts dafür. Sie hatte noch alle Papiere bei sich, ihre Unterkunft ist unberührt, und Gewalt ging ansonsten ausschließlich gegen das Museum. Vielleicht war sie nur zufällig das Opfer", gab Jan ihm recht. „Vermutlich müssen wir uns mal in Kopenhagen in ihrer WG umschauen. Oder die Kollegen dort darum bitten."
„Im schlechteren Fall liegt der Grund in Kiew", seufzte Ditte. „Angesichts des russischen Angriffs wird es mühsam sein, mit den Kollegen in Kiew zu kooperieren. Die haben Wichtigeres auf dem Tisch."
„Das will ich nicht hoffen, dass der Schlüssel dort liegt. Eine andere Möglichkeit ist, dass es hier nicht gegen Zhanna ging, sondern gegen das Museum. Andersen Nexø war bekennender Kommunist, er war begeistert von der Sowjetunion und verlebte seine letzten Jahre in Ost-Deutschland."
„Aber Jan, der Kommunismus ist in Europa seit 1989 tot, das sind 34 Jahre. Ja, ausgenommen Russland und vielleicht kleinere und unbedeutendere Parteien irgendwo. Warum sollte es jetzt deswegen zu einem Mord kommen?"
„Du hast ja recht, Ditte, es war auch nur so ein Gedankengang. Ich finde noch keinen Ansatzpunkt."
„Vielleicht einfach Ausländerhass", warf Christian ein.

„Du meinst, da wusste jemand, dass eine Ausländerin am Empfang sitzt, und hat sie deswegen erschossen?"
„Ja, Jan, es gab doch in Deutschland vor einigen Jahren so etwas. Wurden da nicht Türken und Griechen umgebracht? Die Polizei hat doch alle möglichen Motive vermutet und ist erst nach vielen Jahren darauf gekommen, dass die Täter Neo-Nazis waren. SNU-Morde oder so."
„NSU-Morde. Ja, Christian, das kann natürlich auch sein." Sie verfielen in nachdenkliches Schweigen.
Als sie Aakirkeby und Lobbæk hinter sich gelassen hatten und auf Nylars zusteuerten, durchbrach erneut Christian die Stille: „Jan, hast du eigentlich einmal etwas von Andersen Nexø gelesen?"
„Oh ja, und ob. Vergiss nicht, dass ich fast 30 Jahre älter bin als du. Damals war die Arbeiterliteratur, für die er steht, ein wichtiger und viel gelesener Teil der Literatur. Das harte Leben der einfachen Leute war ein großes Thema. Und auf Bornholm war man sehr stolz, einen der berühmtesten Vertreter ‚Sohn der Insel' nennen zu dürfen. Auch wenn das manchen Leuten zuwiderlief. Die konservativen Bauern und der Kommunist, das war keine unbedingt passende Kombination. Wir haben in der Schule natürlich ‚Pelle der Eroberer' gelesen, den großartigen Film mit Max von Sydow habe ich zweimal gesehen. Der ist zu Recht mit dem Oscar ausgezeichnet worden. 1987 oder 1988, ich weiß es gar nicht mehr so genau. ‚Morten der Rote' habe ich zweimal begonnen, aber nicht in das Buch gefunden. Die ‚Bornholmer Erzählungen' habe ich mir immer wieder genommen, die sind großartig, auch heute noch."
„Einige von denen haben wir in der Schule auch gelesen, die mag ich, obwohl ich sonst lieber Krimis lese.

Den Film hat man uns ebenfalls gezeigt, den fand ich sehr eindrucksvoll."

„Und du Ditte, du hast doch bestimmt seinen Roman ,Ditte Menschenkind' gelesen."

„Auf diesen Witz habe ich schon die ganze Zeit gewartet. Nein, natürlich nicht. Ich habe mich nie für Literatur interessiert, in der Schule hing mein Herz an den Naturwissenschaften, Mathe, Physik, Biologie, weniger Chemie. Gelesen habe ich eigentlich nur später meine Fachbücher für das Studium. Na ja, den ,Bornholmer Erzählungen' konnte man als Bornholmer Schülerin natürlich nicht entfliehen, die waren Pflicht. Ja, die paar, die wir lesen mussten, fand ich auch ganz okay."

Sie hatten die Zentrale am Zahrtmannsvej erreicht.

„Wie machen wir weiter?", wollte Christian wissen.

„Ich werde morgen die Kopenhagener Kollegen bitten, sich Zhannas WG anzuschauen. Und ich werde einmal oben in der *Rigspoliti* nachfragen, wie gerade die Drähte nach Kiew sind, die haben vermutlich gerade andere Prioritäten, wie schon erwähnt. Wir müssen auf jeden Fall irgendwie die Eltern informieren."

„Und wenn uns beides nicht weiterbringt?"

„Darüber mache ich mir dann Gedanken, wenn es soweit ist."

Zurück im Büro rief Jan in Kopenhagen an. Die *Rigspoliti* musste bei der ukrainischen Botschaft anrufen und sie über den Tod einer Mitbürgerin informieren. Gleichzeitig musste geklärt werden, inwieweit ein direkter Kontakt zur Kiewer Polizei herstellbar war. Gut möglich, dass der Grund für die Tat dort zu finden war, deshalb war Jan der direkte Kontakt wichtig. Seinen Gesprächspartner in Kopenhagen, ein gewisser Oliver, kannte er nicht, der musste neu sein. Er versprach, sich umgehend um die Angelegenheit zu kümmern und sich schnellstmöglich wieder bei Jan zu melden.

2

Ditte war von diesem Mord stärker als sonst angegriffen. So eine junge Frau, erschossen, einfach so. Weshalb? Sie sah keinerlei Motiv. Meist hatte man anfangs eine Vermutung, ein, zwei erste noch unklare Spuren, die man zumindest näher betrachten konnte. Aber hier? Nichts. Ditte fuhr wie ferngelenkt nach Hause, sie achtete nicht auf den Verkehr, sondern war mit ihren Gedanken weit weg.

Lone und ihr gemeinsamer Retriever Kafka begrüßten sie, als sie durch die Tür kam. Ihre Frau kannte Ditte nur zu gut und ließ sie erst einmal in Ruhe. Sie musste ankommen, war noch zu aufgewühlt. Lone holte eine heiße und lecker duftende Lasagne aus dem Ofen. Die passte wunderbar zu diesem in jeder Hinsicht sehr kalten Tag.

Ditte hatte keine Lust, selbst zu reden: „Wie war dein Tag im Bauamt?" Lone sollte zum 1. April Abteilungsleiterin werden. Sie freute sich darauf, hatte aber auch ein wenig Angst vor der Herausforderung. Eine gewissenhafte, anerkannte und beliebte Sachbearbeiterin zu sein war eine Sache. Eine ganze Abteilung zu führen und mehr Verantwortung zu übernehmen war eine ganz andere.

„Ich freue mich und fühle mich auch ein wenig geehrt. Und gleichzeitig habe ich etwas Angst. Angst vor der Verantwortung für meine Entscheidungen und für meine Mitarbeiter."

„Aber du bist doch anerkannt und beliebt."

„Ja, wobei es schon auch Neider gibt. Ich habe dir einmal von Lene Pedersen erzählt, die aus Rø. Eine junge, superehrgeizige Frau. Die weiß alles, das glaubt sie zumindest. Sie hat nicht nur in Kopenhagen studiert, sondern auch in Sydney und irgendwo in Italien. Für die sind wir eigentlich nur kleine dumme Bauernkinder aus der Provinz. Die war wohl fest davon ausgegangen, dass sie den Job bekommt. Praktisch als Sprungbrett für noch weiter oben. Und schon jetzt beginnt sie gegen mich zu agitieren."

„Hat sie damit Erfolg?"

„Nein, ich habe alle hinter mir. Aber vielleicht wirkt das Gift doch eines Tages."

„Dein Chef sollte begreifen, dass er dir den Rücken stärken muss. Nicht nur, weil es sich für einen Vorgesetzten so gehört. Sondern weil sie sonst ihn als Nächsten wegpusten will."

„Ja, du hast recht. Wenn sich die Lage etwas zuspitzen sollte, werde ich das einmal fallen lassen. Aber dass jetzt so viele auf mich schauen, daran muss ich mich erst gewöhnen."

„Mein Schatz, als du eine erfolgreiche Langstreckenläuferin warst, in Dänemark viele Rennen gewonnen hast und sogar bis zu den Nordischen Meisterschaften gefahren bist, da haben doch auch viele Leute den Blick auf dich gerichtet."

Lones Blick wurde leicht sentimentaler und zugleich etwas gelöster: „Ja, da hast du recht. Aber das war nur Sport, das war mein Hobby. Wenn ich gewonnen habe, war das schön, wenn ich verloren habe, ist nicht die Welt untergegangen. Im Amt kann eine Fehlentscheidung böse Folgen haben. Und du weißt, Byg & Miljø auf Bornholm besitzt ohnehin keinen guten Ruf, angeblich zählen wir zu den langsamsten Baubehörden Dänemarks."

„Ich weiß, aber lass dich davon nicht beirren, das ist nicht deine Schuld. Geh deinen Weg, der war bis jetzt absolut richtig."

„Ja, danke, Schatz. Was ist mit dem Mord in Nexø?" Lone wusste, dass Ditte nicht nur aus Interesse nach dem Bauamt gefragt hatte, sondern auch, um sich von dem Geschehen an der Ostküste abzulenken.

Ditte schüttelte den Kopf: „Ich mag darüber jetzt nicht reden, lieber morgen. Ich bin so fassungslos. Welch eine hübsche junge Frau, die noch alles vor sich hatte. Völlig sinnlos." Sie stand auf und deckte ab. Lone ging auf das Sofa und griff sich ein Buch über Maltechniken, ihrem neuen Hobby. Nach zehn Minuten kam Ditte mit zwei Weingläsern aus der Küche, legte sich auf das Sofa, ihren Kopf auf Lones Schoß und unter das Buch, und blieb so ganz still liegen. Lone musste das Buch leicht anheben, um es weiterlesen zu können. Sie lächelte, Kafka hingegen schaute etwas verwundert auf diese Konstellation.

In Rønne schliefen Lærke und Christian bald ein, beide mit einer Hand auf Lærkes Bauch. Sie waren gleich nach Weihnachten umgezogen. Endlich hatten sie ein größeres Haus gefunden und waren doch in der Hauptstadt geblieben. Im südlich gelegenen Fredensborgvej waren sie fündig geworden, die Immobilie war nicht ganz billig gewesen, aber da sie ihr eigenes Haus besser als erwartet verkauft hatten, rechnete sich der Erwerb doch. Zudem erhielten sie als Bedienstete des Staates gute Konditionen für die Finanzierung. Dem Haus fehlte der Charme des alten Hauses in der Altstadt, dafür war es geräumiger und moderner. Sogar ein zweites Kinderzimmer war vorhanden. Christian wollte nie in einem dieser gelben Klinkerhäuser wohnen, die fand er irgendwie spießig. Nun besaß er eines und war glücklich. Noch war innen genug zu tun, sie hatten Anfang Januar erst einmal das Kinderzimmer eingerichtet.

Wenige Straßen weiter war auch Sonja schon tief im Schlaf versunken. Nur Jan lag wach. Wo war der verdammte Faden, den er aufnehmen konnte, um sich der Aufklärung zu nähern? Wo fand er wenigstens eine Vermutung, weshalb diese junge Frau sterben musste? Er hatte einen solchen Fall schon einmal gehabt, damals in seiner Zeit in Aarhus, eine Frau und ihre Tochter waren verschwunden. Alles sprach dafür, dass der Ehemann die beiden umgebracht und irgendwo verscharrt hatte. Aber dem war nicht beizukommen. Er hatte für alles Erklärungen und Alibis, er fiel auf keine der gestellten Fallen herein. Es gab keine Spuren, keine Beweise und keine Indizien. Nur eine Vermutung und einen Zeugen, der die drei noch nachmittags an einem der Silkeborger Seen gesehen hatte. Dieser alte Mann hatte ein halbes Jahr später Alzheimer bekommen und fiel als Zeuge aus. Der Fall blieb ungelöst, was Jan heute noch wurmte. Irgendwann würde man die Gebeine der beiden sicherlich finden. Irgendwann. Karen konnte er momentan auch nicht kontaktieren, die war heute früh für vier Tage nach Kopenhagen gereist. Nach dem Tod von Aage, dem Chef der Bornholmer Polizeibehörde, hatte die *Rigspoliti* mehrere Kandidaten als Nachfolger in Betracht gezogen. Auf Karen als Chefin war schließlich die Wahl gefallen, die alle erwartet hatten. Sie war zwar keine Juristin, wie es für die Stelle eigentlich Vorschrift war, aber sie hatte seit

2014 eine hervorragende Arbeit abgeliefert, war erfolgreich und beliebt, nur Aage hatte sie ab und zu ausgebremst, wenn sie mit diesem „digitalen Quatsch" kam und die Polizei noch stärker modernisieren wollte, als Kopenhagen es ohnehin forderte. Im letzten Jahr hatte Karen Aage faktisch ersetzt, als der schwer erkrankte. Auch bei der Staatsanwaltschaft und der Verwaltung, die mit zu der Behörde gehörten, hatte Karen als Interimsvorgesetzte Punkte sammeln können. Die *Rigspoliti* fand auch einen Kniff, wie sie die Nicht-Juristin Karen zur Behördenchefin machen konnte. Kurz vor Weihnachten erhielt sie die frohe Kunde, dass sie eine Ebene höher stieg.

Doch Karen lehnte ab. Sie hatte lange mit sich gerungen, ihre Entscheidung aber noch nicht nach Kopenhagen kommuniziert. Sie war sich sicher, dass es noch länger dauern würde, bis Kopenhagen sich entschied, sie würde schon rechtzeitig ein Signal dorthin senden. So lange hatte sie weiterhin Zeit, alle Fürs und Widers hin- und herzuwälzen. Als plötzlich die Entscheidung der *Rigspoliti* öffentlich wurde, war Karen überrascht. Ihre Ablehnung begründete sie damit, dass sie keine Frau nur für das Büro sei. Sie brauche die Arbeit auf der Straße, sie sei liebend gern der Kopf eines Teams, das vor Ort ermittle. Jan wusste, dass das so nicht stimmte. Sondern dass ihr tatsächlicher Hauptgrund für die Absage ein anderer war, einer mit drei Buchstaben. Aber er verriet ihn nicht. Der ein oder andere Kollege versuchte, ihn „im Vertrauen" auszuhorchen, doch er blieb verschlossen wie Fort Knox.

In Kopenhagen wurde Karens Absage missbilligt. Andererseits war ihr Ruf weiterhin hervorragend, und so hatte man sie eingeladen, die neuen Vorstellungsgespräche mit anderen Kandidaten in Kopenhagen von einem Nebenraum mitzuverfolgen. Sie durfte danach ihren Kommentar abgeben, aber sie besaß kein Mitspracherecht bei der endgültigen Entscheidung. Mogens, der Chef der *Rigspoliti*, war sich sicher, dass Karen nicht für den für sie bequemsten Kandidaten plädieren würde, sondern für den, der am besten nach Bornholm und zu den Mitarbeitern passte. Und sich zugleich nicht scheuen würde, Veränderungen anzugehen.

Sicherlich hatte sie von dem Mord in Nexø bereits erfahren. Aber Jan vermutete, dass sie in Kopenhagen zu sehr eingespannt war. Sonntagabend würde sie zurückkommen, sodass er mit ihr am Montag reden könnte. Er dämmerte weg.

Tag 2

<u>3</u>

Jan hatte schlecht geschlafen und war früh aufgestanden. Nach einem kurzen Frühstück mit Sonja war er in den Zahrtmannsvej gefahren. Er wollte noch einmal ganz in Ruhe das wenige sortieren, was sie wussten. Vielleicht, vielleicht hatten sie ja etwas übersehen.

Nur fünf Minuten nach ihm war Ditte durch die Tür gekommen: „Ditte, guten Morgen, du siehst blass aus, wenn ich das sagen darf. Was ist los?"

„Was wohl, Jan, guten Morgen. Die arme Zhanna, manchmal hasse ich meinen Job."

„Auch so ein Ereignis wie gestern gehört dazu, leider. Lass uns versuchen, eine Spur zu finden." In diesem Moment kam Christian herein: „Oh, ich dachte, dass ich der Erste heute früh bin. Aber da habe ich mich wohl geirrt." Er lächelte. „Treibt der Mord euch auch so stark um?"

„Ja, absolut", nickte Jan. „Wie geht es Lærke und dem Baby im Bauch?"

„Sehr gut. Noch zwei Monate. Oh Mann, ich werde jeden Tag nervöser."

„Dann lass uns die Zeit bis dahin nutzen, den Mord an Zhanna aufzuklären. Ditte, können wir an deinen Gedanken teilhaben?"

„Ja, ich weiß nicht, ja, eigentlich sind die ziemlich ungeordnet. Also, da sitzt diese Studentin in diesem Museum, am Empfang, ein Mann oder eine Frau betritt das Haus und knallt sie sofort ab. Dann geht er oder sie in den Raum, zerstört Teile des Inventars und geht wieder hinaus." Sie schaute ihre Kollegen fragend an: „Und jetzt?"

„Jetzt ist die Frage, gegen wen der Täter etwas hatte. Hasste er Martin Andersen Nexø, weil er Kommunist und glühender Verehrer der Sowjetunion war? Oder hasst er die Ukrainer? Oder gleich alle Ausländer? Oder ist es eine Beziehungstat, hatte sie eine Freundin oder einen Freund in Kopenhagen oder auf Bornholm, und da hat es Schwierigkeiten gegeben? Wer sind ihre Eltern, will sich jemand an denen rächen und erschießt die Tochter?"

Ditte schaute ihn staunend an: „Jan, hast du heute Nacht nicht geschlafen, sondern dir all das überlegt?"

„Du vermutest richtig, ich habe wenig geschlafen, bin immer wieder aufgewacht. Habt ihr noch weitere Ideen?"

„Ja, der Täter könnte ein Frauenfeind sein, wir haben es hier mit einem Femizid zu tun."

„Stimmt, Ditte, das wäre auch eine Option." Die drei grübelten weiter.

„Wie wollen wir die Fragen abarbeiten?", warf Christian ein. Er nahm einen großen Schluck aus seinem Energydrink State, als wenn er für die Aufgabe Kraft tanken wollte, die ihm Jan gleich übertragen würde.

„Wir teilen uns folgendermaßen auf: Christian, du kümmerst dich um das Thema Fremdenfeindlichkeit. Was wissen wir über eventuelle Rassisten auf Bornholm? Einzelpersonen oder Gruppen könnten es gleichermaßen sein. Frag mal beim PET nach, was die wissen. Die werden vermutlich ungern etwas herausrücken, aber versuch es, angesichts der Tat sind sie vielleicht kooperativ. Ditte, du kümmerst dich um eventuelle Beziehungen. Hatte sie hier eine? Möglicherweise hat sie jemanden zurückgewiesen, der eine ukrainische Studentin auf Bornholm für leichte Beute hielt? Gibt es in Kopenhagen jemanden? Dabei können

dir die Kollegen dort helfen oder du fährst schnell hin. Und ich kümmere mich um das Thema Ukraine. Wer sind die Eltern, was machen die? Kann uns die Botschaft unterstützen? Seid ihr einverstanden?"
Die beiden nickten, standen schweigend auf und zogen sich zurück.

<u>4</u>

Es war kurz nach 10 Uhr, als Tikky und Preecha Suwan ihren Thai-Imbiss am Snellemark aufschlossen. Das Ehepaar stammte aus Aalborg, sie hatten dort schon ein Takeaway besessen und später eines an der Nordsee in Blokhus eröffnet. Nun waren ihre beiden Söhne groß, und sie hatten den beiden Jungs die Imbisse übertragen. Dann hatten sie ihre Sachen gepackt und waren letztes Jahr nach Bornholm gezogen. Sie wollten noch einmal etwas Neues erleben. Bornholm gefiel ihnen, die Leute waren nett, die Touristen im Sommer meistens auch, ihre Speisekarte kam sehr gut an, und sie verdienten ordentlich. Deshalb hofften sie, dass sie ihre karge Wohnung im Rønner Norden bald verlassen und in ein schönes Häuslein ziehen könnten. Eines mit einem kleinen Garten.
Sie stellten ihre Einkäufe hinten in der Küche ab, die meisten Zutaten erhielten sie von einem Ostasien-Händler aus Kopenhagen, den Rest holten sie bei Netto am Markt. Aber sie verwendeten auch ganz frisches Gemüse, das sie lieber bei Kvickly kauften, es erschien ihnen qualitativ besser. Und wie jeden Tag griff sich Tikky zwei Einkaufstaschen, um den Snellemark hinunterzugehen. Ihr Mann räumte sich derweil die Sachen so hin, wie er sie später brauchen würde. Preecha war der Koch, seine Frau verpackte die Essen und gab

sie aus, nachdem sie kassiert hatte. Tikky drückte ihrem Mann einen Kuss auf die rechte Backe, er lächelte sie an, und sie ging aus der Tür.

Tikky zog den Reißverschluss ihrer Jacke hoch. Es war verdammt kalt, und der Nieselregen machte alles nur schlimmer. Nur gut, dass es nicht auch noch stürmte. Heute würden sich wohl nicht viele Leute ein Essen bei ihnen holen. Wer nicht rausmusste, tat es auch nicht.

Kurz nachdem Tikky weggegangen war, ging die Tür des „Sala Thai" wieder auf. Hatte sie etwas vergessen? Preecha packte weiter aus. Er hörte ein Geräusch und drehte sich um. Ein Mann in Motorradkleidung, den Helm hatte er noch auf. Er hob den Arm, in der Hand hielt er etwas. Preecha gelang es nicht mehr, noch etwas zu sagen. Er knallte auf den Boden.

Tikky hatte das Snellemark Center mit ihren gut gefüllten Taschen verlassen. Sie hatte Paprika gekauft, Blumenkohl und Zuckerschoten und einiges mehr. Draußen war es so unangenehm kalt, sie freute sich, gleich wieder im Imbiss zu sein. Der wurde zwar an Tagen wie diesen auch nicht richtig warm, weil die Tür ständig geöffnet wurde. Aber das war immer noch besser als diese feuchtkalte Luft draußen. Es war still. Nur zwei Autos fuhren gemächlich vom Hafen hoch Richtung Markt. Vor dem Radladen an der Ecke lieferte ein Lkw von BHS anscheinend Waren an. Und der Paketwagen von Post Nord hielt gerade gegenüber.

Sie betrat das „Sala Thai" und rief den Namen ihres Mannes. Keine Antwort. Er antwortete doch immer. Irritiert ging sie weiter Richtung Küche. Sie sah ihn. Ein gewaltiger Schrei hallte durch den Imbiss. Tikky lief hinaus und schrie immer weiter. Der Fahrer von Post Nord begriff sofort und lief auf sie zu. Er hielt sie fest und fragte, was los sei. Tikky zeigte immer nur

Richtung Imbiss und schrie. Der Mann hatte eine Ahnung. Er griff sein Handy aus der Jacke und wählte den Notruf. Eine ältere Fußgängerin blieb irritiert stehen, der Mann erklärte ihr die Situation. Keine fünf Minuten später hielt ein Streifenwagen vor dem Imbiss.

15 Minuten später standen Ditte, Jan und Christian vor dem Lokal. Drinnen nahmen die Spurensicherer ihre Arbeit auf. Tikky war noch immer nicht ansprechbar. Esat, der Paketbote, schilderte, was sich zugetragen hatte. Dann bat er darum, weiterfahren zu dürfen, sein Wagen war noch gut gefüllt.
„Wieder ein Ausländer", stellte Christian fest. Er bibberte genauso wie Ditte, Jan und die anwesenden Bereitschaftspolizisten.
„Ja, ich vermute mal, alle meine Überlegungen letzte Nacht haben sich damit erledigt. Da macht jemand Jagd auf Ausländer oder Migranten."
„Bist du ganz sicher, dass zwischen den beiden Taten ein Zusammenhang besteht?", warf Ditte ein.
„Ja, instinktiv zumindest, beweisen kann ich dir das nicht. Noch nicht. Aber ich bin sicher, dass dieselbe Waffe benutzt wurde."
„Das hat aber nicht zwangsläufig mit Ausländerhass zu tun."
„Wie meinst du das?"
„Der Grund für die beiden Morde könnte zum Beispiel auch mit Drogenhandel zu tun haben. Oder Schutzgeld."
„Ein Thai und eine Ukrainerin ergeben Drogenhandel? Ist das nicht zu sehr aus der Klischeekiste?"
„Bloß weil es entsprechende Vorurteile gibt, muss es doch nicht falsch sein."

„Zweifelsohne nicht. Wir werden die neue Situation gleich im Büro besprechen. Wo ist Knud eigentlich?"
„Der ist unabkömmlich."
Knud Rømer war hauptberuflich Arzt in Bornholms Hospital. Er half außerdem bei der Polizei als Rechtsmediziner aus, was ein Glücksfall war, so musste die Polizei nicht jedes Mal jemanden aus Kopenhagen anfordern. In diesem Moment stand er allerdings im OP-Saal.
Inger von der Spurensicherung kam aus dem Imbiss: „Der Imbiss ist sehr sauber, es gibt nur wenige Spuren. Wir müssen die noch auswerten, aber da ist jemand mit recht großen Füßen und Motorradstiefeln im Laden gewesen. Es sieht so aus, als wenn der Mann mit nur einem Schuss in die Stirn getötet wurde. Aber das wird Knud euch kompetenter sagen können, es ist nur eine Vermutung von mir. So ein bisschen was habe ich in den letzten Jahren immerhin auch gelernt."
Die Ermittler bedankten sich, dann gingen sie ins „Sala Thai". Der Raum war recht schmucklos, nur sechs Tische mit ein paar einfachen Stühlen und ohne thailändische Folklore an den Wänden. Gemütlich ging anders, das Hauptgeschäft waren wohl die Abholer. Oder im Sommer diejenigen, die sich draußen hinsetzten. Christian erinnerte sich, dass dann dort mehrere Tische standen. Die Küche war blitzblank. Eigentlich. Preecha lag auf dem Rücken, das Loch in der Stirn schien übergroß. Umgeschmissen oder zerstört war nichts. Er war einfach überrascht worden, wie gestern Zhanna. Was hatte er verbrochen?
Ditte ging zu Tikky, die vorne auf einem der Stühle saß, unaufhörlich weinte und ihre Hände in ihren Haaren verkrallt hatte.
„Wo warst du, als das passiert ist?"

Es dauerte etwas, bis die Frau sich so beruhigt hatte, dass sie sich einigermaßen verständlich äußern konnte: „Ich war noch zu Kvickly gegangen, um ein paar Sachen zu holen, Obst und Gemüse vor allem."
„Machst du das jeden Tag?"
„Ja, die frischen Sachen, die uns bei Netto nicht so gut gefallen, holen wir bei Kvickly. Preecha bereitet inzwischen immer schon die Küche vor."
Es konnte also sein, dass jemand dieses Ritual kannte und so abgewartet hatte, bis Tikky losgegangen war.
„Seid ihr mal bedroht worden?"
„Nein, nie, alle Leute waren immer sehr freundlich zu uns." Tikky schüttelte sehr heftig den Kopf.
„Und im privaten Bereich? Also ich meine, hattet ihr mal Streit mit z. B. den Nachbarn?"
„Nein, wir kennen auch nicht viele, weil wir immer arbeiten. Aber es waren immer alle nett und haben uns gegrüßt."
„Gibt es Rivalitäten zwischen den asiatischen Imbissen auf Bornholm?"
„Nein, einige kennt man, andere nicht, aber es gibt keinen Streit."
„Wie sieht es mit Schutzgeld aus, habt ihr das gezahlt?"
„Nein, wir haben das immer abgelehnt, schon mein Vater hat das getan, und unsere Söhne machen das jetzt auch."
„Dein Vater?"
„Ja, mein Vater." Sie versuchte sich zu beruhigen und atmete tief durch. „Er hatte einen Imbiss in Aalborg, er ist 1973 mit meiner Mutter aus Thailand nach Dänemark gekommen und hat einen Imbiss aufgemacht. Ich wurde ein Jahr später geboren. Als er sich zur Ruhe gesetzt hat, haben Preecha und ich den Laden übernommen." Die Frau wirkte mit einem Mal ganz gefasst.

„Und wie war das bei Preecha?"
„Ja, wie soll ich sagen, seine Mutter wurde hierhergelockt. Ihr wurde ein guter Job versprochen, aber als sie in Dänemark angekommen war, musste sie in einem Bordell in Kopenhagen arbeiten. Dann hat sich ein Mann in sie verliebt und sie da weggeholt."
„Das ging so einfach?"
Tikky starrte Ditte an, ihre Augen schienen immer größer zu werden, monoton sprudelte es aus ihr heraus: „Nein, der Mann war Politiker und hatte gute Verbindungen zur Polizei. Wie genau, weiß ich nicht. Auf jeden Fall hat er Preechas Mama da herausbekommen. Ob er diesem Mann vom Bordell gedroht hat oder ihm Geld gezahlt hat, das hat sie nie erzählt."
„Und der Mann ist Preechas Vater?"
„Ja, sie haben geheiratet, und Preecha kam zur Welt."
„Okay, das habe ich verstanden. Du hast also keinerlei Idee, wer Preecha hätte umbringen wollen?"
„Nein, nein, nein, es gab keinen Grund, überhaupt keinen. Er war ein so guter Mann." Die Frau starrte Ditte nun wortlos an. Plötzlich erwachte sie aus ihrer Starre, die Gefühle bahnten sich wieder ihren Weg, Tränen begannen zu strömen, lautes Schluchzen füllte den Raum. Alles brach aus ihr heraus. Ditte gab einer Bereitschaftspolizistin ein Zeichen, die kümmerte sich sofort um Tikky.

Die Ermittler verließen das „Sala Thai" tief bedrückt. Jan schaute auf das Schild: „Was heißt eigentlich ‚Sala'? Ditte, wie gut ist dein Thailändisch?"
Der war gerade nicht nach Späßen, sie holte ihr Handy heraus und googelte den Begriff: „Das ist ein nach allen Seiten offener Pavillon."

„Danach sah es mir da drinnen aber nicht aus." Die drei beschlossen, wieder ins Büro zu fahren.

5

„So, was will unser dieser Mord jetzt sagen?", begann Jan im warmen Büro im Zahrtmannsvej.
Seine beiden Kollegen schwiegen. Eigentlich war bereits am Tatort alles gesagt worden. „Mein Vorschlag ist, dass wir die Idee, dass es hier um rassistische Morde geht, intensiv weiterverfolgen. Christian, frage bitte in Kopenhagen nach, auch hier bei der ‚Tidende', ebenso bei irgendwelchen antifaschistischen Gruppierungen in Kopenhagen, die sind manchmal sehr gut informiert, wollen aber mit dem Staat, also uns, nichts zu tun haben. Wir dürfen keine Hemmungen haben, mit möglichst allen Leuten zu sprechen. Gibt es hier auf Bornholm eine Zelle, die selbst vor Mord nicht zurückschreckt?"
„Ich habe davon noch nie gehört", lautete Christians Antwort, zu der Ditte nickte.
„Gut, bitte volle Kraft voraus. Ditte, deine Idee, dass es auch um Drogendeals gehen könnte oder andere merkwürdige Geschäfte, sollen wir ebenfalls weiterverfolgen, solange wir bei der Rassisten-Spur keine festen Beweise haben. Höre dich bitte in der Szene um, hier und auf dem Festland." Ditte nickte.

Christian saß an seinem Schreibtisch und hatte das Gefühl, vor einem riesigen Berg zu sitzen. Wo sollte er anfangen? Dieser Fall begann heftiger als die vorherigen. Er nahm sich sein Telefon und rief seinen Freund Lasse bei der „Tidende" an, mit dem war er zur Schule gegangen.

„Hallo Christian, sag mal, du hast Zeit zu telefonieren? Wenn ich das richtig mitbekommen habe, habt ihr gerade viel zu tun. Zwei Morde in zwei Tagen, und du willst mit mir klönen?"

„Sehr witzig, natürlich rufe ich dich deswegen an. Die Toten sind ja beide Ausländer, also der Thai war keiner, sondern ein hier geborener Däne, aber wir überlegen natürlich, ob da irgendwelche Rassisten am Werk sind. Das bitte ganz vertraulich. Habt ihr in der Redaktion mal was von einer rechtsradikalen Zelle oder Gruppierung auf Bornholm mitbekommen?"

„Nein, jedenfalls keine, die die Leute abknallt. Du erinnerst dich an diesen Lehrer, den ihr auch im letzten Herbst unter Verdacht hattet. Der mit seiner Frau den Gartenladen in Snogebæk besaß."

„Westwood."

„Ja, genau der. Der hat uns ständig mit so rechtsradikalem Mist bombardiert, wir haben das alles nicht veröffentlicht. Das war wirklich schlimm. Von solchen Typen haben wir natürlich ein paar auf der Insel. Aber ob die eine Gruppe gebildet haben, weiß ich nicht. Bei den ausländerfeindlichen Parteien gibt es ohne Zweifel manch fragwürdige Gestalten. Aber so zu schreiben oder zu reden ist ja das eine. Und jemanden eiskalt abzuknallen ist das andere. Ich kann die Kollegen mal fragen, ob die etwas wissen, aber ich glaube das nicht."

Christian bedankte sich. Westwood, ja, an den und seine Frau erinnerte sich Christian. Ditte und Jan hatten sich bei den Ermittlungen zum Mord an Jesper Olsen und seinem Freund sehr über deren Sprüche geärgert. Er selbst hatte die nie kennengelernt. Kurz nach Weihnachten stand in der Zeitung, dass sie Bornholm verlassen hätten und nach Møn gezogen seien, um wieder einen Garten- und Pflanzenmarkt zu eröffnen.

Nun müsste er in Kopenhagen anrufen. Bei der *Rigspoliti* und natürlich auch beim PET. Vielleicht könnte Jan ihm Ansprechpartner nennen, das würde viel Zeit sparen.

Jan gab die Namen der beiden Imbissbesitzer in seinen Computer ein und wurde schnell fündig. Sie waren vor einem Jahr aus Nordjütland nach Bornholm gezogen. In Aalborg hatten sie einen Imbiss namens „Sala Thai" besessen und vor ein paar Jahren „Sala Thai 2" in Blokhus eröffnet. Vielleicht konnten die Kollegen dort ihm weiterhelfen. Er wählte die Nummer von Claus Sunesen, dem Polizeichef von *Nordjyllands Politi*, die in Aalborg ansässig war. Sie hatten sich lange nicht gesehen, aber wenn Jan sich richtig erinnerte, war Claus ein fast schon fanatischer Gesundheitsapostel. Auf Tagungen missionierte er gerne, nervte damit die Mehrzahl der Kollegen.
„Jan, schön, dass du dich mal wieder hören lässt. Ich mache mir schon Sorgen um dich. Beziehungsweise mehr noch um Bornholm. Das war immer so ein idyllisches Fleckchen, Kerstin und ich sind da früher so oft hingefahren. Ihr habt da so einen schönen FKK-Strand im Süden. Und seitdem du da bist, häufen sich die Morde." Er lachte schallend über seinen eigenen Witz. Jan wollte jetzt über Claus am FKK-Strand eigentlich nicht nachdenken. Aber der erschien nun doch vor seinen Augen, er war ein zwei Meter großer, äußerst hagerer Mann, seine Frau kannte Jan nicht. Er wusste, dass die beiden sich extrem gesund ernährten, makrobiotisch nannte man das wohl. Kein Alkohol, kein Nikotin, kein Fleisch, wenig Fisch, keine Kartoffeln, keine Tomaten. Dafür Obst, Gemüse, Reis und viele Hülsenfrüchte. Und diese Halbmarathons, manchmal wohl

auch ganze. Wenn er Claus begegnet war, hatte er immer Angst gehabt, dass der gleich zersplitterte. Jan bezweifelte, dass so ein Leben einen Menschen glücklich machen konnte. Andererseits war er ein hervorragender Leiter der nordjütischen Polizei, kompetent, klug, ein exzellenter Analytiker und sehr wortgewandt.

„Jetzt fängst du damit auch noch an", lachte Jan. „Es reicht mir schon, dass die Kollegen hier so etwas behaupten. Nein, ich kann wirklich nichts dafür, die Bornholmer sollten lieber froh sein, dass ich hier bin, als über mich zu spotten."

„Aber nun hast du zwei Morde in zwei Tagen, wie ich den internen Meldungen entnommen habe. Ich hatte nur noch keine Zeit, mir die Fälle genau anzuschauen."

„Genau deswegen rufe ich an. Heute hat es einen Dänen mit thailändischen Wurzeln erwischt, er hat mit seiner Frau einen Imbiss in Aalborg besessen, das ‚Sala Thai'. Kennst du das?"

„Ja, die haben gute vegetarische Gerichte, Kerstin und ich holen da ab und zu etwas. Die Qualität ist wirklich hervorragend, einer der Söhne führt das jetzt."

„Und in Blokhus hatten sie auch einen Imbiss."

„Das weiß ich nicht, wir sind keine Nordsee-Freunde, sondern fahren lieber an die Ostsee an den FKK-Strand in Grenå."

Manches will man gar nicht wissen, dachte Jan: „Ah ja, gut. Also, meine Frage ist, ob der Polizei das Paar irgendwann mal aufgefallen ist. In der Datenbank steht nichts, sie heißen Tikky und Preecha Suwan, vielleicht weiß ja einer von der Bereitschaft mehr über sie."

„Jan, ich habe den Auftrag verstanden. Ich werde die Kollegen befragen und melde mich schnellstmöglich bei dir."

Kaum hatte Jan aufgelegt, rief Karen an: „Ja, ich höre gerade, es gibt einen zweiten Mord bei uns. Zwei Morde in zwei Tagen, weshalb meldest du dich nicht bei mir?"

„Karen, du bist den ganzen Tag in den Auswahlgesprächen, da will ich dich nicht mit Mordfällen belasten, die für uns auch noch völlig unklar sind. Wie würdest du uns denn helfen können oder wollen?"

„Jan, wer ist die Chefin der Bornholmer Polizei? Ich glaube, mehr muss ich nicht fragen."

„Was also rätst du uns?" Jan wusste, dass Karen formal recht hatte, er hätte sie gleich informieren müssen. Anderseits wusste er, dass sie nonstop in Terminen sitzen würde. Eine Hilfe konnte sie in diesem Moment nicht sein. Befürchtete sie jetzt, nach ihrer Absage als „lame duck" zu gelten? Musste sie deshalb auf ihre Position als Führungskraft hinweisen? Das war eigentlich überhaupt nicht ihre Art.

„Wie ist der Stand der Dinge, was habt ihr bisher ermittelt?"

Jan schilderte es ihr.

„Danke, Jan, das ist ja noch nicht viel. Ich würde auch den Ausländerhass favorisieren, die Option Drogenhandel aber noch nicht ganz verwerfen. Eine dritte Variante fällt mir so spontan auch nicht ein. Bitte informiere mich umgehend, wenn ihr neue Erkenntnisse habt. Oder es gar zu einer weiteren Tat kommt. Ich muss zurück zu den Gesprächen."

Was sollte das nun, fragte sich Jan, als er aufgelegt hatte. Natürlich konnte sie mittels einer Ferndiagnose nichts beisteuern. Vielleicht war man ihr in Kopenhagen mit einer gewissen Kälte begegnet, und sie musste sich nun der Loyalität ihres Teams versichern.

Christian kam herein: „Jan, PET weiß nichts von einer stramm organisierten rechten Zelle oder Bewegung auf Bornholm, jedenfalls von keiner radikalen. Es gibt ja seit vielen Jahren diese Gruppe namens ‚Glistrups Jünger‘, aber das ist eher so ein loser Verbund einiger Maulhelden, und die werden auch immer weniger. Die sind auch auf der Liste bekannter Rassisten, die PET mir geschickt hat. Da ist natürlich unser Freund Westwood dabei, aber der hat uns ja verlassen. Ein Einzelhändler aus Muleby ist drauf, ein ehemaliger Arzt aus Sandvig oder auch ein Hundezüchter aus der Nähe von Østermarie. Alles Männer mit einer Ausnahme einer Frau, die bei Bornholmslinjen arbeitet. Wir müssten uns die mal anschauen, ob sich vielleicht ein, zwei von denen radikalisiert haben und nun zu den Waffen greifen.“

„Ja, das ist eine gute Idee“, Jan schaute auf die Uhr. „Ich dachte, ‚Glistrups Jünger‘ hätten sich aus Altersgründen bereits aufgelöst. Dass es überhaupt noch welche von denen gibt…“

„Nein, die haben wohl Nachwuchs rekrutieren können. Aber PET schätzt die meisten von ihnen nicht als wirklich extrem ein und führt sie nicht auf der Liste.“

„Nun gut, es ist spät, wir beginnen morgen mit unseren Besuchen, gib mir bitte die Hälfte der Leute von der PET-Liste und achte darauf, dass die räumlich eng beieinander sind, das spart uns beiden Zeit. Du übernimmst die andere Hälfte, tut mir leid für deinen Samstag. Ditte lass ich noch auf der Drogenspur.“

Christian fuhr nach Hause. Anfang April würde er Vater werden. Lærkes Bauch war ordentlich rund. Er wurde jeden Tag ein Stück nervöser, während Lærke einen gelassenen Eindruck machte. Ob es ein Mädchen oder ein Junge wurde, wollten sie nicht wissen. Aber auf die Namen hatten sie sich geeinigt. Valdemar, wenn es ein Junge wurde, Luna, wenn ein Mädchen zur Welt kam.

Lærke lag auf der Couch und las eine Zeitschrift. Christian gab ihr einen Kuss und streichelte ihr über den Bauch: „Alles gut bei dir?"

„Ja, wunderbar. Aber ich freue mich auch, wenn es in einem zwei Monaten vorbei ist. Dein Kind ist ganz schön schwer."

Ihr Mann lachte laut auf: „Ach, jetzt ist es nur mein Kind."

Er ging in die Küche. Lærke hatte eine Gemüsesuppe gekocht und einen Rohkostteller angerichtet. Christian trug das Essen in die Wohnstube.

„So richtig gemütlich ist es hier noch nicht", schaute er etwas enttäuscht im Raum herum.

„Christian, wir können auch nicht alles auf einmal erledigen. Beziehungsweise du, ich falle momentan aus. Vielleicht können wir zwei, drei Bilder aufhängen."

„Du meinst so welche mit Bornholmer Motiven, wie bei deinen Eltern?"

„Die von Svend Nielsen? Nein, bloß nicht, die finde ich abscheulich. Nein, etwas Modernes, eher abstrakt. So in Richtung Asger Jorn oder Per Kirkeby. Die wir uns natürlich nicht leisten können, aber so in der Art und preisgünstiger. Das hat auch Zeit."

„Morgen muss ich nochmal los, eventuell Verdächtige überprüfen."

„Am Samstag?"

„Ja, das ist doch egal, ob morgen Samstag oder Mittwoch ist, wir müssen diese wohl eiskalten Täter möglichst schnell fassen."

„Ja, natürlich, das verstehe ich. Aber wir wollten um 16
Uhr doch wieder zur Geburtsvorbereitung.“
„Ja, das tun wir auch, bis dahin habe ich das auch erledigt, das sind nur sechs Leute.“
Nach dem Essen deckte Christian ab, Lærkes Bauch
war nun wirklich groß und rund, das Gehen und Tragen selbst leichter Gegenstände fiel ihr sichtlich
schwer. Sie setzten sich auf das Sofa und schalteten
den Fernseher ein, waren aber gedanklich bei der nä-
herkommenden Geburt.
„Meinst du, du stehst das durch, bei der Geburt dabei
zu sein?“, fragte Lærke plötzlich.
„Weshalb denn nicht?“
„Ja, vielleicht kippst du um?“
„Nein, ganz bestimmt nicht, ich doch nicht.“

Ditte und Lone hatten Nachbarn zum Abendessen eingeladen, ein Ehepaar, dem sie oft in Nyker begegnet
waren. Man hatte einander selbstverständlich gegrüßt
und vielleicht einmal ein paar kurze Sätze ausgetauscht. Ditte und Lone versuchten immer wieder,
mehr für den Zusammenhalt in Nyker zu tun. Seit der
Brugsen vor vielen Jahren geschlossen hatte, fehlte
dem Ort ein natürlicher Treffpunkt. Auch die Reste der
einst berühmten Brotfabrik vegetierten vor sich dahin, mit Keksen versuchte man sich über Wasser zu
halten, bis zum endgültigen Aus war es vermutlich
nicht mehr lang. Und so war die Einladung erfolgt, um
den Zusammenhalt in dem Ort auch durch kleine Ges-
ten zu stärken. Erst gab es Dorsch mit Möhren und
Kartoffeln sowie Bechamelsoße. Anschließend hatte
Lone noch Æblekage* im Glas serviert. Nach insgesamt

---

* Apfelkompott mit Schlagsahne und Makronen

zwei Flaschen Weißwein und acht Akvavit waren die Gäste gegangen, und das Ehepaar Holm ging direkt ins Bett, um sofort einzuschlafen.

Jan saß in seiner Wohnung, er brauchte etwas Ruhe, um die Ereignisse gestern und heute Revue passieren zu lassen. „Glistrups Jünger", ja, die kannte er aus der Zeit, als viele Bornholmer noch stolz auf den in Rønne geborenen Anwalt waren. Mogens Glistrup war in den 1970ern mit einem Schlag bekannt geworden, weil er eine radikale Senkung der Einkommensteuer sowie Bürokratieabbau forderte. Diese Popularität nutzte er zur Gründung der Fremdskridsparti und zog mit großem Erfolg ins dänische Parlament ein. War die anfangs nicht sogar die zweitgrößte Partei dort? Jan erinnerte sich noch, dass Glistrup in den 1980ern vor allem durch fremdenfeindliche Ausführungen auffiel, deshalb ins Gefängnis musste und mehr und mehr in der politischen Versenkung verschwand. Sämtliche Comeback-Versuche scheiterten, und für viele wurde er mehr und mehr zur Witzfigur. Einige Bornholmer bildeten allerdings diese Gruppe „Glistrups Jünger", sie fühlten sich vor allem seinem rassistischen Gedankengut verpflichtet. Aber die Vereinigung wurde immer älter, Mitglieder verstarben, Glistrup selbst irgendwann Anfang der 2000er. Jan hatte gedacht, dass diese Gruppe gar nicht mehr existierte, aber anscheinend war das ein Trugschluss.
Er hatte mit Sonja vereinbart, dass er morgen nach seinen Besuchen bei den möglichen Verdächtigen direkt zu ihr kommen würde und über Nacht bleiben würde. Sie kannte seine Unruhe zu Beginn eines Falls und konnte heute gut auf diese verzichten. Sie hatte ihm

selbst gemachtes Biksemad* herübergebracht, dass er sich vorhin im Ofen warm gemacht hatte. Nun saß in seinem Sessel bei einem IPA aus Svaneke, aus dem Lautsprecher klang gerade „Stardust" des Saxofonisten Gerry Mulligan. Ja, im Sternennebel fühlte er sich gerade auch. Waren die beiden Morde Taten von Rassisten oder gab es eine andere Erklärung?

---

* Hausmannskost aus Fleisch und Kartoffeln

Tag 3

<u>6</u>

Jan hatte von Christian eine Liste mit sieben Personen erhalten, die der Nachrichtendienst PET als rechtsradikal einordnete. Zu dem Ersten hatte er es nicht weit, der wohnte vier kleine Straßen weiter in der Rønner Altstadt. Jan klingelte. Die Tür wurde geöffnet, das freundliche Lächeln des Mannes veränderte sich schlagartig: „Ach, die Polizei, was willst du?"

Er kannte Jan also, weshalb der sich nicht weiter vorstellte: „Rasmus, guten Tag. Wollen wir uns hier draußen in der nassen Kälte unterhalten oder drinnen bei dir?"

„Es gibt nichts zu unterhalten. Was willst du?"

„Nun gut, Rasmus, du hast von den beiden Toten in den letzten Tagen gehört, nehme ich an."

„Ja, nicht sonderlich schade um die. Aber was habe ich damit zu tun?"

„Nun, wir vermuten ein ausländerfeindliches Motiv. Und deshalb hören wir uns auch bei denen um, die aus ihrer Fremdenfeindlichkeit kein Geheimnis machen. So wie du. Du bist ja einer der letzten ‚Jünger Glistrups'."

„Du willst behaupten, dass ich das war?"

„Nein, entspann dich, das habe ich nicht gemeint. Ich habe gesagt, dass wir uns umhören. Hast du von jemandem gehört, dass er so eine Tat plant? Oder dass der wiederum erfahren hat, dass jemand einen solchen Mord beabsichtigt?"

Rasmus schaute Jan aus seinem knapp sitzenden Rollkragenpullover etwas ratlos an, so als wenn er überlegte, ob er jetzt etwas verpetzen solle oder nicht. Nebenan trat die Nachbarin aus dem Haus, spannte den

Regenschirm auf, schaute irritiert zu den beiden Männern und ging grußlos Richtung Store Torv.
„Glaubst du echt, ich würde einen solchen Kameraden verpfeifen?"
„Rasmus, Mitwisserschaft ist in diesem Fall strafbar. Wenn wir eines Tages herausbekommen, dass du davon wusstest und einen Mord billigend in Kauf genommen hast, wirst du deine Nachbarin länger nicht sehen."
„Die linke Schlampe, wäre nicht schade drum. Nee, ich weiß nichts und habe nichts gehört."
„Gut, Rasmus, dann fahre ich weiter. Aber vielleicht sehen wir uns ja recht bald wieder." Jan schaute ihn eindringlich an, doch Rasmus zuckte nicht einmal mit einer einzigen Wimper: „Ich wünsche dir kein Glück bei deinen Befragungen."
Jan ging zurück zu seinem Haus und setzte sich in seinen Wagen. Nächste Station war ein abgelegener Hof in der Nähe von Nylars. Sein Wagen rumpelte über den löchrigen Feldweg, der ziemlich unter Wasser stand. Der Parkplatz war leer. Er versuchte trotzdem sein Glück, aber niemand öffnete. Er ging etwas um das Haus, doch außer einer hellgrauen Katze, die ihn aus einem Fenster misstrauisch anblickte, war niemand zu sehen. Jan ließ den Wagen zurück zur Hauptstraße schaukeln.
Sein drittes Ziel war eine Adresse am östlichen Ortsausgang von Aakirkeby, hier wohnte ein weiterer „Glistrup Jünger". Aber auch hier klingelte er vergeblich. Jan seufzte. Vermutlich war es nicht so clever, die Leute Samstagvormittag aufsuchen zu wollen, da waren sie mit dem Wochenendeinkauf beschäftigt. Oder die Jünger waren von Rasmus vorgewarnt worden und deshalb schnell weggefahren. Dann würde er es

eben Sonntag oder Montag erneut versuchen, so schnell ließ er sich nicht abhängen.

Er lenkte seinen Wagen nach Vestermarie, da wohnte ein Brüderpaar aus der „Glistrups Jünger"-Gruppe, wie Christian notiert hatte. Die Tür ging auf, bevor Jan die Klingel gedrückt hatte.

„Komm rein, du wurdest uns angekündigt."

„Aha, danke, dann muss ich mich ja nicht mehr vorstellen und kann mir die Erklärung für meinen Besuch sparen."

„Genau, Jan Kofoed." Die Männer waren eineiige Zwillinge und mochten auf die 80 Jahre zugehen. „Wir wissen nichts und finden es auch unverschämt, dass wir so einfach unter Verdacht gestellt werden", sagte der mit dem schwarzen Hemd. Das wirkte noch ganz frisch gebügelt, vermutlich hatte er es extra für Jan angezogen.

„Von Verdacht habe ich nichts gesagt. Was ich wissen möchte, ist, was man sich dieser Tage so in eurer Szene über die zwei Morde erzählt."

„Guck mal, Jan Kofoed", übernahm der Bruder im grauen Hemd, „wir sind ehrbare Bürger, die nur das ein oder andere, was die Regierung tut, etwas kritischer sehen. Aber wir lehnen Waffengewalt ab. Leuten einfach in den Kopf zu schießen, gehört sich nicht. Ja, einen Teil von ihnen wieder nach Hause zu schicken, das würden wir begrüßen. Aber keinen Mord." Stille kehrte ein. Jan wartete, ob da noch von einem der Zwillinge etwas kam. Aber anscheinend hatten sie ihre Botschaft vollständig abgeschickt.

„Das glaube ich euch", begann Jan, „aber wisst ihr, mir fehlt jeder Ansatzpunkt, wer so etwas tun könnte. In dieser Brutalität. Auf Bornholm kennt doch fast jeder jeden. Hat sich denn jemand so verstellt, dass das nie jemandem aufgefallen ist?"

Das Schwarzhemd antwortete ihm: „Ja, vermutlich. Du kannst jetzt noch zu allen unseren anderen Kameraden fahren und auch zu denen, die nicht zu unserer Gruppe gehören, sondern ihren Kampf für ein besseres Dänemark allein führen. Von denen, die ich kenne, war es garantiert niemand. Aber du weißt das doch auch aus den Nachrichten, dass plötzlich irgendwelche Jugendlichen in Amerika in eine Schule oder so gehen und rumballern. Das kommt alles von diesen neuen Sachen, Internet und so. Vielleicht solltest du dich lieber mal an den Schulen umhören. Da sind Anstand und Sitten ja völlig verlottert."

Die Zwillinge waren Jan alles andere als sympathisch, aber vielleicht hatten sie mit diesem Hinweis recht. Er nickte: „Ja, auch das ist möglich. Vielen Dank." Er ging zur Tür. Im Wagen überlegte er, ob er die beiden restlichen Adressen noch ansteuern sollte. Hinter der Gardine erkannte er die Gesichter der Brüder.

Zur Sicherheit entschied er sich, doch die beiden Adressen anzufahren. In Hasle wohnte die Frau, die bei Bornholmslinjen arbeitete. Vermutlich war sie eh auf einem der Schiffe. Jan klingelte. Er bemerkte, dass sich drinnen etwas tat. Doch es dauerte, bis die Tür geöffnet wurde. Ein alter Mann mit einem Gehwagen öffnete die Tür: „Ja bitte, was willst du?"

„Guten Tag, ist Nana da?"

„Nein, meine Tochter ist mit der Fähre in Køge, sie arbeitet auf dem Schiff, sie kommt erst morgen früh wieder."

„Ach so, ja, das habe ich mir fast gedacht."

„Und wer bist du?"

Jan stockte kurz: „Äh, ein Bekannter."

Der Mann kniff die Augen zusammen: „Nein, du bist doch dieser Polizist. Dieser berühmte. Ich kenne dich. Deine Frau ist doch gestorben. Ja, ich habe dich im Fernsehen gesehen."
„Ja, der bin ich." Jan war überrascht.
„Und jetzt willst du Nana fragen, ob sie diese zwei Leute umgebracht hat, oder?"
Jans Verblüffung wuchs: „Wie kommst du darauf?"
„Na ja, das waren doch Ausländer, und sie hat ja so beschissene politische Ansichten. Ich als ihr Vater kann ihr das sagen. Ich bin hier als junger Mann für die Sozialdemokraten in den Wahlkampf gegangen, als Anker Jørgensen Ministerpräsident war. Ich habe ihr immer gesagt, dass sie eines Tages noch richtig Ärger bekommt, wenn sie immer so einen Mist erzählt." Der Mann war sichtlich erregt.
„Nein, es ist nicht so, dass ich deine Tochter verdächtige. Ich wollte nur von ihr wissen, ob sie etwas gehört hat. Vielleicht hat sich einer ihrer Freunde mit den Taten gebrüstet. Männer protzen ja manchmal gerne vor Frauen."
„Das stimmt", lächelte sein Gegenüber jetzt. „Ich werde ihr sagen, dass sie dich anrufen soll, wenn sie wieder hier ist." Er nahm ein Stofftaschentuch aus dem Wagen und putzte sich die Nase.
„Danke, das ist sehr nett von dir."
Jan ging zurück zum Wagen, welch ein interessanter Mann. Das war für ihn bestimmt nicht leicht, mit so einer Tochter unter einem Dach zu leben.
Er kam in Muleby an, seiner letzten Station. Von der Straße erkannte er die freie Fläche auf der Einfahrt. Es war wohl niemand zu Hause. Seufzend schälte er sich aus dem Auto und wollte gerade auf das Haus zugehen, als er eine Stimme hörte: „Die sind vorhin wegge-

fahren." Jan drehte sich um, ein Mann stand auf der anderen Straßenseite an seinem gelben Golf. Der war mit dem Aufkleber verziert, Jan konnte nur „laekker" und .dk" lesen, die mittleren Buchstaben verdeckte der Mann.

„Schon lange?"

„Nein, so vor einer halben Stunde, glaube ich."

„Danke, ein schönes Wochenende noch." Jan startete wieder. Wirklich schlauer war er nicht geworden. Nun, die einschlägig bekannten Rechtsextremen schienen nicht beteiligt zu sein. Vermutlich war es doch ein bis jetzt nicht in Erscheinung getretener Radikaler. Oder war das Motiv doch ein ganz anderes? Aber wenn ja, welche Verbindung gab es zwischen dem dänischen Koch mit thailändischen Wurzeln und der Studentin aus der Ukraine? Er wählte Sonjas Nummer und kündigte sich an.

Ditte und Lone ließen den Samstag entspannt angehen, heute konnten sie Dittes Arbeit gut mit gemeinsamer Freizeitgestaltung verknüpfen. Den ersten Kaffee hatten sie eng umschlungen im Bett getrunken und Pläne geschmiedet. Kafka lag vor dem Bett. Ostern würden sie nach Horne auf Fünen fahren, dort wohnten Lones Eltern. Außerdem wollten sie einmal wieder ein langes Wochenende in Kopenhagen verbringen, shoppen, gut essen, vielleicht auch tanzen. Und im Sommer? Lone hatte Portugal vorgeschlagen, Ditte fürchtete eine zu große Hitze, hatte selbst keine andere Idee. Es war ja noch etwas Zeit.

Anschließend waren sie im leichten Regen eine Runde gelaufen und hatten nach dem gemeinsamen Duschen gefrühstückt. Dann waren sie Richtung Aakirkeby gestartet. Nördlich der Stadt wohnte einer von Dittes

Informanten, ein kleiner Dealer, der immer wusste, was in der Szene gerade lief. Das war Ditte wertvoller, als ihn wegen ein paar Gramm zu viel hinter Gitter zu bringen. Sie ließ Lone mit Kafka an der Aa Kirke hinaus und fuhr weiter. Der Regen war Richtung Norden abgezogen. Lone schlenderte in Richtung der Imbissbude und zum Marktplatz. Er war weitgehend leer, was nicht am Wetter lag. Sie empfand Aakirkeby schon immer als trostlos. Es gab einige Ideen, wie man die Stadt attraktiver machen könne, manche hatte sie auf dem Schreibtisch gehabt. Aber meist versandeten die. Sie ging die Straße hinunter Richtung Bäcker Dam. Da wollte sie etwas Wienerbrød für ihren Spaziergang später kaufen. Sie schaute kurz bei dem Tryk2 ins Fenster, einer Galerie und Werkstatt. Vielleicht würde sie ja auch eines Tages einmal eine eigene Ausstellung haben, die Malerei brachte ihr Spaß. Wenige Schritte weiter blieb sie bei dem Juwelier an der Ecke stehen. Der präsentierte schöne Armbanduhren im Fenster. Vielleicht sollte sie sich einmal eine neue kaufen, ihre hatte sie schon 15 Jahre oder mehr. Andererseits hing sie an ihr. Ihre Eltern hatten sie ihr geschenkt, als sie ihre durchaus erfolgreiche Leichtathletik-Karriere offiziell beendete und ihre Laufschuhe an den Nagel hängte.

Sie kaufte ihren Proviant ein und schaute noch schnell nebenan ins Fenster des Lampengeschäftes. Das führte wirklich schöne Stücke von bekannten dänischen Marken. Solche, wie sie auch in ihrer Behörde standen. Aber Ditte und sie hatten sich etwas einfacher eingerichtet, ihre Lampen hatten sie größtenteils in einem Geschäft in Odense gekauft, als ihre Frau und sie auf der Rückfahrt von Lones Eltern waren. Der Espresso, den sie sich bei Dam mitgenommen hatte, schmeckte großartig. Nun wollte sie mit Kafka noch in die Kirche gehen.

Ditte fuhr über einen matschigen Feldweg zu dem kleinen Haus, in dem Jokke wohnte. Jokke hieß eigentlich Joakim, aber irgendwann war er zu Jokke geworden. Er hatte nach der Volksschule eine Lehre gemacht und war in einem kleinen Elektrotechnikbetrieb in Hasle tätig geworden. Doch Jokke wollte mehr Geld in der Tasche haben und entdeckte den Drogenhandel hierfür als Möglichkeit. Er holte sich regelmäßig Stoff aus Kopenhagen oder bekam ihn von Kurieren gebracht, aber nur Cannabis, nichts Hartes. Natürlich war er in dem Betrieb in Hasle schon lange nicht mehr tätig, aber sein Drogenhandel lief. Dafür ließ ihn die Polizei stillschweigend gewähren, zumindest, solange er mit der einen oder anderen Information herausrückte. Jokke war um die 40 und hielt sich für unwiderstehlich, was er bei bestem Willen nicht war, leider hatte er selbst zu viel von seiner Handelsware genossen. Aber er flirtete jedes Mal mit Ditte, wenn sie sich begegneten, wohl wissend, dass sie mit einer Frau verheiratet war. Ditte nahm es mit Humor.

„Ditte, schönste aller Bornholmer Blumen, welch´ ein Traum, dich endlich wieder zu sehen. Mein Verlangen ist groß."

Ditte lachte: „Na, Jokke, heute schon etwas Gras gefrühstückt?"

„Ach was, Tee und Müsli gab es."

„Ja, natürlich. Hör mal, Jokke, ich habe nicht viel Zeit, meine Frau wartet. Gibt es hier Änderungen in der Szene, ich meine unter den Händlern?"

„Deine Frau wartet? Betrügst du mich? Bist du mir untreu?" Jokke versuchte ganz ernst auszusehen.

„Ja, Jokke, schon seit Jahren. So, nun spuck's schon aus, gibt's Stress unter den Dealern?"

„Schönste aller dänischen Dittes, was meinst du? Ich versteh dich nicht."

„Also, ich erkläre es dir. Irgendwelche Leute in Kopenhagen steuern den Markt hier auf Bornholm, beliefern dich und noch ein paar andere Leute, die ihre Kunden versorgen und das Geld einkassieren. Und ich will wissen, ob dein Lieferant gerade ein Problem hat? Ob andere Leute den Markt hier übernehmen wollen? Das interessiert mich, verstehst du?"

„Nicht so richtig. Was meinst du?"

„Jokke, du warst schon mal schneller von Begriff. In den letzten Tagen sind hier zwei Leute getötet worden. Und ich will wissen, ob das was mit Drogengeschäften zu tun hat."

„Ditte, my day dream, sag das doch gleich." Er lachte. „Nein, so ein Quatsch. Ja, ich habe davon gehört, also von diesen Toten. Aber der Markt hier ist doch viel zu klein, dafür killt man niemanden. Nein, alle Matrosen sind noch an Bord, ich habe nichts anderes gehört. Wieso sind diese Leute eigentlich umgebracht worden?"

„Jokke! Das versuche ich gerade herauszufinden, und deshalb habe ich dich aufgesucht. Hast du dein Gehirn jetzt endgültig weggekifft?" Dittes Stimme überschlug sich leicht.

Er schaute sie ratlos an: „Ach ja, ja klar, ich verstehe. Äh, nein, ich weiß es auch nicht. Also mit Drogen hat das nichts zu tun, das wüsste ich." Er setzte seinen Dackelblick auf: „Bist du jetzt böse auf mich?"

„Nein, Jokke, du hast mir geholfen, wirklich, danke." Sie drehte sich um.

„Willst du nicht noch etwas bei mir bleiben?"

„Nein, Jokke, wie gesagt, meine Frau wartet."
„Ja, natürlich, grüß sie schön. Und deinen Hund. Hast du den noch?"
„Ja, den habe ich noch, Kafka."
„Kafka. Komischer Name. Was soll das sein?"
Da war Ditte schon an ihrem Auto. Die Drogenspur schien nicht sonderlich vielversprechend zu sein. Sie las die Nachricht von Lone, dass sie in der Aa Kirke sei. Ditte antwortete, dass sie noch gut fünf Minuten brauche.

„Und, bist du jetzt schlauer?", fragte Lone, als sie Kafka im Kofferraum untergebracht und sich ins Auto gesetzt hatte.
„Ja, es scheint, als wenn das alles nichts mit Drogen zu tun hat. Ich werde trotzdem sicherheitshalber Gamle Benny kurz fragen."
Sie fuhren nach Nexø hinein, an der Kreuzung hatten sie das Andersen Nexø Haus im Rücken, wo die Mordserie begonnen hatte. Ditte wollte links Richtung Lidl fahren und Lone und Kafka dort herauslassen, da sah sie das Auto von Gamle Benny Richtung Netto abbiegen. Er fuhr ein kleines japanisches Auto in Silber, das wohl nur noch durch die zwei hässlichen grünen Rallyestreifen zusammengehalten wurde, die sich von der Motorhaube bis zum Kofferraum zogen.
Gamle Benny hieß so, weil er viel Ähnlichkeit mit Benny Andersson von Abba hatte. Das Attribut „Gamle"* hatte er sich durch intensiven Konsum verschiedenster Rauschmittel verdient. Er war einst in Kopenhagen recht weit oben in der Dealerszene gewesen, man hatte Respekt vor ihm. Dann hatte er sich in

---

* dt. „Alter"

Karin aus Bodilsker verliebt und war nach Bornholm gezogen. Hier benahm er sich ziemlich breitbeinig und meinte, den Drogenhandel dirigieren zu können. Seine alten Freunde aus Kopenhagen sahen das anders und ließen ihn das im wahrsten Sinne des Wortes mehrfach körperlich spüren. Sie erlaubten ihm, sich als Dealer für ein bestimmtes Gebiet auf Bornholm zu betätigen. Mehr nicht. Karin verließ ihn, und Gamle Benny zog in eine recht kleine Haushälfte in Nexø. Er war nicht mehr groß im Geschäft, aber immer noch gut vernetzt, das machte ihn als Kontakt so wertvoll.

Ditte parkte neben ihm. Lone stieg aus und ging mit Kafka Richtung Wasser. Benny schaute ihr irritiert hinterher und kurbelte seine Fensterscheibe herunter. Ditte ließ die Scheibe auf Lones Seite herunter.

„Holm, was gibt's?"

„Benny, nur ganz kurz. Gibt es Unruhe in der Szene? Hat Kopenhagen neue Leute hierhergeschickt? Oder übernehmen andere sogar das Geschäft hier?"

„Holm, wovon träumst du? Um Bornholm kämpft doch keiner. Wie kommst du darauf?"

„Zwei Tote in zwei Tagen, verstehst du jetzt?"

Er lachte: „Ach so, das. Nee, das hat mit Drogen nichts zu tun. Da kann irgendwer die Fremden nicht leiden. Kann ich auch nicht, aber deswegen knall ich sie nicht ab. So ein Schwachsinn. Nee, wegen Drogen ballert hier keiner rum. Der Markt ist nicht so groß, dass dafür einer länger in den Knast gehen will. Ich würde es dir sonst sagen, ehrlich."

„Ich vertraue dir, Benny, schöne Woche noch."

„Danke, Holm. War nett, dich mal wieder zu sehen."

Ditte fuhr ein kleines Stück weiter Richtung Wasser. Lone und Kafka stiegen wieder ein.

„Bist du enttäuscht, dass deine Spur sich als vermutlich falsch erweist?", fragte Lone. Sie hatten am Strand von Balka geparkt und gingen nun Richtung Snogebæk. Es war kalt, aber trocken. Kafka lief immer wieder ins Wasser, aber angesichts der Temperaturen auch schnell wieder heraus. Es wurde trotz zahlreicher Versuche auch nicht wärmer.

„Nein, manchmal erweist sich ein Verdacht als richtig und manchmal nicht. Das ist ganz normal. Ich bin nicht Christian, der würde sich jetzt fürchterlich ärgern."

„Ja, das hast du schon öfter gemeint. Vielleicht wird er ruhiger, wenn sein Kind da ist."

„Der will eines Tages nach Kopenhagen, das wird noch Stress mit Lærke geben, da bin ich ganz sicher."

„Willst du denn nicht auch noch weiterkommen?", schaute Lone ihre Frau an.

„Ach, eigentlich fühle ich mich jetzt ganz wohl. Die Position von Jan fände ich ganz schön, aber die ist nur für ihn geschaffen und wird es so auch nicht wieder geben. Ein kleines Team führen, anspruchsvolle Aufgaben bewältigen müssen und trotzdem kaum Verwaltungsaufgaben auf dem Tisch haben, das ist herrlich."

„Wenn so eine Herausforderung irgendwo in Dänemark auf dich warten würde, würdest du dann dorthin gehen?"

„Wenn es die richtige Region ist, vielleicht. Aber nur, wenn du mitkommst. Du bist das Wichtigste in meinem Leben."

Die kleine Ex-Handballerin und die große Ex-Langstreckenläuferin umarmten sich ganz fest. Kafka kam zu ihnen gelaufen. Da wollte er nicht fehlen.

Als sie weitergingen, meinte Lone: „Jans Stelle wird bei seiner Pensionierung eh abgeschafft, wenn er aufhört, endet auch das Morden auf Bornholm."

Ditte musste heftig lachen.

Christian haderte mit sich, er hatte sich selbst hereingelegt. Er hatte Jan mehr Personen auf die Besuchsliste geschrieben, nämlich sieben, sich selbst hatte er nur vier gegeben. So würde er wieder schneller bei seiner Frau sein. Allerdings lagen seine Adressen weit auseinander, während die von Jan alle im Großraum Rønne platziert waren. Nein, Christian stand momentan etwas neben sich. In gut sieben Wochen war Stichtag, gedanklich war er Tag und Nacht bei Lærke und dem Baby. Allerdings würde er jetzt erst zu den beiden zurückkehren, wenn Jan schon längst bei Sonja war. Er hätte ganz einfach einen Moment länger nachdenken sollen.

Er verließ die Straße zwischen Aakirkeby und Nexø und bog Richtung Østermarie ab. Bald drosselte er das Tempo, um den Abzweiger zu dem Hof nicht zu verpassen. Vorne an der Straße wies ein Schild auf eine Hundezucht hin, Christian blinkte und fuhr auf das sehr kleine und sehr gepflegte Gehöft. Mehrere bellende Hunde empfingen ihn, alles Rottweiler, Gott sei Dank in einem Zwinger untergebracht. Ein Mann kam heraus, schätzungsweise Ende 30 und von kräftiger Statur. Angsteinflößend.

„Warum bist du hier?", lautete seine freundliche Begrüßung.

Christian stellte sich und den Anlass seines Besuches vor.

„Und deshalb verdächtigt ihr jetzt jeden, der eine eigene Meinung hat?"

„Deine eigene Meinung will dir keiner nehmen, Dänemark ist ein freies Land."

„Aber nicht mehr lange, wenn..."

„Dänemark ist ein freies Land und bleibt es auch“, Christian dachte nicht daran, sich von dem Mann die Butter vom Brot nehmen zu lassen. „Was ich von dir nur gerne wissen möchte, ist, ob du etwas gehört hast. Gehört von Leuten, die hier mit Waffengewalt eine Art Umsturz planen, indem sie Migranten oder Menschen mit migrantischem Hintergrund umbringen.“
„Sollen sie doch, stört mich nicht.“
„Aber uns. Die begehen Verbrechen und werden dafür verurteilt werden.“
„Wenn ihr sie findet.“ Der Mann lächelte und pustete den Rauch seiner Zigarette rein zufällig Richtung Christian. Mit dem war nicht zu reden, reine Zeitverschwendung.
„Das werden wir tun, verlass dich drauf. Wir werden uns für deine Mitarbeit bedanken und dich von nun an öfter mal besuchen.“
„Macht das gerne. Aber ich kann nicht immer garantieren, dass meine Hunde im Zwinger sind.“ Der Gesichtsausdruck des Mannes wurde noch höhnischer.
„Auch dafür haben wir gegebenenfalls eine Lösung“, antwortete Christian und setzte ein verächtliches Gesicht auf. Wie zufällig zog er seine Jacke nach hinten, sodass sein Revolver sichtbar wurde. Das Gesicht seines Gegenübers verfinsterte sich schlagartig. Christian stieg grußlos in seinen Wagen.
Puh, der Kerl war nicht ohne. Und sehr verdächtig, er musste dringend überprüfen, was die Datenbank über ihn wusste. Er fuhr weiter nach Østermarie und von dort Richtung Svaneke. Dann folgte er der Straße nach Bølshavn und bog bald ab. Sein Ziel fand er schnell. Er klingelte. Nichts. Er lugte durch das Fenster. Hatte sich da nicht etwas bewegt? Er ging zurück und klingelte erneut. Keine Reaktion. Er setzte sich in seinen Wagen,

fuhr aber nur bis zum Ende der Straße. Aus der Ferne beobachtete er das Haus. Würde jemand herauskommen? Nach zehn Minuten beschloss er weiterzufahren, es hatte sich nichts getan. Langsam fuhr er an dem Haus vorbei. Er konnte niemanden entdecken. Er schaute erneut auf die Uhr. Jetzt wurde es knapp, er hatte Lærke versprochen, mit zum Geburtsvorbereitungskurs zu kommen.

Vor Gudhjem bog er links Richtung Rønne ab, passierte die alte Bahnstation. Schon bald ging es rechts Richtung Rø. Die Strecke war recht hügelig, gerne wäre er etwas schneller gefahren, das kribbelte so schön im Bauch. Aber der Regen hatte die Straße etwas schwammig gemacht. Und an einer der rotweißen Seitenbegrenzungen wollte er nicht landen.

Da vorne musste der Hof von diesem Frederiksen liegen, da, wo Ditte die Geiselnahme beendet hatte. Dann war das da rechts der andere Hof, der das ganze Drama mit ausgelöst hatte. Da schienen jetzt Leute zu wohnen, zumindest sah man Autos vor dem Hauptgebäude.

Er fuhr weiter, und bald darauf hatte er sein drittes Ziel gefunden. Ein etwas verfallenes Gehöft, ungepflegt, der Regen ließ das Ensemble noch trostloser aussehen. Ein alter Fiat stand am Eingang. Er klingelte. Keine Reaktion. Ein zweiter Versuch und noch immer nichts. Christian suchte nach dem besten Weg, um in eines der Fenster schauen zu können, ohne durch Matsch und Pfützen gehen zu müssen. Das gelang ihm nicht wirklich. Er spürte, wie das Wasser in seine Schuhe floss. Falsche Schuhwahl, so ein Mist. Er lugte unter einer vergilbten Gardine in ein Zimmer. Dort lag ein Mann seitlich auf seinem Bett. Das Gesicht sah nach Schmerz aus. Hatte er gerade schlecht geträumt?

Christian ließ den Blick nicht von dem Mann. Atmete der überhaupt? Das Fenster war nicht besonders sauber, aber an dem lag es nicht, dass ihm die Haut des Mannes so merkwürdig weiß erschien. Ein Verdacht kam in ihm auf.

Er stapfte wieder zur Eingangstür und versuchte, diese mit der Kreditkarte zu öffnen. Keine Chance, anderes Werkzeug hatte er nicht dabei. Er ging an der anderen Seite um das Haus, jetzt schaute er in das Wohnzimmer. Er blickte sich um, nahm einen großen Stein und warf ihn gegen die Scheibe, die sofort zerbarst. Der herausströmende Geruch ließ Christian ein paar Schritte nach hinten gehen. Bestialisch. Als er sich wieder gefangen hatte, klopfte er mit einem kleineren Stein Teile aus der kaputten Scheibe heraus, bis er einsteigen konnte. Kaum drinnen erkannte er die Ursache für den Geruch. Eine halb verweste Leiche lag auf dem Sofa. Er spürte, wie sich sein Hals zusammenzog. Er stürzte zum Fenster und übergab sich nach draußen. Anschließend ging er vorsichtig durch das Wohnzimmer hinüber in das Schlafzimmer. Der Mann lag dort unverändert. Er war tatsächlich tot. Auf dem kleinen Tisch erkannte Christian eine Dose mit Schlaftabletten. Er fasste sie nicht an, aber ein kurzer Blick sagte ihm, dass nur noch ein oder zwei Stück darin waren. Er ging nach draußen und rief die Kollegen von der Bereitschaft an. Die sollten alles absichern. Und Knud Rømer, der Rechtsmediziner, sollte kommen. In der Zentrale versprach man, sich darum sofort zu kümmern. Christian sagte zu, so lange am Ort zu bleiben.

Er schaute auf die Uhr. Die Zeit lief ihm davon. Doch er wollte Lærke nicht allein zu dem Kurs gehen lassen. Hoffentlich würden die Kollegen schnell hier sein. Und die letzte Adresse musste er ausfallen lassen. Das musste Jan ihm genehmigen.

Er rief ihn an und berichtete, wo er gerade war und was er gesehen hatte.

„Ist dir etwas aufgefallen?", fragte Jan.

„Nein, mein erster Gedanke war, dass die erste Person, vielleicht seine Frau, so richtig war die nicht mehr erkennbar, gestorben ist. Und der Mann ein paar Tage neben ihr gelebt hat und dann die Tabletten genommen hat. Von Gewalt war jedenfalls nichts zu sehen."

„Wie heißt der Mann?"

„Geir Brorson, ein Landwirt und einer der letzten Überlebenden von ‚Glistrups Jüngern'. Na ja, also bis jetzt. Das sieht hier so heruntergekommen aus, so dreckig und klebrig, das ist alles nicht nur aus den letzten Tagen."

„Ja, das kann natürlich so sein. Knud wird die Todesursachen feststellen können. Und die Kollegen sollen sich mal in der Umgebung umhören, was die so über die beiden wissen. Du hast dich übergeben, sagst du?"

„Ja, ich weiß nicht, ob der Geruch das ausgelöst hat oder der Anblick, aber das war heftig."

„Wie geht es dir jetzt?"

Die Chance musste Christian nutzen: „Sehr schlecht, mein Magen grummelt immer noch, ich glaube, ich muss gleich nochmal…, du verstehst."

„Wo ist dein nächster Besuch vorgesehen?"

„In Sandvig, ein ehemaliger Zahnarzt, der vor zwei Jahren aus Kopenhagen hierhergezogen ist. War drüben wohl sehr auffällig in der Szene, hier bislang nicht in Erscheinung getreten."

„Gut, dann fahre nach Hause und erhole dich, den Zahnarzt gucken wir uns die Tage an."

„Ja, danke."

Eine halbe Stunde später hörte Christian die Sirenen von Polizei und Krankenwagen. Kurz darauf rollten die Wagen auf den Hof.

Knud Rømer stieg aus und schaute Christian an: „Langsam beginne ich, Jan zu verfluchen. Seit der hier ist, sind meine ruhigen Tage deutlich weniger geworden. Du siehst schlecht aus." Er reichte ihm eine Tablette.

„So fühle ich mich auch." Christian erzählte den Kollegen von der Bereitschaft kurz, was ihm widerfahren war und dass Jan wünschte, dass die Nachbarn befragt würden. Dann ging er zu seinem Auto, schaute kopfschüttelnd auf seine völlig verdreckten Schuhe und die von Matsch befleckte Hose und startete Richtung Rønne. Er würde sich zu Hause kurz umziehen und dann mit seiner Frau zu dem Kursus fahren. Endlich Wochenende, endlich Lærke und ihr dicker Bauch.

7

Die Frau Ende dreißig saß etwas östlich von Rønne auf ihrem Sofa. Sie hatte das Haus gründlich geputzt und war erschöpft. Auf dem Tisch vor ihr dampfte ein Becher mit heißem Früchtetee. Die Woche war anstrengend gewesen, sie hatte viel gearbeitet. Ihr Mann war gerade wieder ins Fitnessstudio gefahren, sie genoss die Ruhe. Es wurde mit ihm immer schlimmer. Er war mit nichts und niemandem zufrieden, schimpfte über jeden und alles. Über seine Arbeit in der Großschlachterei, die Kollegen, die Verkäufer in irgendwelchen Geschäften, das Auto, über die Bornholmer Politik und natürlich auch über die in Kopenhagen.

Die ständig klamme Kasse der Bornholmer Verwaltung ließ sich seiner Meinung nach einfach füllen. Die

Bibliotheken der Insel sollte man alle schließen, das kleine Theater auch, Touristen sollten eine zusätzliche Steuer bezahlen, Nicht-Bornholmer sollten auch für das Parken blechen, die Kopenhagener Regierung einfach ihre Zuschüsse erhöhen. Und natürlich musste man den Sozialschmarotzern das Geld streichen. Aber auf ihn hörte ja niemand. Wenn sie dann die falsche Antwort gab, setzte es wieder ein paar Ohrfeigen. Sie hatte schon einigen Patienten absagen müssen, weil ihre Wangen angeschwollen und verfärbt waren.

Wenn er später aus dem Studio zurückkommen würde, würde er sich auf das Sofa legen und ein, zwei Stunden schlafen. Anschließend würde sie das Abendessen auftragen. Danach würde er den Fernseher einschalten und über das Programm schimpfen. Irgendwann würde er die Kiste ausschalten, und sie würden ins Bett gehen. Wenn sie Glück hatte, würde er den Sex vergessen. Wenn nicht, würde er sich auf sie legen und sehr kräftig zustoßen. Ihren Schmerz müsste sie unterdrücken. Und wenn er fertig war, würde er sich zur Seite drehen und einschlafen. Dann hätte sie für 24 Stunden Ruhe, wenn sie Glück hatte für länger.

Was war er so anders gewesen, als sie sich vor acht Jahren kennenlernten. Ja, seine Arbeit als Zerteiler in der Großschlachterei war anstrengend und eintönig. Aber das machte ihm nichts aus, er verdiente gut. Sie fuhren damals öfters nach Kopenhagen und sogar bis nach Odense. Auch mal nach Schweden, nach Ystad und Malmö. Sie wohnten zwar immer in einfachen Hotels, aber wichtiger war, dass sie gemeinsam etwas unternahmen. Er war ein fürsorglicher und zärtlicher Mann. Er trainierte viel im Fitnesscenter und wurde immer muskulöser. Sie mochte das und fühlte sich bei ihm sehr geborgen. Als dann diese Corona-

Beschränkungen kamen, verwandelte er sich. Seine Gedankenwelt wurde dunkler, er wurde ungehaltener, cholerisch, gewalttätig. Wehe, sie zeigte Verständnis für die Maßnahmen der Regierung, dann knallte es wieder.

Nein, sie musste hier weg, weg von ihm, weg von Bornholm. Zurück in ihre Heimat. Das war nicht ungefährlich, sie musste den richtigen Zeitpunkt finden. Ihre beiden Brüder würden sie sicherlich unterstützen, die ließen sich auch nicht einschüchtern. Sie würde sie nächste Woche einmal anrufen. Sie hatte noch so viele Jahre vor sich, die wollte sie genießen. Das war mit diesem Mann nicht mehr möglich.

Sie nickte weg. In ihrem Traum erschien die Ostseeküste ihrer Heimat, das Meer rollte über den Strand, plötzlich stand sie vor einer großen Kirche, sie ging vor ihrer alten Schule entlang, ihre Eltern saßen auf ihrem alten grünen Sofa vor ihr und dann der erste Zungenkuss mit... Sie schreckte auf, es hatte geklingelt. Samstagnachmittag, wer konnte das sein. Ach, wahrscheinlich hatte ihr Mann wieder sein Proteinpulver bestellt. Sie öffnete die Tür. Ein Motorradfahrer ganz in schwarz. Er zeigte mit etwas auf sie. Eine..., ihr Kopf knallte gegen die Haustür, und dann stürzte sie nach hinten.

Nach seinen Besuchen war Jan zu Sonja gegangen. Er hatte auf dem Rückweg bei Kvickly etwas Kuchen gekauft. Sonja hatte den Kaffee durchlaufen lassen, und nun saßen sie in ihrem Wohnzimmer. Den ganzen Tag war der Himmel bedeckt gewesen. Das Haus war warm und gemütlich, Kaffeegeruch füllte den Raum. Sonja hatte die roten Kerzen auf dem goldenen Cobra Kerzenhalter von Georg Jensen angezündet. Die großen Markennamen wie Lyngby, Holmegaard oder Eva Trio, für die Dänemark in aller Welt berühmt war, waren ihr immer egal gewesen. Und zu teuer. Aber wenn sie ein solches Stück im Ausverkauf oder im Gebrauchtwarenladen ergattern konnte, überwand sie sich doch einmal.

„Hoffentlich bleibt es dieses Wochenende ruhig", sagte sie zwischen zwei Bissen vom Zimtkuchen.

„Ja, das hoffe ich auch, die Situation ist undurchsichtig genug." Jan hatte Mühe, Ruhe zu finden. Zu sehr arbeitete es in ihm, er fand so gar keinen Ermittlungsansatz. Sein Telefon blinkte auf, er nahm den Anruf an. Sonja sah in sein entsetztes Gesicht. Mehr musste sie nicht wissen, den Rest des Kaffees konnte sie allein trinken. Jan beendete das Telefonat: „Eine Tote, ihr Mann hat sie gerade gefunden. Und ich glaube, dass ich die beiden kenne." Er stand auf. „Es tut mir leid, ich bin schnellstmöglich wieder da."

„Soll ich dir vom Kaffee etwas in einen Thermobecher abfüllen, den du mitnehmen kannst?"

„Oh ja, das ist eine tolle Idee, danke." Er wählte die Nummer von Christian, doch der nahm nicht ab. Er versuchte es bei Ditte.

„Jan, sag nicht, dass es das ist, was ich vermute."

„Doch, das ist es. Eine Frau ist umgebracht worden. Wo bist du?"

„Wir laufen gerade über den demnächst sehr dunklen Strand von Balka, wir waren noch in Nexø. Soll ich kommen?"

„Nein, das musst du nicht extra, gönnt Kafka seinen Auslauf. Ich nehme an, dass die Frau ebenfalls mit einem Schuss in die Stirn getötet wurde, wie die anderen beiden. Mehr wird man am Tatort nicht finden. Die Motivsuche geht weiter."

„Wo ist das passiert?"
„In Lobbæk." Er nannte ihr die Adresse.
„Aber das ist doch…
„Genau, ich bin gespannt, was ihr Mann sagt."
„Kommt Christian mit?"
„Nein, der nimmt nicht ab. Ich fahre gleich an seinem Haus vorbei, ansonsten düse ich schnell allein dorthin."
„Ja, klar. Dann müssen wir uns wohl morgen im Büro treffen, oder?"
„Auf jeden Fall, ich schreibe dir noch, wann das sein wird."

Bei Christian war es dunkel gewesen, so war Jan gleich weiter Richtung Lobbæk gefahren. Er musste in der Dunkelheit aufpassen, die richtige Einfahrt zu finden. Aber das war nicht notwendig, es standen bereits genügend beleuchtete Wagen vor dem Haus. Er ging an den zwei Bereitschaftspolizisten am Absperrband vorbei. Im Hauseingang hatte sich die Spurensicherung bereits an die Arbeit gemacht, nur Knud Rømer, der Rechtsmediziner, fehlte noch.
Jan drückte sich an den Kollegen vorbei ins Haus. Drinnen saß Dennis Aalling, der Ehemann der ermordeten Ruta. Sie war eine Physiotherapeutin aus Estland, er arbeitete als Zerteiler in der Großfleischerei von Danish Crown in Rønne. In dem Fall des ermordeten Unternehmers Jesper Olsen und seines ebenfalls getöteten Partners Martin Mylius letzten Oktober hatte Dennis kurzzeitig zu den Verdächtigen gehört. Er war eng mit George Westwood befreundet, und beide einte, außer dem Spaß am Bodybuilding, die Ablehnung des Staates. Dennis war ein Bär von Mann, nun saß er zusammengekauert auf dem Sofa, wimmerte,

und das Getränk vor ihm roch nach Cognac. Eine Flasche Carlsberg hatte er in der Hand. Mit müden Augen schaute er Jan an, vielleicht war der Blick auch verächtlich.

„Wo warst du, als das passiert ist?"

„Im Studio, in Nexø. Fitness."

„Wann bist du dahin gefahren?"

Eine kleine Pause trat ein: „Weiß nicht, ich glaube so 12.30 Uhr."

„War das normal, dass du auch am Wochenende dorthin gehst?"

„Ja klar, wann denn sonst? Durch meine Schichtarbeit kann ich in der Woche oft nicht."

„Hast du eine Ahnung, wer das gewesen sein könnte?"

„Nein, überhaupt nicht." Er leerte das Cognacglas mit einem Schluck. „Es gibt keinen Grund. Meine Frau hat doch nichts verbrochen. Im Gegenteil, sie hat doch vielen geholfen."

„Hattest du mit jemandem Ärger, der sich vielleicht an ihr gerächt hat?" Jan hatte Dennis als ziemlich impulsiv in Erinnerung.

„Nein, wie kommst du darauf? Weil ich dich damals am Kragen gepackt habe? Nein, das war eine Ausnahme, ich bin ein ruhiger Typ, der niemandem etwas tut."

Klar, Jan musste innerlich lachen: „Könnte es denn jemand aus ihrer alten Heimat gewesen sein?"

„Aus Estland? Nein, dahin hatte sie keine Kontakte mehr. Da leben zwar noch ihre beiden Brüder und ihre Eltern. Den Eltern hat sie manchmal geschrieben, zu den Brüdern hatte sie gar keinen Kontakt mehr. Warum sollte jetzt plötzlich einer aus der Zeit vor unserer Ehe kommen und ihr was antun? Schwachsinn."

„Wie war eure Ehe?"

„Toll, wir waren sehr glücklich miteinander." Er nahm einen Schluck Bier und goss neuen Cognac ins Glas. Tränen konnte Jan nicht entdecken. „Bei uns war alles harmonisch, weiß du. Sie hatte ihren Job als Physiotherapeutin, ich meinen bei Danish Crown, wir haben dieses Haus hier, ab und zu sind wir in die Nähe verreist, so viel Geld haben wir auch nicht, dass wir nach China fliegen können. Wir hatten guten Sex, falls du das jetzt fragen willst, wir standen total aufeinander, es war alles schön. Wir waren glücklich, wie gesagt."

„Vielen Dank, Dennis, ich denke, ich werde auf dich noch einmal zurückkommen, wenn wir in dem Fall weiter sind."

„Ja, von mir aus."

Im Hauseingang traf Jan auf Knud Rømer, der in der Zwischenzeit angekommen war und über der Toten hockte: „Hallo Jan, ein Kopfschuss aus nächster Nähe, wie gestern und vorgestern. Aber die Frau hat blaue Flecken auf den Armen und auch am Oberkörper."

„Ein Kampf?"

„Nein, nicht mit dem Mörder, das kann ich ausschließen. Die Wunden sind etwas älter, aber nicht sehr. Ich glaube, im Gesicht gibt es auch noch Reste von Schwellungen."

„Ihr Mann?"

„Könnte sein, aber das ist dein Job, das herauszubekommen. Ich schaue sie mir morgen genauer an, dann kannst du dich am Montag an die Arbeit machen."

„Ja, danke."

Draußen fiel leichter Schneeregen auf die Insel, ein Kälteeinbruch, gut, dass es bis Rønne nicht weit war. Jan nahm einen Schluck Kaffee aus Sonjas Thermobecher, die Wärme tat gut. Er startete seinen Wagen. Drei

Morde in drei Tagen, das war heftig. Durchschnittlich wurden in Dänemark 39 Menschen pro Jahr umgebracht, die Zahl hatte er natürlich im Kopf. Sie würde in diesem Jahr höher ausfallen, dank Bornholm.

Er hatte schon so einiges in seinem Ermittlerleben mitgemacht, aber die Ereignisse der letzten drei Tage waren unbestritten heftiger. Ihm fiel eine Geiselnahme zu seiner Zeit in Aarhus in einem Feriendorf südlich von Ebeltoft ein, Øer hieß das, wenn er es richtig erinnerte. Dort hatte ein erzürnter Gast ein Dutzend Menschen nach und nach in seine Unterkunft gebracht. Nun drohte er, einen nach dem anderen zu erschießen, die Kinder zuerst. Es war überhaupt nicht klar, was er wollte, die Polizei vermutete eine psychische Erkrankung. Der Mann war auch nicht polizeibekannt. Dann kam er vor die Tür, schob eine Frau als Schutzschild vor sich her. Er forderte, dass seine Frau mit den Kindern zu ihm zurückkehrte. Vergeblich versuchte Jan als Einsatzleiter ihm klarzumachen, dass das nicht so einfach ging. Die Ehefrau und die beiden kleinen Mädchen, von denen man inzwischen wusste, machten in Schweden Urlaub, auf Öland. Der Mann war schon völlig entrückt. Er hielt der wimmernden Frau die Pistole so vor die Stirn, wie es der Täter an den letzten drei Tagen gemacht haben musste. Jan gab ein Zeichen, dann zielte einer der Scharfschützen und traf. Manchmal hatte sein Beruf wirklich deprimierende Momente.

Morgen Vormittag würde er nochmals hierherfahren und die Nachbarn befragen, ob die etwas gesehen hatten. Vielleicht das Motorrad, das auch in Nexø aufgefallen war. Möglicherweise konnte jemand die Farbe eindeutig beschreiben, im besten Fall natürlich das Kennzeichen nennen. Er müsste sich mit Ditte und

Christian zusammensetzen. Und hoffen, dass dem Mörder der Sonntag heilig war und kein vierter Toter hinzukam. Er rief Sonja an, um ihr mitzuteilen, dass er auf dem Rückweg sei.

Dort angekommen, schrieb er noch schnell an seine Kollegen, dass sie sich morgen um 11 Uhr im Büro treffen müssten.

Sonja hatte Miesmuscheln in Olivenöl, zerteiltem Suppengemüse, Knoblauch und Kümmel erhitzt und schließlich mit etwas Bier und Aquavit sowie Fischfond abgelöscht. Es roch köstlich, Jan freute sich auf das Essen. Er umarmte Sonja und drückte ihr einen kräftigen Kuss auf den Mund.

Als Sonja das Essen serviert hatte, setzte Stille ein. Jan brauchte plötzlich etwas, um sich zu sammeln. Zu viel schwirrte plötzlich zu ungeordnet durch seinen Kopf. Er fand den Anfang des Fadens nicht, nahm den Muschelberg vor sich kaum wahr.

„Und, ist es eine Wiederholungstat?", brach Sonja die Ruhe, während Jan eine Muschel aus ihrer Schale löste.

„Ja, das ist es. Dreimal ein Kopfschuss aus kürzester Entfernung. Dreimal direkt in die Stirn. Dreimal kein Kampf. Ja, im Museum in Nexø wurde noch etwas Einrichtung umgeworfen. Aber weder in Rønne noch hier in Lobbæk wurde irgendein Sachschaden angerichtet."

„War die Tote auch eine Ausländerin?"

„Ja, eine Estin, sie arbeitete als Physiotherapeutin. Ihren Mann hatten wir in dem Fall mit diesem Jesper Olsen kurzzeitig für den Täter gehalten. Ein durch und durch unsympathischer Kerl."

„Aber dieses Mal habt ihr ihn nicht unter Verdacht?"

„Vorerst nicht, es sei denn, er hatte auch Bezüge zu der jungen Ukrainerin und zu dem Thai."

„Da hat jemand etwas gegen Ausländer und will, dass die die Insel verlassen.“
„Da hast du recht, Sonja. Aber bis er das geschafft hat, sitzt er hoffentlich hinter Eisenstäben. Wir haben hier im Sommer so fast 1000 ausländische Arbeitnehmer, wenn die Saisonkräfte da sind. Ich weiß es nicht genau, aber Zahl stimmt so ungefähr.“
„Wenn es so weitergeht, werden die sicherlich nicht kommen.“
Jan schaute Sonja einen Moment schweigend an: „Ja, aber vorher bekomme ich ihn. So wahr ich hier sitze.“
Sie deckten ab, und Sonja stellte den Fernseher an. „Ballade paa Christianshavn“ wurde gezeigt, ein älterer dänischer Spielfilm, in dem es um einen hinterlistigen Immobilienhai und trickreiche Bewohner des Viertels in Kopenhagen geht. Jan kannte den Film, der war ganz nett, aber nichts für seinen aktuellen Gemütszustand.
In Sonjas Buchregal hatte er ein Buch über Simon Spies entdeckt, den legendären Reiseveranstalter, der Millionär war, mit Drogen experimentierte und sich gerne mit kaum bekleideten Frauen umgab. Viele Männer beneideten ihn in den Siebzigern, heute sah man ihn deutlich kritischer, gerade seinen Umgang mit Frauen. Jan wollte seine Erinnerungen an den Mann auffrischen, griff sich das Buch, gab Sonja einen Kuss, holte sich ein IPA aus dem Kühlschrank und ging ins Nebenzimmer. Simon Spies sollte ihn ablenken. Nach knapp zwei Stunden weckte Sonja ihn. Das Bier war leer, im Buch war er immerhin bis Seite 26 gekommen, und nun hatte er tief und fest geschlafen. Er folgte Sonja ins Schlafzimmer, nachdem er den Umweg über das Bad genommen hatte. Er schmiegte sich dicht an sie, ihre Wärme tat ihm jetzt gut.

Tag 4

8

Ditte saß schon im Bett und las in ihrem iPad, als Lone aufwachte. Sie gab ihrer Frau einen kurzen Kuss auf die Wange und verschwand im Bad, während Lone ihr einen Kaffee holte, ohne Milch und Zucker, wie immer.

„Hast du gut geschlafen?", fragte Ditte.

„Ja, tief und fest, aber du anscheinend nicht."

„Doch, eigentlich schon, aber gegen Morgen bin ich unruhig geworden und konnte nicht wieder einschlafen. Was macht dein Knie, ist es besser geworden?"

„Nein", schüttelte Lone den Kopf, „irgendetwas stimmt da seit unserem Spaziergang in Balka nicht. Du kannst mit Kafka deine Runde drehen, und ich decke inzwischen den Tisch, was hältst du davon?"

„Nicht so viel, laufen kann ich auch morgen früh. Das Wetter ist heute auch nicht so einladend, es wird wohl gleich regnen." Ditte stellte ihren Kaffeebecher auf den Nachttisch und zog ihr Nachthemd aus. Lone schaute nur kurz, lächelte, stellte ihren Becher ab und entkleidete sich ebenfalls.

Lærke lag so dicht wie möglich an Christian, aber mit ihrem großen Bauch war das nicht so einfach. Sie wusste nicht, wie sie am besten liegen sollte. Ihr Mann hatte bei jeder Drehung Angst, das werdende Baby zu verletzten.

„Ich glaube, ich möchte gleich aufstehen", sagte Lærke. „Irgendwie finde ich keine Position, die wirklich gemütlich ist. Ich vermute, ich muss mich hinsetzen."

„Möchtest du deinen Tee vielleicht doch im Bett serviert haben? Oder geht es dir auf dem Sofa oder am Tisch wirklich besser?"

„Ja, ich gehe kurz ins Bad und setze mich dann auf das Sofa. Wenn du mir dort einen kleinen Tisch hinstellen kannst, wäre ich dir sehr dankbar."

Christian strahlte sie an: „Kamille? Pfefferminze? Grün? Schwarz? Rooibos?"

„Ein grüner Tee mit Vanille wäre ein Traum." Sie lachte ihn an.

„Ich werde nach dem Frühstück erst in den Fitnessraum gehen und danach den neuen Schlafzimmerschrank aufbauen. Lauge kommt, um mir zu helfen. Es ist ja in unserem neuen Heim noch genug zu tun." Mit seinem Freund Lauge spielte Christian regelmäßig Badminton.

Jan war am Morgen völlig überrascht, wie tief er geschlafen hatte. Der neue Fall hatte ihn nachts nicht geweckt, und er fühlte sich ziemlich frisch. Sonja lag neben ihm und schlief noch. Er lächelte sie an. Seine Beziehung zu ihr war noch inniger geworden.

Vor einem Monat hatte sich plötzlich der Friedhof in Bispebjerg gemeldet, auf dem Tove begraben lag. Jan wollte sie zu sich nach Bornholm holen, der Antrag lag dort vor. In Rønne war auf dem Friedhof an der Søndre Allé ein Platz frei geworden. Die Wetterprognose versprach einen weichen Boden für die nächsten zehn Tage. Jan gab ohne zu zögern das Startzeichen. Er nahm Urlaub, fuhr nach Kopenhagen, war vor Ort, als der Sarg aus dem Grab genommen wurde, fuhr hinter dem Wagen her, der Tove nach Bornholm brachte, und verließ sie erst vor der Aufbewahrungshalle. Auf der Fähre hatte er mehr als einmal schlucken müssen. Als er abends zu Sonja kam, weinte er bitterlich. Sie konnte ihn so gut verstehen, mit Jens-Ole war es ihr nicht anders ergangen. Inzwischen hatten Sonja und

Jan einander, das war wunderschön. Zugleich blieben Tove und Jens-Ole Teile ihres Lebens.

Jan hatte kurzfristig eine kleine Feier organisiert. Zwei Schulfreunde, mit denen er inzwischen wieder Kontakt aufgenommen hatte, hatte er mit ihren Frauen eingeladen. Der eine, Hans, war lange als Investmentbanker in London tätig gewesen, dabei reich geworden und vor sechs Monaten mit seiner aus Wales stammenden Frau nach Bornholm gezogen. Nicht komplett, selbstverständlich hatten sie auch noch eine Wohnung in Kopenhagen. Und pendelten deshalb. Der andere, Kresten, war auf Bornholm geblieben und hatte mit seiner Frau im Bornholmer Norden ein Hotel besessen, das sie kurz vor dem Ausbruch der Pandemie glücklicherweise verkauft hatten.

Sonja hatte angeregt, dass auch eine Freundin von Tove teilnehmen sollte. Darüber hatte Jan auch schon nachgedacht, doch zu Toves bester Freundin hatte sich in den letzten Jahren Ninette entwickelt. Die lag Jan nicht besonders, sie war ihm zu laut und extrovertiert. Ninette arbeitete als Kunstmalerin und orientierte sich in ihrem Stil an der berühmten Frida Kahlo. Wenn der Betrachter es freundlich ausdrückte. Jan hatte die Bilder einmal als untalentierte Kopien bezeichnet, was bei Tove heftige Empörung ausgelöst hatte. Ninette nannte sich mittlerweile „Pintora", was die spanische Vokabel für „Malerin" war. Sie war mit zwei bisexuellen Männern zusammengezogen. Für Klatschblätter wie „Se og hør" waren sie ein gefundenes Fressen, für Ninette war es kostenlose Werbung. Aber die Frau besaß wohl noch eine andere, ruhige und sensible Seite, die Tove sehr schätzte. Wie auch immer, Pintora und Tove waren ein Herz und eine Seele gewesen. Deshalb hatte Jan auch sie kurzfristig eingeladen. Ninette hatte sich riesig gefreut, ihre beiden Männer allerdings waren schon anderweitig verplant.

Die siebenköpfige Gruppe und die Pastorin hatten Tove auf ihrem wirklich letzten Weg begleitet, es wurde viel geweint. Anschließend waren sie im Røde Pakhus essen gegangen. Ninette war die ganze Zeit sehr gut zu ertragen gewesen, sie war nicht laut oder gar schrill, sondern natürlich einerseits traurig, andererseits aber in den gemeinsamen Gesprächen sehr konstruktiv. Jan hatte erstmals die Wesenszüge an ihr entdeckt, die Tove so geschätzt hatte.

Den Abend hatte Sonja und Jan ohne viel Reden verbracht. Jan verspürte eine aufkommende innere Ruhe, was Sonja sehr wohl bemerkte. In den nächsten Tagen wirkte er entspannter und gelassener, er hatte mit etwas abgeschlossen, was ihn unbewusst stärker in Anspruch genommen hatte, als er geglaubt hatte. Eine Woche nach der Beerdigung hatten Sonja und Jan das erste Mal miteinander geschlafen, was Jan zuvor unmöglich gewesen war. Sie hatten beide diesen Moment sehr genossen.

Sonja wachte auf: „Na, der Meisterdetektiv hat aber auch tief geschlafen."

„Ja, ich bin selbst überrascht. Lass uns den ersten Kaffee im Bett trinken, es ist noch etwas Zeit, bis ich Ditte und Christian treffe."

„Ja, das hoffe ich, dass noch etwas Zeit ist und nicht gleich über dein Telefon die nächste Schreckensnachricht kommt."

Um 11 Uhr saßen die drei Ermittler in Jans Büro am Zahrtmannsvej. Angesichts des ungemütlichen Wetters hatten sich kurioserweise alle drei einen wärmenden Tee gekocht, sonst war eigentlich nur Ditte Teetrinkerin. Jan bat sie, mit ihren Recherchen zu der Drogenspur zu beginnen.

„Ehrlich gesagt, habe ich den Glauben an diese Spur verloren. Ich habe mit einem Informanten in Aakirkeby gesprochen und noch einen Informanten auf dem Netto-Parkplatz in Nexø getroffen. Beide sagen, es gebe keinerlei Unruhe in der Szene. Mit den Morden hat die Szene nichts zu tun. Die Opfer kennt niemand. Wenn etwas mit Mord bestraft werden muss, dann geschieht das in der Regel in Kopenhagen, denn da sitzen die Schlüsselfiguren, nicht auf Bornholm.“

„Das habe ich mir gedacht, die Spur brauchen wir nicht mehr zu verfolgen. Vorerst zumindest. Christian, hast du Neuigkeiten?“

Der war gedanklich mehr bei Lærke als bei den Morden und musste sich kurz sammeln: „Nein, Neuigkeiten keine. Ich frage mich, ob es wirklich Sinn macht, dass wir in Zhannas WG in Kopenhagen nachfragen, unter den aus Thailand stammenden Personen oder Gastronomen in Aalborg und im Umfeld von dieser Ruta. Würde uns das irgendwie weiterbringen? Wo ist das verbindende Element?“

„Es gibt zwei“, antworte Jan.

„Zwei?“

„Ja, alle drei sind Ausländer oder besitzen Migrationshintergrund. Und die zweite Gemeinsamkeit ist Bornholm.“

„Was heißt das für unsere Arbeit?“ Christian war immer noch auf der Suche. Jan schaute Ditte an.

„Das könnte bedeuten, dass die drei nur die Ouvertüre waren“, begann diese. „Es könnte natürlich sein, dass das tägliche Morden weitergeht. Es könnte aber auch sein, dass diese drei Morde nur der Auftakt zu einem Großereignis sind."

„Zu was für einem Großereignis?" Christians Augen wurden vor Schreck größer.

„Ich weiß es nicht, eine der Rundkirchen gesprengt. Oder Hammershus. Eine der Fähren wird versenkt. Oder der Leuchtturm in Dueodde kippt um, ich weiß es nicht."

„Ditte, wir sprechen von Bornholm! Was hast du denn für Fantasien!" Christian war außer sich. „Wir sind hier nicht auf irgendwelchen Schlachtfeldern in Afghanistan oder Afrika."

„Nein Christian, wir sprechen nicht von Bornholm, wir sprechen von irgendwelchen durchgeknallten Leuten, die sich auf irgendeiner Mission wähnen."

„Und was können wir dagegen tun?", schaute Christian hilfesuchend Jan an.

„Wenig. Karen hat die Bereitschaft gebeten, mit allen Wagen Streife zu fahren und nach verdächtigen Personen Ausschau zu halten. Aber wir haben Februar, die Tage werden erst nach und nach wieder länger. Im Dunkeln lässt sich so manches aushecken und umsetzen. Ich fürchte, wir müssen abwarten."

„Abwarten? Wie abwarten?"

„Wach sein, unsere Umgebung beobachten, weiter nach Gründen für diese Taten suchen und immer für den sofortigen Einsatz bereit sein."

Mich interessieren gerade nur Lærke und unser Baby. Die werde ich schützen. Und dann kommt alles andere, dachte Christian. Jan schaute seine beiden Kollegen abwechselnd an und hatte eine Vermutung, was Christian gerade dachte

Jan sprach so ruhig wie klar. „Denkt dran, wir haben einen Eid geleistet und uns verpflichtet, den Staat zu schützten. Der gilt weiterhin." Christian bewegte sich nicht, Ditte nickte.

„So, lasst uns nach Hause gehen. Haltet euch bereit und kontrolliert regelmäßig eure Handys. Es könnte sein, dass die Täter heute noch zuschlagen. Wenn nicht, sehen wir uns morgen zur gewohnten Zeit."

Christian eilte wortlos nach draußen, griff seine Jacke und ging zu seinem Wagen. Seine beiden Kollegen sahen ihm hinterher.

Ditte schaute Jan an: „Ich glaube nicht, dass die heute noch mal zuschlagen. Ich vermute, dass die Täter die Spannung erhöhen wollen."

„Ich fürchte, dass du leider wieder einmal recht hast."

Christian war auf der kurzen Fahrt nach Hause aufgebracht. Das wusste er selbst, was er dem Staat geschworen hatte, darüber brauchte Jan ihn nicht zu belehren. Aber wenn er das Gefühl bekommen sollte, dass Lærke und das Baby in Gefahr geraten, dann würde ihm alles andere völlig egal sein. Sollten sie ihn doch feuern. Jan hatte auch Kinder und hätte ebenso gehandelt. Zu Hause angekommen, nahm er seine Frau und drückte sie so fest an sich, wie es ihr Bauch zuließ.

In Nyker saß Lone in ihrem kleinen Atelier und malte, während Kafka mehr oder minder interessiert zuschaute. Freudig sprang er auf, als Ditte ins Haus kam.
„Wenn du noch so zehn Minuten warten kannst, ist das Grundgerüst des Bildes fertig. Dann können wir irgendwo etwas frische Luft schnappen."
„Ja gerne, lass uns eine Runde durch Nyker gehen. Mehr solltest du deinem angeschwollenen Knie nicht zumuten."

Jan hatte nach seiner Rückkehr aus dem Büro etwas geschlafen. Dann war er hinüber zu Sonja gegangen, die schwedischen Apfelkuchen gebacken hatte. So saßen sie bei Kaffee und dem noch warmen Kuchen beieinander, während es draußen dunkler wurde.

„Was war dein gefährlichster Fall?", wollte Sonja wissen.

„Mein gefährlichster Fall? Wie kommst du denn da drauf?" Jan lachte.

„Das weiß ich nicht, vermutlich durch die drei Morde. Die sind zwar nicht für dich gefährlich gewesen, aber sie sind schon spektakulär."

„Das stimmt. Mein gefährlichster Fall? Ich bin ein paar Mal angeschossen worden, doch nie lebensgefährlich. Ich habe immer auf ausreichend Schutz geachtet. Aber mir hat niemals jemand eine Pistole an den Kopf gehalten oder Ähnliches. Ich habe da sicherlich auch Glück gehabt, den einen oder anderen Kollegen hat es da ganz anders erwischt."

Sie hatten noch ein wenig erzählt, dann war Jan ins Nebenzimmer gegangen. Er hatte mit Karen verabredet, dass sie sich nach ihrer Ankunft in Klemensker bei ihm melden würde, damit er sie auf den neuesten Stand bringen konnte. Doch sie nahm nicht ab. Eigentlich musste sie längst zu Hause sein. Er schaute auf die Seite von Bornholmslinjen, „Express 5" hatte pünktlich in Rønne angelegt. Er versuchte es nach 15 Minuten noch einmal und nach weiteren 20 Minuten erneut. Keine Reaktion. Er wählte die Nummer von Tom, ihrem Mann. Auch der nahm das Gespräch nicht an. Ja, dann haben die beiden gerade etwas viel Schöneres zu tun, das freut mich, dachte Jan und ging zurück in die Wohnstube.

Tag 5

<u>9</u>

Ditte gab ihrer Frau einen Kuss und öffnete die Haustür. Draußen war es kalt, aber sonnig. Deshalb hatte sie sich ihre Laufklamotten angezogen. Lone blieb wegen ihrer Knieschmerzen zu Hause und deckte den Tisch, dafür schloss sich Kafka Ditte gerne an.

Sie lief ihre übliche Strecke. Die frische Luft tat gut, sie pustete ihren Kopf frei. Die Woche würde sehr anstrengend werden. Wenn sie nicht schnell die drei Morde aufklärten, würde Kopenhagen wohl Verstärkung schicken. Irgendwelche Klugscheißer mit höheren Dienstgraden. Nur gut, dass Jan noch höher dekoriert war, da benahmen sie sich hoffentlich auch gegenüber kleinen Provinzpolizisten. Aber am besten wäre es, wenn sie die Täter schnell finden würden, den Killer und den Motorradfahrer.

Ein Wagen näherte sich. Das war um diese Zeit sehr ungewöhnlich, meist war es hier ruhig, nur oben an der Hauptstraße sah und hörte man Lastwagen und Kleintransporter. Nun gut, sie rief Kafka und befahl ihm, dicht an ihrem rechten Bein zu bleiben. Der schwarze Kleintransporter drosselte das Tempo, er wusste ja nicht, dass Kafka gut gehorchte, und war lieber vorsichtig. Plötzlich bremste der Wagen, als er neben Ditte war, zwei Maskierte sprangen aus dem Laderaum. Ditte reagierte sofort und wollte lossprinten, doch damit hatten die Maskierten gerechnet und einer stellte ihr ein Bein. Ditte knallte auf den Boden, Kafka bellte laut und knurrte die beiden Personen an. Der eine legte Ditte sofort Handschellen an, während der andere ihr einen Knebel in den Mund schob. Ein Tuch wurde um ihre Augen gewickelt. Ditte schmerzte alles.

Die zwei mussten Männer sein, sie waren sehr kräftig und grob. Sie schubsten Ditte in den Laderaum und banden ihre Füße fest. Die Tür wurde zugeknallt. Einer der Männer blieb bei ihr, sie hörte seinen Atem. Es dauerte einen kleinen Moment, bis sie losfuhren. Hoffentlich haben sie Kafka nichts getan, dachte sie noch, dann wurde sie ohnmächtig.

Jan war ganz normal aufgestanden, um mit Sonja zu frühstücken. Die wollte sich heute Nachmittag in Knudsker mit drei Freundinnen endlich einmal wieder zum Bridge treffen. Jan war nervös. Dass Karen sich nicht meldete, passte so gar nicht zu ihr. Aber sie hatte weder versucht zurückzurufen noch eine Nachricht geschickt. Auch Tom hatte sich nicht gerührt.
Er kam gerade an den Frühstückstisch, als sein Telefon klingelte. Lone. Dittes Frau hatte ihn noch nie angerufen.
„Lone, guten Morgen, was gibt es?“
„Ditte ist verschwunden“, schrie sie mit hysterischer Stimme.
„Wie verschwunden?“
„Sie ist weg, hörst du?“
„Lone, bitte, versuche einen Moment ruhig zu bleiben. Was genau ist passiert?“ Sonja stand jetzt mit großen Augen neben ihm.
„Sie ist joggen gegangen, ich konnte nicht mit, mein Knie. Aber sie ist nicht wiedergekommen, also nicht in der Zeit wie sonst. Dann bin ich hinterhergefahren, unsere übliche Strecke. Kafka habe ich gefunden, der war an einen Baum gebunden. Und auf der Straße war etwas Blut zu sehen. Aber Ditte ist weg!“ Sie wurde wieder schriller.

„Okay, Lone, hör bitte zu. Ich schicke dir jetzt umgehend eine Streife vorbei, die fährt mit dir zu der Stelle. Die unternehmen dann alles Notwendige, Spurensicherung und so weiter. Ich komme schnellstmöglich nach."

„Ja." Sie hatte aufgelegt.

„Ditte ist verschwunden, habe ich das richtig verstanden?", fragte Sonja.

„Ja, es scheint so. Das sieht nach einer Entführung aus." Jan schaute aus dem Fenster in Sonjas Garten. Was hatte das zu bedeuten? Hing das mit den Morden zusammen? Er nippte von dem Kaffee, den Sonja ihm hingestellt hatte. Dann rief er in der Zentrale an und beorderte einen Wagen nach Nyker.

Das Telefon klingelte erneut, es war die Nummer der Polizeizentrale.

„Hallo Jan, hier ist Sanne, guten Morgen."

„Guten Morgen, Sanne. Was gibt es?"

„Weißt du, wo Karen ist?"

„Nein, weshalb fragst du?"

„Kopenhagen hat angerufen, das Vorzimmer von unserem obersten Chef, von Mogens. Karen und er waren für heute früh verabredet, sie wollten wegen der Interviews am Wochenende miteinander telefonieren. Aber sie ist nicht erreichbar."

In Jan stieg ein mulmiges Gefühl auf. Was war mit Karen? Und hatte das etwas mit Dittes Verschwinden zu tun? Er setzte sich hin. Sonja beobachtete ihn, sagte aber nichts.

„Nein, ich weiß nicht, wo Karen ist, wir wollten gestern Abend miteinander telefonieren, aber sie war nicht erreichbar."

„Ich habe hier mitbekommen, dass du gerade eine Streife zu der Adresse von Ditte und Lone geschickt hast. Was ist los?“

„Sanne, ich weiß es nicht, wirklich nicht. Schickst du bitte mal auch eine Streife zu Karens Haus? Die sollen sehen, was da los ist, notfalls sollen sie die Tür aufbrechen.“

„Ja, gut, ich kläre das kurz mit Aksel.“ Aksel Riis war der Chef der Bornholmer Bereitschaftspolizei und berichtete direkt an Karen. Jan überschritt gerade seine Kompetenzen, das wusste er, aber es war ihm egal.

Er rief Christian an und erzählte ihm von den Anrufen von Lone und Sanne.

„Mein Gott, was passiert da draußen? Ist Karen auch entführt worden?“

„Ich weiß es nicht. Könntest du bitte gleich zu Lone fahren und dir den Tatort anschauen. Du hast einen anderen Blick als die Kollegen von der Bereitschaft.“

„Ja, das mache ich.“

Jan legte sein Handy auf den Tisch. Was war hier los? Zwei Polizistinnen und ein Bibliothekar spurlos verschwunden, vermutlich entführt. Zuvor drei Menschen kaltblütig ermordet, vermutlich, weil sie Ausländer oder hier geborene Einwandererkinder waren. Das ergab für ihn alles keinen Sinn. Aber der oder die Täter hatten einen Plan, er war sich ganz sicher.

Sonja räumte in der Küche auf: „Jan, kommst du bitte mal?“

Eher widerwillig stand er auf, er musste eigentlich seine Gedanken weiter sortieren.

Sonja schaute ihn an: „Geh bitte nicht zu dicht an das Fenster. Aber versuch mal, draußen in Richtung dieses schwarzen Lieferwagens zu schauen. Der gefällt mir nicht. Da sind zwei Männer drin, einer war jetzt schon zweimal zum Rauchen draußen und hat dabei ständig hierher geguckt."

Jan näherte sich vorsichtig dem Fenster. Die Situation war tatsächlich merkwürdig. Die beiden Männer standen beide am Lieferwagen und guckten mehr oder minder auffällig zu Sonjas Haus herüber. Auf dem Wagen klebte kein Firmenname, ungewöhnlich.

„Ich rufe die Kollegen an, die sollen kommen und die zwei Kerle mal überprüfen." Er drehte sich um und ging zu seinem Handy.

„Jan, da hat jetzt noch ein Wagen bei denen gehalten", rief Sonja. „So ein großer Wagen, wie sie die Farmer in den amerikanischen Filmen fahren. Ich glaube, die drei Männer kommen gleich hierher."

Jan hatte seine Dienstwaffe drüben in seinem Haus. Er ärgerte sich. Mit drei Mann konnte er es schlecht aufnehmen, falls die auch etwas von ihm wollten. Und ehe die Kollegen hier wären...

„Die drei Männer kommen auf das Haus zu. Nimm dein Telefon und dein iPad, wir laufen hinten raus", kam Sonja ins Zimmer gestürmt. Sie schmiss ihm seine Winterstiefel und seine Winterjacke hin. „Zieh das an und dann weg."

Jan gehorchte und griff danach seine Geräte. Sie hörten die Klingel, aber auch ein Geräusch, als wenn die Tür aufgebrochen werden sollte. Sonja öffnete die Gartentür, sie stürmten hinaus, und sie schloss sie von außen ab. Sie öffnete die Tür zum Nebengarten, zog Jan hinein, den Schlüssel ab und schloss die Tür von der anderen Seite zu. Im nächsten Garten ebenso und in dem darauf auch. Dann klopfte sie an die Terassentür bei Familie Ebbesen. Eine völlig überraschte Frau sprang aus ihrem Sessel und öffnete die Tür.

„Sonja, um Himmels Willen, was ist los?"
„Susi, wir müssen verschwinden, Jan und ich. Könnt
ihr uns wegfahren? Es eilt. Ich erkläre dir das später."
„Äh, ja, Asger ist gerade in der Garage, der kann das
tun. Wohin denn?"
„Egal, erst einmal weg."
Die drei liefen in die Garage, die nach hinten raus lag.
Asger stand im Garagentor und schliff eine Holzplatte
ab. Er nickte nur, als seine Frau ihm kurz gesagt hatte,
worum es ging. Sonja und Jan stiegen ein, legten sich
auf die Rückbank und er startete.

Als sie ein Stück aus Rønne herausgefahren waren und
sich dem Flughafen näherten, durchbrach Asger die
Stille: „Ich fahre jetzt erst mal zu Calle, einem Freund
aus meinem Modellbauclub. Der wohnt hier in Arnager. Da setzen wir uns hin und beratschlagen, was wir
tun sollen."
„Ist der denn da?", wollte Sonja wissen.
„Ja, Calle hat sich neulich den Fuß gebrochen und geht
nun auf Krücken. Der kommt nicht aus dem Haus, Susi
und ich kaufen für ihn ein."
Er fuhr hinunter bis fast zum Hafen, bog ab und hielt
vor einem Haus. Asger schloss die Haustür auf. Calle
erschrak, als gleich drei Personen in sein Haus stürmten: „Was ist denn hier los?" Er schaute fragend zu Asger.
„Calle, das ist unsere Nachbarin Sonja und der da ihr
Freund Jan."
„Dich kenne ich, du bist doch dieser Polizist aus Kopenhagen, der jetzt hier arbeitet." Jan nickte.
„Ja, und die beiden mussten dringend aus ihrem Haus
abhauen. Warum, weiß ich auch nicht." Er schaute
Sonja und Jan an. Sonja beschloss, Jan das Reden zu

überlassen. Sie wusste nicht, was sie sagen durfte und was lieber nicht.

Jan räusperte sich: „Ja, Asger, danke, dass du uns hierhergebracht hast. Und Calle, wir danken dir, dass du uns nicht gleich wieder hinausgeschmissen hast." Er machte eine Pause. „Ich kann euch nichts erzählen. Ich weiß nicht, was hier gerade passiert. Und das wenige, was ich ahne, behalte ich lieber für mich. Ich habe an euch beide nur eine Bitte. Behaltet das alles bitte, bitte für euch. Bitte kein einziges Wort, keine Andeutung an irgendwen. Schweigen ist jetzt lebenswichtig. Ich hoffe, dass sich die Situation schnellstmöglich klärt."

Die beiden Männer nickten. „Du kannst dich auf uns verlassen", versprach Asger. „Was habt ihr jetzt vor?"

„Wir können nicht nach Rønne zurück. Ich nehme an, dass Personen, die nichts Gutes im Schilde führen, hinter mir her sind. Und ich vermute, dass sie auch Sonja abgreifen würden, nur um mich aus der Reserve zu locken, falls sie mich nicht erwischen."

„Was wollen die von dir?"

„Ich weiß es nicht, ich weiß nur, dass sie mich wollen." Stille kehrte ein, in allen vier Anwesenden rotierte es.

Calle ergriff das Wort: „Also, einer von euch kann hierbleiben, oben ist ein kleines Gästezimmer. Da steht aber nur ein Bett drin, für zwei ist es zu unbequem."

Sonja nickte: „Jan, dann bleibst du hier. Asger, wenn du mich nach Vang bringen könntest, wäre das großartig. Dort wohnt eine Freundin von mir, die hat Platz im Haus, ich rufe sie gleich an, ob sie da ist."

„Kein Problem", antwortete Asger. „Dann haben wir das ja geklärt. Wenn das alles länger dauert und ihr Klamotten oder Waschzeug braucht, müsst ihr das sagen, ich besorge das."

Sonja und Jan standen auf, nahmen sich in den Arm und gaben sich einen Kuss: „Pass auf dich auf."
„Und du auf dich."
Dann verließen Sonja und Asger Arnager. Jan schaute auf die Uhr. Es war fast 11 Uhr.

_10_

Ditte saß in einem leeren kleinen Zimmer, das nur mit der Matratze ausgestattet war, auf der sie lag. Und einem elektrischen Heizkörper. Der war auch notwendig, denn draußen lagen die Temperaturen nur leicht über dem Nullpunkt. Wo war sie, wo hatte man sie hingebracht? Das hier musste ein altes Gehöft sein, die Mauern schienen dick zu sein, der Boden war aus Stein und Beton, die Sprossenfenster waren nicht sonderlich groß. Eine nackte Glühbirne hing von der Decke hinab. Es roch nach Kühen, Gott sei Dank kaum nach Dung.
Sie erinnerte sich, dass sie morgens mit Kafka gelaufen war. Dann war da dieser schwarze Lieferwagen gekommen, der neben ihr hielt und aus dem sofort zwei Männer sprangen. Die hatten sie in den Transportraum gezerrt, sie hatte einen leichten Schlag auf den Kopf bekommen. Sie hatte noch bemerkt, wie man ihr eine Augenbinde umlegte, dann war sie weggedämmert. Erst als man sie irgendwo ins Haus trug, wurde sie wieder langsam wach.
In diesem Raum hatte man ihre Beine mit einer Eisenkette gefesselt, die in den Steinboden eingelassen worden war. An eine Flucht war folglich nicht zu denken.
Gerade war ein Mann hereingekommen, bekleidet mit einem Overall, Springerstiefeln und komplett maskiert. Wortlos hatte er ihr ein Butterbrötchen und

einen Becher Kaffee hingestellt, ein paar Decken und ein Kissen auf die Matratze geworfen. Auf ihre Frage, was das alles solle, hatte er nicht reagiert, sondern war sofort wieder hinausgeeilt. Hunger hatte sie keinen. Was war mit Kafka geschehen? Hatte er überlebt? Hatten diese Männer Lone auch geklaut, also entführt? Was sollte diese ganze Aktion, weshalb war sie hier? Sie war doch nicht berühmt, Lösegeld gab es für sie bestimmt nicht. Oder hatte das mit den drei Ermordeten zu tun? Erst drei Ausländer töten und dann etwas mit der Polizei machen? Aber was? Sie selbst hatte ja die drei Toten als Vorspiel bezeichnet. Vielleicht hatte sie recht? Darauf hätte sie gerne verzichtet. Sie konnte nicht mehr als abwarten, irgendwann würden die Täter ja wohl mit ihr reden.

Karen war aus einem Tiefschlaf aufgewacht. Vorsichtig öffnete sie die Augen. Aber sie sah nichts, man hatte ihr eine Augenbinde umgelegt. Sie zog die Beine an und hörte das Klappern von Eisen. Ja, ihre Füße waren wohl gefesselt, und diese Eisenkette war irgendwo befestigt. Auch ihre Hände waren zusammengebunden und an einer Kette gefesselt, die ebenfalls irgendwo befestigt war, vermutlich in der Wand. Jedenfalls konnte sie nicht die Augenbinde abnehmen. Sie war völlig orientierungslos.
Gestern Abend war sie aus Kopenhagen gekommen. In Klemensker hatte sie sich gewundert, dass das Haus dunkel war. Auch Toms Wagen fehlte. Er hatte nichts davon gesagt, dass er noch unterwegs sein würde. Sie hatte aufgeschlossen, und kaum, dass sie drin war, hielt ihr jemand von hinten den Mund zu. Für einen sehr kurzen Augenblick war im Spiegel ein Maskierter zu sehen gewesen. Dann war eine zweite Person

aufgetaucht, hatte ihr die Augen verbunden und einen Knebel in den Mund gesteckt. Kurz darauf hatte man sie in einen Wagen gestoßen.

Unterwegs versuchte sie, sich den Weg zu merken. Das war anfangs auch gelungen, sie war sich sicher, dass der Wagen Richtung Olsker und Allinge abgebogen war. Aber dann überkam sie Panik, und ihre Gedanken wanderten ganz woanders hin.

„Hallo, ist hier jemand?" Sie hatte das Gefühl, dass jemand im Raum war.

„Ja, ich bin hier, Tom."

„Tom, du bist bei mir, wie schön. Was ist passiert, wohin hat man uns gebracht?"

„Karen, ich weiß es nicht, wir müssen abwarten und tapfer sein."

„Ja, das will ich versuchen. Weißt du, was das alles hier soll?"

In diesem Moment wurde die Tür geöffnet, Karen nahm schwere Schritte war.

„Ihr zwei quatscht zu viel, ich muss euch trennen. Komm mit." Anscheinend war Tom damit gemeint.

„Nein, lasst ihn hier."

„Klappe."

„Lasst mich bei meiner Frau", rief Tom.

„Immer noch Klappe."

„Halte durch, Schatz", hörte sie Tom noch sagen, dann wurde die Tür zugeknallt.

Was sollte das alles? Warum hatte man Tom und sie entführt und hierhergebracht? Hatte das mit den drei Ermordeten zu tun? Sie wusste von den Taten nur wenig, weil sie in Kopenhagen in diesen Gesprächen zu Aages Nachfolge war. Und Jan hatte sie auch nur spärlich informiert. Er hatte es gut gemeint, aber es war falsch gewesen. Andererseits – würde ihr das jetzt etwas nützen, wenn sie mehr über die Taten wüsste?

Die Tür ging wieder auf. Schwere Schritte kamen auf sie zu, ihr wurde die Augenbinde abgenommen. Ein Mann stand vor ihr, vermummt, im Overall und mit Springerstiefeln. Wortlos stellte er ein Brötchen und einen Becher Kaffee hin und löste ihre Handfesseln.

„Warum bin ich hier, was habt ihr vor? Wo ist mein Mann?"

Ihre Frage blieb unbeantwortet, die Tür fiel wieder zu. Sie griff sich den Kaffee. Der Raum war leer, die Fenster waren zugeklebt, nur durch ein ganz kleines Fenster gelangte etwas Tageslicht hinein. Die Kälte des Steinfußbodens drang durch die Matratze. Die Wände waren schmutzig weiß, ein alter Stall war das wohl. Sie griff sich eine der Decken, die der Mann hingeschmissen hatte. Der elektrische Heizkörper surrte vor sich hin.

Ole Abrahamsen war einer der erfolgreichsten Bornholmer Geschäftsleute. Er hatte vor 24 Jahren hochwertige Stromzähler entwickelt und seine Nische im Markt gefunden. Hausbauunternehmen und Energieversorger schätzten seine Geräte. Bald hatte er auch in der Nähe von Kopenhagen eine Produktionsstätte eröffnet, dort war leichter Personal zu finden, und die teuren Transportwege entfielen auch. Dennoch blieb das Bornholmer Werk das Herzstück.

Allerdings veränderte sich der Markt in den letzten Jahren, digitale Stromzähler, die eine Fernablese ermöglichten, eroberten den Markt. Abrahamsen hatte die 60 bereits überschritten. Er wollte kein Geld mehr für die Umstellung auf die neuen Produkte in die Hand nehmen, sondern lieber sein Geld genießen, mit seiner

Frau reisen und sich um Kinder und Enkel kümmern. Weder seine beiden Töchter noch sein Sohn hatten ein Interesse daran, die Firma weiterzuführen. Er war ihnen nicht böse, Abrahamsen & Co ApS war zu klein für den Wettbewerb mit den großen Konkurrenten. Deshalb verkaufte er das Unternehmen an einen der großen Wettbewerber. Der schloss bald das Bornholmer Werk, er war eigentlich nur an Technologie, Patenten und Kunden interessiert gewesen.

Nun saß Ole Abrahamsen auf einer schmutzigen Matratze in einem kühlen Zimmer irgendwo auf Bornholm. Er hatte einen Becher mit lauwarmem Kaffee in der Hand, das Butterbrötchen hatte er sofort gegessen. Seine Füße waren in Ketten gelegt. Er fragte sich, was er hier sollte. Lange konnte er nicht bleiben, bald brauchte er wieder seine Medizin. Warum hatte man ihn hierhergebracht? Er hatte doch niemandem etwas getan.

Im Gegenteil, er hatte mit seinem Vermögen immer wieder verarmten Menschen geholfen und Sportvereine unterstützt. Sein einziger Luxus war ein eigener Trabrennstall. Außerdem spielten seine Frau und er gerne Golf auf dem Platz bei Rø. Warum also hatte man ihn gestern entführt? Er war auf den Parkplatz der Geschäftsstelle des Rotary Clubs in Nexø gefahren, um dort einen Umschlag einzuwerfen. Als er gleich wieder hinausfahren wollte, versperrte ein schwarzer Lieferwagen die Einfahrt. Er stieg aus, um den Fahrer darauf hinzuweisen. Im selben Moment öffnete sich die Tür hinten, und er bekam einen Schubser. Ehe er protestieren konnte, hatte man ihm einen Knebel in den Mund gestopft und eine Augenbinde angelegt. Der Wagen fuhr los und ihm wurden noch Füße und Hände gefesselt.

Aber warum? Was wollten diese Leute? Geld? Sollten sie bekommen, solange sie nicht unverschämt wurden. Er hatte Vermögen, aber im Vergleich zur Familie Kirk, den Lego-Inhabern, war er arm wie eine Kirchenmaus.

Ida Ibsen weinte nur. Wo war sie gelandet? Sie hatte gestern Abend eine lange Parteisitzung gehabt. Sie hatte darauf keinerlei Lust verspürt, aber sie musste sich zeigen. Bei der nächsten Bürgermeisterwahl auf Bornholm wollte sie kandidieren. Sie war noch nicht lange in der Partei, hatte aber durch ihre Arbeit im Gemeinderat schon eine große Anhängerschar gewinnen können. Sie konnte gut reden, war schlagfertig, unerschrocken und attraktiv. Letzteres war im Zeitalter der sozialen Medien nicht unwichtig. Von ihrem Mann, einem Arzt in Rungsted nördlich von Kopenhagen, hatte sie sich getrennt und war mit dem gemeinsamen Sohn nach Bornholm gezogen. Sie hatten sich für ein Haus am Rand von Nexø entschieden. Auf ihren eigentlichen Job als Grafikerin hatte sie keine Lust mehr gehabt, sie wollte in der Politik durchstarten. Das war auf einem so kleinen, aber populären Fleck wie Bornholm sicherlich leichter als in der Großstadt. Ihr Sohn kümmerte sich um ihre Auftritte auf Instagram & Co, für ihren Unterhalt kam ihr Ex-Mann auf. Er hatte sie oft genug betrogen, das war nun das Schmerzensgeld. Ihr Sohn war nicht zu Hause, der hatte eine Freundin am westlichen Ende von Aakirkeby. Sie war müde von der anstrengenden Sitzung, auch ein, zwei andere trugen sich mit der Absicht, für den Bürgermeisterposten zu kandidieren. Von denen wurde sie heftig angegangen. Und man musste ja heute jedes Wort abwägen, sonst war die Karriere schnell beendet. Sie hatte ein

Glas Cognac in der Hand und wollte sich gleich bettfertig machen. Als es klingelte, dachte sie, ihr Sohn hätte seinen Schlüssel vergessen. Sie öffnete die Tür, und sofort fiel ein maskierter Mann über sie her. Sie wollte schreien, aber er hielt ihr den Mund zu. Sie schlug um sich, doch sie wurde geknebelt und gefesselt. Dann stieß man sie in ein Auto.

Nun saß sie hier in diesem zugigen Loch bei billigem Kaffee und einem faden Käsebrötchen. Einem früheren Schweinestall, zumindest roch es so. Der Boden war einigermaßen sauber, im Gegensatz zu den Wänden. Ihr Hosenanzug war völlig zerknittert. Man hatte ihr eine Decke hingeworfen und eine Elektroheizung angestellt. Erklärt hatte ihr die Situation niemand. War das eine Rache ihrer Gegner? Wollte man sie einschüchtern? Oder war irgendeiner scharf auf sie und würde sie später vergewaltigen wollen? Sie zitterte. Verdammte Insel, wäre sie doch nie hierhergekommen.

Tom lag auf seiner Matratze und starrte an die Decke. Die Situation war eigenartig. Sie befanden sich auf einem abgelegenen Hof auf Bornholm. Karen lag in einem anderen Zimmer. Was würde das hier alles werden? Würde er heil hier herauskommen? Wie würde es Karen ergehen? Er redete sich Zuversicht ein, aber er spürte seine Angst dennoch.

11

Um Punkt 11 Uhr ging eine Mail im Büro der Staatsministerin ein. Jonas, der Büroleiter, öffnete sie. Was er las, war mal wieder einer dieser billigen Scherze.

Bornholm statt Shabholm

Guten Tag Staatsministerin,
wir teilen dir hiermit mit, dass wir fünf bedeutende Bornholmer Persönlichkeiten in unsere Gewalt gebracht haben.

Wir fordern für ihre Freilassung Folgendes:
- *Alle Ausländer müssen Bornholm sofort verlassen, Bornholm wird komplett ausländerfrei.*
- *Zu Ausländern gehören auch angebliche Dänen mit Migrationshintergrund.*
- *Die Regierung sichert zu, dass zukünftig keine Ausländer mehr nach Bornholm ziehen dürfen.*
- *Der geplante Bau einer Moschee wird sofort gestoppt.*
- *Ebenso wird der Ausbau der Wind- und Sonnenenergie auf und um Bornholm sofort gestoppt. Diese Verschandelung unserer Heimat hat ein Ende.*
- *Dänemark verdoppelt ab sofort seinen jährlichen Zuschuss für Bornholm.*
- *Dänemark finanziert „Bornholm Stemme“, unseren Radiosender, den es wieder geben soll.*

Du hast bis nächsten Freitag Zeit, uns die Erfüllung unserer Forderungen zuzusagen. Wir erwarten deine Erklärung in den Nachrichten von TV2 Bornholm um 19.30 Uhr.
Solltest du das nicht tun, werden wir unsere Geiseln nach und nach erschießen. Dafür trägst du die Verantwortung.
Versuch nicht, Polizei oder Militär einzuschalten. Wir haben nicht nur auf Bornholm überall Leute. Sobald sich

Jonas fasste sich an den Kopf. Was waren das denn für
Idioten! Die Ideen der Leute wurden immer verrückter. Und wer war Shabholm? Er googelte das kurz. Das
war ein satirischer Zeichentrickfilm, in dem Bornholm
an einen arabischen Ölscheich verkauft worden ist
und nun zu einem Ferienparadies für Menschen aus
dem Nahen Osten wird. Und deshalb in Shabholm um-
getauft wird. Der Film war wohl recht lustig, aber kein
durchschlagender Kassenerfolg. Aha. Na gut, von solchen Mails kamen täglich mehrere ins Büro, da half
nur ein Verschieben in den Papierkorb.

Sein Telefon klingelte, die Nummer des Chefs der *Rigspoliti* erschien auf dem Display. Jonas setzte sich gerade hin: „Hier ist Jonas Panduro, Büro der Staatsministerin.“

„Ich weiß“, war auf der anderen Seite zu hören. „Hier
ist Mogens, gib mir deine Chefin, aber sofort.“ Jonas
setzte sich noch gerader hin, der Polizeichef war direkt am Apparat, nicht sein Vorzimmer. Das ließ nichts
Gutes erahnen.

„Tut mir leid, aber sie hat gerade Besuch.“

„Ich sagte sofort“, Mogens wurde lauter.

„Ich sorge dafür, dass der geht. Sofort. Natürlich." Er lief ohne Anklopfen in das Zimmer. Sekunden später eilte der Außenminister aus dem Büro, Jonas stellte durch.

„Mette, hier ist Mogens. Auf Bornholm ist Alarm. Du weißt, da sind am Wochenende drei Leute erschossen worden. Heute Nacht beziehungsweise heute früh sind fünf Menschen entführt worden. Ich habe gerade einen Anruf von Jan Kofoed bekommen, du erinnerst dich an ihn. Er arbeitet jetzt drüben."

Die Staatsministerin musste schlucken: „Wer ist entführt worden?"

„Die Polizeichefin und ihr Mann, außerdem der alte Abrahamsen, ein Industrieller. Noch eine Polizistin und eine Politikerin, Ida Ibsen."

„Ach, die Karrieregeile. Und ist das sicher, dass die alle entführt wurden?"

„Ja und nein. Kofoed hat mich angerufen. Die Entführung der Polizeichefin, ihres Mannes und einer Ermittlerin ist sicher. Ihn wollten sie sich auch holen, aber er hat das rechtzeitig bemerkt und ist abgehauen. Er hält sich versteckt. Einer seiner Mitarbeiter hat ihn gerade informiert, dass Abrahamsen und Ibsen von Angehörigen als vermisst gemeldet wurden. Dass sie auch entführt wurden, ist noch Spekulation, aber Kofoed ist sich sicher."

„Dann flieg mit unserer Einsatztruppe *Aktionsstyrken* rüber und hole die da raus. Die werden ja nicht so schwer zu finden sein. Bornholm ist schließlich nicht Kopenhagen."

„Moment. Ist bei euch irgendein Bekennerschreiben eingegangen oder irgendeine Forderung?"

„Nein, ich habe nichts gesehen. Warte, ich frage Jonas." Sie verließ ihr Büro. „Jonas, ist irgendein Bekenner-

schreiben oder Erpresserbrief hier in den letzten Stunden angekommen?"
Jonas schaute sie an und antwortete nicht.
„Jonas? Irgendetwas mit Bornholm?"
Keine Antwort.
„Jonas!" Die Staatsministerin schrie ihn an.
„Ja, äh, ich, ja, ich, äh, dachte, das wäre eins von diesen Schreiben, wie sie dauernd kommen. Ich habe das schon in den Papierkorb geschoben. Entschuldigung, konnte ich ja nicht ahnen." Er schaute in seinen Computer. „Habe ich dir weitergeleitet."
Die Staatsministerin ging wortlos in ihr Büro.
„Mogens, also Jonas hat mir das gerade weitergeleitet, ich habe es selbst noch nicht gelesen." Dann las sie es dem Polizeichef und sich vor. Als sie geendet hatte, herrschte kurz Schweigen.
„Mette, wir können da nicht mit Polizei oder Militär rüber. Das bekommen die sofort mit und dann entfachen die vielleicht ein Blutbad. Zumindest wissen wir jetzt, dass sie tatsächlich fünf Leute in ihrer Gewalt haben, wie von Jan vermutet."
„Und wenn die bluffen?"
„Willst du das ausprobieren?"
„Nein, du hast ja recht. Was sollen wir tun? Diese bescheuerten Forderungen werde ich ganz sicherlich nicht erfüllen."
„Es ist Montagmittag, bis Freitagabend haben wir Zeit. Ich spreche mit Kofoed. Und behalte das bitte im kleinsten Kreis. Kein Wort an die Medien. Die Öffentlichkeit darf vorerst nichts erfahren, sonst bricht da drüben die Panik aus."
„Ja, sprich mit Kofoed und halte mich auf dem aktuellen Stand." Sie legte auf und ließ sich in ihren Stuhl fallen. Nach einem kurzen Innehalten rief sie Flemming

Boelskov an, den Chef des PET. Aufgabe seiner Behörde in Søborg war es eigentlich, solche Terrorgruppen frühzeitig zu enttarnen: „Flemming, kommst du bitte umgehend in mein Büro?" Damit wusste er, dass es eilte.

12

Polizeichef Mogens Mørch rief Jan an: „Jan, wir haben Post erhalten, die Staatsministerin hat mir die weitergeleitet. Du bekommst sie auch gleich. Das sind Ausländerfeinde, die Bornholm von allen angeblichen Nicht-Dänen bereinigt haben wollen. Sie stellen noch ein paar mehr Forderungen. Falls die nicht kurzfristig erfüllt werden, drohen sie mit der Erschießung der Geiseln. Polizei und Militär werden nicht eingreifen können, das wirst du selbst gleich lesen, weshalb das unmöglich ist. Ich habe keine Idee, wie wir das lösen können. Außer du bist Bruce Willis."
„Stirb langsam, Teil 4 Bornholm?"
„Genau, aber wenn schon, dann Teil 6 Bornholm." Keinem von beiden war zum Lachen zumute. „Wenn ich mir den Text so anschaue, dann sind das absolute Profis. Auch wenn ich daran denke, dass die strategisch erst mal drei Warnschüsse abgegeben haben, mitten in die Stirn."
„Das glaube ich nicht, dass das Profis sind. Wenn ich sehe, wie auffällig die vor Sonjas Haus gewesen sind. Brutal sind sie, sicherlich auch keine Amateure. Aber denen ist beizukommen."
„Bleibe vorsichtig, bitte. Das mit Bruce war ein Scherz."
„Welche anderen Möglichkeiten haben wir? Ihr dürft nicht aktiv werden. Dann müssen wir hier es sein."

„Willst du nicht in die Zentrale fahren und von dort das weitere Vorgehen koordinieren? Da hast du die ganze Mannschaft hinter dir und kannst sie einsetzen."
„Nein, Mogens. Die wollten auch mich haben, weshalb auch immer. Ich vermute, dass die gut vernetzt sind, auch in der Polizei. Sonst beginnen die so eine Sache erst gar nicht. Ich weiß gerade nicht, wem ich noch trauen kann. Vielleicht ist mein Handy bereits angezapft. Ich muss mir irgendwie ein neues besorgen. Außerdem brauche ich eine Pistole mit genügend Munition. Und ein Messer sowie ein Fernglas."
„Kein Problem, das kann ich dir alles bringen lassen."
„Nein, niemand soll wissen, wo ich gerade bin. Und niemand soll mich treffen."
„Dann muss ich die Leitung der Bornholmer Polizei jemand anderem übertragen. Aksel wird das sein, er ist der momentan ranghöchste Polizist im Zahrtmannsvej."
„Mach das. Aber ich werde ausschließlich an dich berichten, Mogens. Ich werde meinen Weg hier gehen, und niemand aus unserer Truppe soll nach mir suchen."
„Jan, hast du dir das gut überlegt? Fühlst du dich fit genug? Spiele bitte keinen falschen Helden."
„Mogens, noch mal, es gibt keine Alternative. Da hat etwas Großes begonnen, aber wir wissen nicht was. Wir müssen schnell und wendig bleiben. David gegen Goliath."
„Einverstanden, Jan. Hast du ein Auto?"
„Ich könnte mir eines besorgen." Jan blieb absichtlich vage, er wurde immer unsicherer, wem er trauen konnte und wer mithörte.

„Du erinnerst dich, wo wir spazieren gegangen sind, als wir über deinen Job auf Bornholm gesprochen haben?“

„Ja, wieso?“

„Und du erinnerst dich, dass ich dir am Ende ein ganz besonderes Haus gezeigt habe?“

„Ja, natürlich.“

„Gut, wir haben selbstverständlich ein Depot an Materialien auf Bornholm disponiert. Für den Ernstfall, dazu gehören auch abhörsichere Telefone, die können auch nicht geortet werden. Und Waffen und die anderen Sachen haben wir natürlich auch. In einer Stunde liegen deine Wünsche im Gebüsch des Hauses, beim Parkplatz. Du wirst es finden.“

„Aber Mogens...“

Der hatte bereits aufgelegt. Jan las sich die Nachricht an die Staatsministerin durch. Die Forderungen würde niemand in Dänemark erfüllen, das war klar. Klar war aber auch, dass fünf Menschen deswegen in Lebensgefahr waren.

Christian rief an: „Jan, was ist los? Hier im Zahrtmannsvej herrscht so eine gedrückte Stimmung. Keiner weiß etwas, keiner sagt etwas. Aber du bist weg, Karen auch und Ditte noch dazu.“

„Christian, bleibe ruhig. Ich rufe dich in einer Stunde an, dann besprechen wir alles Weitere.“

Jan nahm jetzt die SIM-Karte aus seinem Handy, niemand sollte ihn orten können. Calle hatte ihm das Zimmer im ersten Stock gegeben. Ein Bett und ein Schreibtisch standen darin, beides erkennbar älteren Datums. Ein paar vergilbte Familienfotos hingen an der Wand. Insgesamt machte das Haus einen vernachlässigten Eindruck, die Möbel, die Tapeten, die Vorhänge, alles

aus einer vergangenen Epoche. Aber es besaß immerhin Meerblick. Wie konnte er nun zu dem Haus gelangen, bei dem Mogens ein Telefon hinterlegen wollte? Er ging hinunter. Calle saß in seinem Sessel, den gegipsten Fuß auf einen Hocker gelegt, und machte ein Nickerchen. Jan räusperte sich, sofort war Calle wach.
„Hast du einen Wagen, den ich für eine Stunde ausleihen könnte?"
„Den kannst du auch gerne länger nehmen, solange er heil bleibt. Wie du siehst, kann ich in den nächsten Tagen nicht fahren. Ich bleibe auf andere angewiesen, damit ich nicht verhungere." Er klang etwas genervt.
„Das ist nett von dir, danke. Ich kann dir leider nichts zu essen mitbringen, ich will so wenig wie möglich in der Öffentlichkeit sein. Und schon gar nicht darf ich in Lebensmittelläden."
Calle sah ihn fragend an, sicherlich wollte er den Grund wissen. Aber den rückte Jan nicht heraus. Er nahm sich ein Glas, füllte Leitungswasser hinein und nahm einen kräftigen Schluck. Er hoffte, dass sie ihm noch nicht auf die Spur gekommen waren. Dass es Sonja in ihrem Versteck in Vang gut ging und die Geiseln weiter unversehrt waren.
„Dann will ich mal, bis gleich, Calle."

Mogens Mørch rief Aksel Riis an, den Leiter der Bereitschaftspolizei: „Aksel, du hast mitbekommen, dass Karen, Jan und Ditte heute nicht im Büro sind."
„Ja, selbstverständlich, ich bin etwas verwirrt. Die hatten das nicht angekündigt. Ist etwas passiert?"
„Ich will und kann dazu nur wenig sagen. Wir sind gerade in einer schwierigen Situation und werden so wenig Informationen wie möglich herauslassen. Intern wie extern. Ich möchte dir die interimistische Leitung

der Polizei übertragen, es wird nur ein paar Tage sein. Aber die Kollegen brauchen einen Entscheider."

„Oh, danke, aber das klingt alles merkwürdig."

„Ja, ich weiß. Es kommt gleich eine Mitteilung an alle Bornholmer Polizisten. Bitte block alle Nachfragen ab und verdeutlich, dass absolute Verschwiegenheit Pflicht ist."

„Selbstverständlich, Mogens. Ist keiner der drei genannten Kollegen erreichbar, auch nicht in Ausnahmefällen?"

„Nein, und wenn sie es wären, berichten sie nur an mich."

„Verstanden, Mogens."

Kaum hatte Aksel aufgelegt, ploppte auch schon die angekündigte Nachricht auf: „Liebe Kollegen der Bornholmer Polizei, Karen Rasmussen, Ditte Holm und Jan Kofoed müssen kurzfristig eine dienstliche Reise unternehmen, die der Geheimhaltung unterliegt. Aufgrund dessen übernimmt Aksel Riis für einige Tage die Leitung der Bornholmer Polizei. Er ist euer Ansprechpartner, bitte unterstützt ihn in dieser Zeit ganz besonders. Diese Information ist nur für den internen Gebrauch, sie ist also absolut vertraulich zu behandeln.

Mogens Mørch, Chef der *Rigspoliti*"

Jan verließ Arnager und lenkte den alten Ford Richtung Snogebæk. Sein Hirn verrichtete Schwerstarbeit. Die Geiseln beschäftigten ihn. Die Täter hatten zuerst drei Menschen erschossen, um ihre Entschlossenheit zu demonstrieren. Das war soweit klar. Dann hatten sie fünf Personen als Geiseln genommen. In solchen Fällen nahm man gerne bekannte Gesichter, die interessierten die Öffentlichkeit mehr, und setzte die

Polizei stärker unter Druck. Prominent waren Karen, Abrahamsen und Ibsen. Er selbst, Jan, wäre es auch gewesen. Ditte hingegen war nicht prominent. Ja, sie war bekannt, nicht zuletzt durch ihre Rolle bei der Geiselnahme in Olsker vergangenen Herbst. Aber prominent? Eher nein. Und Tom schon mal gar nicht. Vielleicht war er Beifang, vielleicht mussten sie ihn mitnehmen, als sie Karen kidnappten. Aber Ditte? Er verstand es nicht.

Er blickte ständig in den Rückspiegel, aber es war ruhig auf der Straße, ab und an kam ihm mal ein Wagen entgegen. Bornholm zeigte sich von seiner tristen Seite. Bei Snogebæk bog er links Richtung Nexø ab. Ja, er erinnerte sich wieder an das Gespräch mit Mogens, als es um den Umzug nach Bornholm ging. Nach Toves Tod war Jan in ein tiefes Loch gefallen, doch dank seiner Kinder, einiger Freunde sowie eines Therapeuten hatte er wieder etwas innere Stabilität gewonnen.

Er spürte zugleich, dass er Kopenhagen verlassen musste. Kopenhagen war Tove. Die Oper und das Schauspielhaus, die unzähligen Galerien und die Auktionen bei Bruun Rasmussen, die Lesungen in den Buchhandlungen und die Ausstellungseröffnungen der Museen, er hatte sie, so oft es ging, zu ihrer Arbeit im Kulturleben der Hauptstadt begleitet. Sie war eine hoch angesehene Journalistin. Sie gingen gerne gut essen, wohnten in einer schönen, großzügigen Wohnung, die Kinder wuchsen hier auf. Und dann gab es so viele Ecken, Plätze und Geschäfte, die mit Erinnerungen verknüpft waren.

Der Anzug, den er voller Begeisterung beim Herrenausstatter Troelstrup entdeckt hatte. Als er ihn anprobierte, brach Tove in Lachen aus. Jan musste zugeben, dass der ihm überhaupt nicht stand. Der Ristet

Hotdog, den sie wie ein Ritual jedes Mal an dem Stand beim Rundetaarn aßen, wenn sie gemeinsam durch die Stadt schlenderten. Oder den Raser in dem Opel am H.C. Andersen Boulevard, der noch schnell bei bereits Rot über die Ampel gefahren war, während die Fußgänger gerade starteten. Tove hatte Jan blitzartig zurückgerissen. Zwei Menschen waren allerdings leicht verletzt worden.

Ende 2020 hatte er beschlossen, zurück in seine Heimat Bornholm zu ziehen. Er hatte mit Mogens über diese Idee gesprochen, und der hatte sich dafür offen gezeigt. Jans Verdienste um die Aufklärung krimineller Taten waren groß, da wollte sich die *Rigspoliti* nicht undankbar zeigen. Sie fuhren gemeinsam nach Bornholm und waren im Hotel Balka Strand untergekommen. Mogens hatte vorgeschlagen, dass sie morgens bei einem Spaziergang am Strand Jans Aufgaben konkret besprachen. Sie waren nach Snogebæk und zurück gegangen. Nahe des Parkplatzes in Balka hatte Mogens ihm ein Haus in der ersten Reihe gezeigt, in dem er mal mit seiner Frau Ferien gemacht hatte: „Klein, aber gemütlich und recht gut in Schuss. Außerdem mit einer genialen Lage." Nachmittags war Karen dazugekommen, schließlich war sie die Chefin der Bornholmer Polizei, und Jan sollte unter ihr arbeiten. Sie verstanden sich sofort, was Mogens mit großer Erleichterung registrierte. Jan blieb noch ein paar Tage auf der Insel und suchte sich ein Haus. Das fand er in der Rønner Altstadt. Einen Monat später zog er dort ein.

Er bog rechts ab und hielt wieder vor dem Hotel Balka Strand. Dann ging er hinunter zum Strand und setzte sich ein wenig versteckt in die Dünen. Er hatte einen guten Blick auf das Haus. Es dauerte nicht lange und ein weißer Volvo hielt vor dem Haus. Ein Mann stieg aus, ging kurz zum Haus, kam sofort zurück und fuhr das kleine Stück zum größeren Parkplatz. Dort parkte er und blieb im Wagen.

Jan wartete ein paar Minuten, dann erhob er sich und ging zurück zu seinem Wagen. Er hatte das Grundstück über Google Maps vorher gecheckt und wusste, wie er von der anderen Seite an das Telefon und die Waffe kommen konnte. Es war Februar, und hier war nichts los. Er lenkte seinen Wagen zurück zur Hauptstraße, fuhr ein kleines Stück Richtung Nexø und bog wieder rechts zum Wasser ab. Bevor er es erreichte, hielt er an, stieg aus und schlich sich über andere Grundstücke an das Haus heran. Er hockte sich hin und sah zwei Päckchen im Gebüsch. Er griff sie sich und ging zurück zum Wagen. Kurz darauf steuerte er wieder auf Snogebæk zu. Plötzlich wurde ihm bewusst, was ihm noch alles fehlte. Er brauchte dringend eine Zahnbürste, Zahnpasta, Deo, Bürste und Shampoo. Frische Klamotten auch. Verdammt, die hätte er bei Kvickly in Nexø kaufen können. Zu spät. Er parkte bei Brugsen und kaufte zumindest die Kosmetika. Nachdem er seinen Einkauf bezahlt hatte, fuhr er weiter Richtung Arnager.

Was wollte der Mann, weshalb hatte er auf dem Parkplatz gestanden und das Haus beobachtet? War er jemand von der Täterseite oder war er einfach nur neugierig gewesen? Der erste Fall wäre eine Katastrophe, der zweite unprofessionell. Jan vermutete, dass Mogens *Bornholmske Hjemmeværn** beauftragt hatte. Mit dem hatte Jan immer gute Erfahrungen gemacht. Diese Leute unterstützen die auf Bornholm stationierten

---

* Bornholms Heimatschutz, s. S. 7

Soldaten bei unterschiedlichsten Gelegenheiten wie die Suche nach Vermissten, die Beseitigung von Unwetterschäden oder Alkoholtests bei Freizeitskippern. Im Ernstfall sicherte der Heimatschutz nicht nur Straßen und Häfen, sondern auch Waffen und Munition der Armee. Und jemand aus diesem Kreis war vermutlich von Mogens beauftragt worden. Er würde später in Kopenhagen anrufen.

Er passierte die Abfahrt nach Boderne. Stopp. Hier gab es einen Klamottenladen, dort konnte er Unterzeug und ein Hemd kaufen. Sicherlich teurer als bei Kvickly, aber das war ihm in diesem Moment egal. Der freundliche Mann an der Kasse war der Sohn der Gründerin, das wusste er. Jan fragte nach zwei einfachen Hemden und günstigem Unterzeug. Der Mann nickte, bat ihn, im Sessel am Eingang Platz zu nehmen, stellte ihm eine Dose Lakritz und ein Glas Wasser hin und verschwand. Es gab hier mehrere Häuser mit Klamotten. Kurz darauf kam er schon wieder durch die Tür, präsentierte Jan charmant eine Auswahl, der entschied sich sofort, bezahlte und ging zum Auto. Ein Doodle bellte ihm hinterher, ein leichter Regen zog über Bornholm.

Ja, wem konnte er trauen? Christian, und dann hörte es schon auf. Sanne noch, die entwickelte sich. Aber alle anderen kannte er kaum. Und selbst dann konnte er sich nicht sicher sein. Er erinnerte sich an die Echtzeit-Serie „24" mit Kiefer Sutherland. Eigentlich schaute oder las Jan keine Krimis, die bestimmten schon seinen Arbeitsalltag. Aber die Serie war etwas Besonderes, die ersten vier Staffeln hatte er damals in den 2000ern mit Begeisterung gesehen. Durch die Serie zog es sich wie ein roter Faden, dass sich die dicksten Freunde oder Vertrauten plötzlich als die übelsten

Verräter entpuppten. Wie hieß noch die Hauptfigur? Er musste kurz überlegen. Ja klar, Bauer, Jack Bauer.

Kaum war die Meldung von Aksels kurzzeitiger Kompetenzerweiterung auf die Bildschirme gekommen, ging Aksel zu Christian.
„Du hast sicherlich gerade die Nachricht von Mogens gelesen."
„Ja, herzlichen Glückwunsch zur Beförderung, auch wenn sie wohl nur ein paar Tage gilt." Christian wollte die Situation etwas auflockern, was ihm aber nicht gelang.
„Hast du ein Problem damit?"
„Nein, so war das nicht gemeint. Aber ich gehe davon aus, dass die drei in den nächsten Tagen wieder hier sind und Karen wieder auf ihrem Stuhl sitzt."
„Vielleicht, ja. Auf jeden Fall berichtest du jetzt alles an mich. Alles."
„Ja, schon klar, das hat Mogens so geschrieben." Christian war über den Tonfall verwundert. Er hatte mit Aksel nie viel zu tun gehabt, aber anscheinend wollte der sich jetzt wichtig machen.
„Gut. Wenn sich einer von den dreien bei dir meldet, berichtest du mir das sofort, ist das angekommen?"
„Ja, aber warum sollte ich mit denen Kontakt haben, die sind doch nicht da?"
„Ich meine ja auch nur, für den Fall, dass sie sich doch melden."
Mit diesen Worten verließ Aksel Christians Büro. Der guckte ihm irritiert hinterher. Was wusste der und was wollte er?
Das Telefon klingelte, Knud, der Rechtsmediziner: „Ich wollte dir noch eine Rückmeldung zu Geir Brorson geben."

„Ach ja, der Landwirt, der tot auf seinem Bett lag, im Nebenzimmer verweste seine Frau." Christian hatte seine Entdeckung schon vergessen.

„Genau. Es ist so, wie du vermutet hast. Die Frau ist an einer Lungenentzündung gestorben. Geir hat fast eine ganze Packung Schlaftabletten genommen und ist gestorben. Ziemlich dreckig, der Mann muss Krämpfe ohne Ende gehabt haben, bis er endlich erlöst wurde."

„Hat er die zu sich genommen oder hat ihm die jemand verabreicht?"

„Es gibt keinen Hinweis auf Gewalt. Es war seine Entscheidung."

Nachdem Knud sich verabschiedet hatte, schaute Christian nach Informationen über Geir Brorson, er wollte nichts übersehen. Der Hof schrieb ein kleines Plus, ansonsten war nur bekannt, dass der Mann einer der „Glistrup Jünger" war, er hatte sich bis 2018 auch immer wieder politisch geäußert, hatte über den Staat und seine Institutionen geschimpft. Dann war er verstummt. Weshalb hatte er seine Frau mit ihrer Lungenentzündung nicht ins Krankenhaus gebracht? Aus Misstrauen einer staatlichen Institution gegenüber? Die Frage würde sich vermutlich nicht mehr beantworten lassen. Und eigentlich war es auch egal, dachte Christian. Nun galt es, die Geiseln zu finden und zu befreien. Und Jan mit allen Mitteln zu unterstützen.

Lea kam herein, eine junge Bereitschaftspolizistin, und schloss die Tür: „Christian, entschuldige, aber wo ist Jan?"

„Das hast du doch gerade lesen können, er ist unterwegs."

„Ich muss ihn dringend sprechen."

„Weshalb?"

„Das kann ich nur ihm sagen. Bitte, du bist einer seiner engsten Mitarbeiter. Du weißt bestimmt, wo er sich aufhält."

„Lea, ich weiß es nicht. Und wenn ich es wüsste, würde ich es dir nicht sagen dürfen. Das klingt jetzt sehr unhöflich, aber ich würde gerne weiterarbeiten."

„Ja, entschuldige."

In Arnager saß Calle in seinem Sessel und schaute auf das Meer.

„Calle, ich bin zurück. Dein Wagen ist heil geblieben. Vielen Dank. War hier alles gut?"

„Was soll hier denn passieren?", gab Calle grinsend zurück. „Zwei Autos sind in den letzten zwei Stunden zum Hafen gefahren, das eine ist gleich wieder verschwunden, aus dem schwarzen Transporter ist wenigstens noch jemand ausgestiegen und hat von der Brücke gepinkelt."

Bei Jan schrillten die Alarmglocken, aber er durfte sich nichts anmerken lassen: „Was sagst du, was ist das denn für ein Ferkel gewesen? Was stand denn auf dem Transporter? Dann zeigen wir die Firma an. Wildpinkeln kostet immerhin 1000 Kronen."

Calle lachte: „Das stand nichts drauf. Und anzeigen muss man ihn deswegen auch nicht, das haben wir Kerle doch alle schon gemacht."

„Ja, das stimmt. Ich würde mir gerne ein Kaffee machen, soll ich dir auch einen aufgießen?"

„Nein, danke, Asger kommt hoffentlich gleich mit ein paar Einkäufen. Da wird auch Bier dabei sein."

Zehn Minuten später wurde die Tür aufgeschlossen, und Asger kam mit zwei Tüten von Netto herein. Er packte alles aus, reichte Calle ein Bier und nahm sich den Rest Kaffee aus der Kanne. Dann stellte er sich

dicht an Jan: „Da laufen gerade unsympathische Menschen durch unsere Straße und auch durch die vor deinem Haus. Die wissen anscheinend nicht, wo du geblieben bist. In unserem Garten waren sie noch nicht und nebenan auch nicht, die Verbindungstüren haben sie nicht entdeckt. Gott sei Dank."
„Danke für alles, Asger. Ich hoffe, dass sich das alles jetzt schnell aufklären lässt." Asger hatte verstanden, dass Nachfragen sinnlos war.

Jan ging in sein Zimmer. Er packte die Waffe aus und machte sie bereit. Er war erleichtert. Dann nahm er das neue Telefon, mit einem solchen war er aus früheren Einsätzen vertraut. Es funktionierte. Er rief Sonja an: „Hier ist Jan, wie geht es dir?"
„Mir geht es gut, ich bin in meinem Quartier." Sie hatte bereits gelernt, in bestimmten Situationen nie Orte zu nennen.
„Sehr schön, ich bin froh, dass du sicher bist."
„Wie geht es dir, was hast du vor?"
„Mir geht es gut. Ich werde jetzt versuchen, die Verschwundenen zu finden."
„Jan, das ist zu gefährlich. Das können doch deine Kollegen machen."
„Nein, es gibt ein paar Dinge, die das verhindern."
Sonja stöhnte leicht: „Na gut, du wirst es besser wissen. Pass bitte auf dich auf und melde dich mal."
„Ja, natürlich, pass du bitte auch auf dich auf. Ich rufe dich wieder an."
Er legte auf und schaute grübelnd auf Nordeuropas längste Holzbrücke über Meerwasser, die hier in die Ostsee hineinragte. Wie konnte man das Versteck der Entführer aufspüren? Sicherlich mit einer Vielzahl von Einsatzkräften, die Bornholms Häuser nach und nach

umdrehten. Mit Sicherheit würden die Täter ihre Geiseln aus Panik töten und Bornholm umgehend verlassen. Man konnte auch an die Bevölkerung appellieren,
verdächtige Personen oder Handlungen in der Nähe
sofort zu melden. Dabei würde die Polizei ganz sicherlich mit 98 % Falschinformationen zugeschüttet. Außerdem würde die Dimension der Geiselnahme mit
gleich fünf Personen sowie zuvor drei Toten gewaltige
Ängste in der Bevölkerung auslösen. Eine dritte Möglichkeit fiel ihm ein, er rief Christian an: „Christian, wie
geht es dir?"
„Jan, wo bist du?"
„Christian, keine Ortsnamen, nie, das weißt du doch."
„Ach ja. Lea wollte dringend wissen, wo du bist."
„Welche Lea?"
„Lea Lønstrup, die junge Bereitschaftspolizistin mit
dem lustigen blonden Dutt."
„Ach so, ja, jetzt weiß ich, wer das ist. Weshalb wollte
die mich sprechen?"
„Das könne sie dir nur persönlich sagen, meinte sie.
Ich habe natürlich nichts gesagt."
„Merkwürdig, ich habe mit der noch nie richtig gesprochen, die ist ja erst seit Oktober bei uns. Hat man versucht, dich zu schnappen?"
„Nein, für mich interessiert sich niemand. Und Lærke
habe ich auch schon in Sicherheit gebracht. Mit Lone
habe ich kurz telefoniert, die ist krankgeschrieben und
hält sich mit Kafka ebenfalls versteckt. Was macht
Sonja?"
„Die ist auch sicher. Christian, nimmst du bitte Kontakt
zu *Beof** auf, ich muss wissen, ob denen gerade Häuser

---

* *Bornholms Energi & Forsyning, s.* S. 7

auffallen, die einen außergewöhnlich hohen Strom-
oder Wärmeverbrauch haben."
„Du meinst…"
„Ja, genau, wenn du fünf Geiseln beherbergst und die
Entführergruppe vielleicht auch aus fünf Menschen
besteht, hast du auch einen höheren Verbrauch im
Haus. Gerade jetzt im noch kalten Februar."
„Ja, eine gute Idee, ich kümmere mich sofort darum."
„Christian warte, ich habe ein anderes Telefon, du
siehst meine Nummer aber nicht, ich diktiere sie dir."
Er legte auf. Weshalb hatten die Täter sich für Karen,
Ditte und ihn interessiert, aber nicht für Christian? Die
Mischung aus einer Politikerin, einem Unternehmer,
einem Bibliothekar und drei Polizisten, wenn er sich
dazurechnete, irritierte ihn nach wie vor. Weshalb
hatten sich die Täter für diese Gruppe als Opfer entschieden? Er las nochmals den Text an die Staatsministerin. Glaubten diese selbst ernannten Befreier tatsächlich, dass sie damit durchkommen könnten?
Er googelte den Ausländeranteil auf Bornholm, über
die Zahl hatte er sich noch nie Gedanken gemacht, der
schien ihm aus dem Bauch heraus nicht sonderlich
hoch. Ungefähr 8 % betrug der Anteil der Einwanderer
oder Menschen mit einem entsprechenden Hintergrund. Die Hälfte dieser Leute kam aus nicht-westli-
chen Ländern. Mit diesen Zahlen lag Bornholm in Dänemark auf einem der letzten Tabellenplätze. Jan verstand nicht, wo für die selbst ernannten Befreier das
Problem lag.
Als nächstes googelte er Ida Ibsen. Er wusste, dass sie
noch nicht lange auf Bornholm lebte, aber bereits im
Gemeinderat saß, dort mit ihren scharfzüngigen Aus-
sagen für viel Aufmerksamkeit gesorgt hatte und sich
wohl für die nächste Bürgermeisterwahl in Position

brachte. Sie hatte zuvor in Rungsted gewohnt, war dort mit einem Arzt verheiratet gewesen. Und hatte als Grafikerin in nacheinander vier Werbeagenturen gearbeitet. Er entdeckte auch einige ihrer grafischen Arbeiten, eine für eine Bank, eine für Öko-Butter und eine für eine neue Limonadenmarke. Er fand das recht gefällig, aber nicht sonderlich originell. Doch wusste er natürlich nicht, wie viel Eigenanteil dabei noch von Ida Ibsen war, oft wurden tolle Ideen ja durch andere Entscheider, die sich für kompetenter hielten, verwässert.

Sie war zweifelsohne eine attraktive Frau, selbstbewusst, schlagfertig, redegewandt, sie brachte die Dinge auf den Punkt. Kein Wunder, wenn sie Marketing studiert hatte. Ihrem Mann hatte das anscheinend nicht gereicht, Ida Ibsen hatte sich bei der Yellow Press darüber ausgeweint, dass er sie mehrfach betrogen hätte und sie sich deshalb scheiden ließe. Jan wunderte sich immer wieder darüber, dass Menschen ihre Umwelt an den privatesten Dingen teilhaben ließen. War das hier nicht allein eine Sache der Eheleute gewesen? Eine neue Begründung für Ida Ibsens Entführung fand er nicht. Sie war eine auf Bornholm mittlerweile bekannte Politikerin, nicht mehr und nicht weniger. Vielleicht war ihr Ex-Mann vermögend, aber sicherlich nicht so, dass man dafür erst drei Menschen ermordete und dann gleich fünf andere entführte, um ihn zu erpressen. Außerdem stand in der Nachricht an die Staatsministerin auch nichts von einer Geldforderung.

Das galt gleichermaßen für Ole Abrahamsen. Der war bekanntlich wohlhabend, aber auch sehr spendabel. Vielleicht war gerade das das Motiv für seine Entführung gewesen. So verstärkten die Täter den Druck auf die Regierung, indem sie mit dem Tod eines gütigen alten und großzügigen Mannes drohten. Jan las über Oles Firmengründung auf Bornholm, die Expansion auf das Festland und den Verkauf vor ein paar Jahren. Eine Erfolgsgeschichte, gewiss, aber wo war die Schnittstelle zu den Morden zu entdecken? Die einzige Übereinstimmung war, dass alle Entführten Bewohner Bornholms waren.

Christian rief an: „Also, *Beof* meldet sich heute Abend gegen 22 Uhr. Sie sagen, dann sind die Bornholmer überwiegend schlafen gegangen, und es lassen sich die Spitzen besser filtern. Außerdem brauchen sie noch die Anfrage der Staatsanwaltschaft nach Übermittlung der Daten, damit alles seinen legalen Weg geht. Das wird gerade erledigt. *Beof* ruft mich nachher an, und ich gebe dir die Adressen durch."

„Gute Arbeit, Christian, vielen Dank."

13

Andernorts auf Bornholm war die Stimmung deutlich schlechter. Fünf Männer und eine Frau saßen an einem Tisch.

„So, ich frage wieder eure Namen ab, wie in den letzten Tagen, damit ihr sie nicht vergesst." Er zeigte zunächst auf die einzige Frau.

„Ich bin Frau Thienner."

Der Mann nickte und zeigte auf den Mann neben ihr.

„Ich bin Hofrat Thienner."

„Und ich Villum Clausen", preschte der große, kräftige Mann ungefragt vor.

„Und du?", er zeigte auf einen kleinen, verlebt aussehenden Mann mit fettigen Haaren.

„Ich bin Claus. Also, Claus Kam."

„Na geht doch. Und der Vorletzte hier heißt?"

„Peder Olsen." Ein mittelgroßer, dünner Mann, der leicht zitterte und auch sonst etwas nervös wirkte.

„Sehr gut, und ich bin Povl Ancher." Die Stimme des Mannes bebte voller Pathetik. „Wir tragen für diese Aktion die Namen der Helden von 1658. Der Helden, die Bornholm von den Schweden befreit und im Januar 1659 dem geliebten dänischen König zurückgegeben haben. In dieser Tradition stehen wir. Bornholm ist dänisch. Und nicht schwedisch oder türkisch oder moslemisch. Und nebenbei hat unsere Namenswahl auch den Vorteil, dass eventuelle Zuhörer, wie unsere Gäste zum Beispiel, niemals unsere wahren Namen erfahren."

Alle nickten und wussten, dass das nur das Vorspiel gewesen war. Gleich würde ein Donnerwetter über sie hinwegziehen.

„Ihr Idioten, wieso ist euch Jan Kofoed entwischt?", schrie Povl Ancher urplötzlich und schlug mit der flachen Hand auf den Tisch.

„Keine Ahnung, wir waren sicher, dass er bei dieser Frau ist, seiner Freundin. Und als sich da nichts tat, haben wir die Tür aufgebrochen. Aber er war nicht da und sie auch nicht," verteidigte sich Peder Olsen.

„Ja klar, die sind hinten raus."

„Nein, da war alles abgeschlossen."

„Aha. Und warum habt ihr sie dann nicht aufgespürt?"

„Wir sind überall herumgefahren, aber keine Spur. Die haben sich irgendwo versteckt, in der Nähe vermutlich. Ihr Auto steht vor der Tür. Und seins vor seinem Haus."

„Vielleicht haben sie auch Freunde, die sie woanders hingefahren haben. Habt ihr darüber schon mal nachgedacht?"

Villum Clausen schaltete sich ein: „Ja, aber was sollen wir denn machen? Jedes Haus in Svaneke oder Hasle durchsuchen?" Die Augen seines Gegenübers funkelten. „Wieso ist dieser Scheiß-Kofoed eigentlich so wichtig? Wir haben doch ein paar Leute abgegriffen."

„Weil der Fører das so will."

„Der Fører? Wieso? Wer ist der Fører? Ich dachte, wir machen hier unser Ding?"

„Der Fører ist unser Führer. Der sagt und bestimmt, was wir machen. Und der will diesen Kofoed haben, warum auch immer. Ein Fører bestimmt und erklärt nicht, verstanden?"

„Aber von dem hast du noch nie erzählt."

„Nein, weil das hier eine Geheimoperation ist. Und je weniger du weißt, desto besser ist das für unsere Sache."

„Sitzt der in Kopenhagen?"

„Auch das müsst ihr nicht wissen. Er gibt mir seine Anordnungen durch, damit ich sie an euch weiterreiche. Und dann werden sie erfüllt, verstanden?"

Die anderen fünf schauten den Mann fragend an, der hier unverkennbar das Sagen hatte.

„So, wir brauchen jetzt einen Plan, wie wir Jan Kofoed kriegen. Ich werde später mit Alogo darüber sprechen, vielleicht hat der Tipps für uns."

„Wer ist denn jetzt Alogo?", fragte Frau Thienner verwundert. „Komischer Name."

„Einer unserer wichtigsten Informanten", lautete die genervte Antwort. „Also, sorgt dafür, dass es unseren Gästen gut geht, sie noch etwas zu essen bekommen und es in ihren Einzelzimmern warm genug ist für die Nacht. Prüft alle Ketten. Morgen werden wir den berühmten Ermittler suchen und finden. Notfalls müssen wir seine Freundin aufspüren und ihn aus seinem

Versteck zwingen. Vielleicht führt uns auch dieser Christian Dam zu ihm, den lassen wir weiterhin draußen, da hilft er uns mehr."

„Glaubst du nicht, dass die Regierung morgen antwortet?", wollte Hofrat Thienner wissen.

„Wohl kaum, die werden auf Zeit spielen. Die hoffen, dass wir irgendwann mürbe werden. Oder sie doch irgendwelches Militär an Land geschmuggelt bekommen. Aber das wird ihnen nicht gelingen."

„Genau, notfalls muss Villum wieder einem Kanaken die Pistole auf die Stirn halten. Er leidet ja schon unter Entzug." Der Mann grinste seinen Nachbarn an.

„Ich bin jederzeit bereit," lächelte der Angesprochene und formte seine rechte Hand zu einer Pistole.

„Konzentriert euch auf eure Aufgaben, auf sonst gar nichts", kam es von Povl Ancher klar und deutlich. „Und dann legt euch bald hin, wir haben noch ein paar anstrengende Tage bis zur Entscheidung."

Jan hatte sich aus Calles Vorrat eine Tüte Hühnersuppe warm gemacht und saß nun wieder in seinem Zimmer in Arnager. Draußen war es stockdunkel, das Meer war nur zu erahnen. Still war es, kein Laut war zu hören. Jans Ungeduld wuchs. Endlich klingelte sein Telefon. Christian.

„Hast du etwas erfahren?"

„Hallo Jan, ja, also es gibt einige Häuser mit unüblich hohem Energieverbrauch in der Nacht, die unseren Kollegen vom Rauschgift bereits bekannt sind. Jetzt neu ist ein Haus in einer Ferienhaussiedlung in Øster Sømarken. Da ist seit dem Wochenende der Verbrauch markant angestiegen. Das gilt auch für ein Haus in Olsker, eines in Hasle und eines auf dem Weg von

Østerlars nach Østermarie. Die Adressen sind folgende." Christian nannte sie.
„Gut, danke, dann werde ich mich einmal um die kümmern. Vielleicht ist das ein Anfang."
„Das hoffe ich auch, Jan. Ich habe mich bei Lauge einquartiert, der mit dem ich Badminton spiele, weiß du."
„Ja, du hast von ihm erzählt."
„Genau. Allein in unserem neuen Haus, bei dem Gedanken ist mir jetzt nicht wohl."
„Das verstehe ich gut, Christian, schlaf gut."
„Ja, du auch, Jan, gute Nacht."
Jan dachte nicht daran zu schlafen, jetzt begann die Arbeit.

In Allinge schlief Lærke bereits in ihrem alten Kinderzimmer. Erst wollte sie sich von Christian nicht zu ihren Eltern bringen lassen, wollte an seiner Seite bleiben. Aber schließlich ließ sie sich von ihrem Mann doch überzeugen. Das Wohl ihres noch ungeborenen Kindes war das Wichtigste. Ihre Eltern freuten sich und versprachen Christian, seine Lærke nicht aus den Augen zu lassen.
In Aarsballe lag Lone noch wach. Sie hatte sich bei ihren Freunden Malene und Mateo einquartiert. Wie es Ditte wohl ging? Ob man ihr wehtat? Warum überhaupt hatte man sie entführt? Warum überhaupt hatte Ditte diesen gefährlichen Beruf gewählt? Als Psychologin konnte sie doch auch anderswo arbeiten. Erst die Geiselnahme neulich in Olsker, jetzt das hier. Kafka schlief vor dem Bett, aber auch er war sehr unruhig. Ganz langsam dämmerte Lone weg.

In Vang wollte Sonja endlich schlafen. Sie war von dem ganzen Tag so aufgewühlt, dass sie nicht zur Ruhe kam. Sie wälzte sich hin und her. Stand auf, schaute Richtung Ostsee, legte sich wieder hin. Ihr Kopf gab keine Ruhe. Ihre Freundin Frida hatte ihr eine Schlaftablette auf den Nachttisch gelegt. Die nahm sie, und bald wurde es im Zimmer ruhiger.

Jan fuhr in das Ferienhausgebiet in Øster Sømarken. Es lag vollständig im Dunkeln, um diese Zeit waren nur wenige Häuser bewohnt. Er rollte langsam voran, mit den Scheinwerfern fiel er schon genug auf, kein Auto sonst fuhr hier. Als das Navi ihm signalisierte, dass er in 200 Metern sein Ziel erreicht haben würde, parkte er an der Einfahrt zu einem anderen Haus. Dann ging er zu Fuß weiter. Er hörte das Rauschen der nahen Ostsee. Jan erblickte Licht. Vor dem Haus standen einige Autos. Er hörte Stimmen. Er blieb lieber stehen. Die Stimmen verzogen sich wieder in das Haus. Er ging schnellen Schrittes weiter. Plötzlich ging die Tür wieder auf, Jan suchte hinter einem Baum Deckung. Draußen schienen jetzt ein paar mehr Leute zu stehen, Feuerzeuge zündeten Zigaretten an. Die Raucher redeten, der Ton klang gelöst, sie öffneten die Tür, und es wurde wieder still. Dicke Jacken und nackte Beine, sah er das richtig? Er schlich sich dichter an das Haus. Die Vorhänge waren zugezogen, einige Zimmer waren dunkel, andere hell beleuchtet. Er ging in sicherer Distanz um das Haus. Da, eine Gardine bedeckte das Fenster nicht vollständig. Wieder öffnete sich die Tür. Musik war kurz zu hören. Er erkannte eine Frau und einen Mann. Sie stiegen in ein Auto und fuhren weg. Jan wartete, bis der Wagen nicht mehr zu hören war. Dann näherte er sich dem Fenster. Er hörte erste Geräusche, die aus dem Haus drangen. Was er dann sah, überraschte ihn nun nicht mehr wirklich. Nackte Menschen füllten den hellen Raum, sie standen beieinander, lagen aufeinander, tranken, redeten, fummelten, vögelten in unterschiedlichen Konstellationen und Stellungen. Eine Orgie. Das ist nicht der erhöhte Energieverbrauch, den ich suche, dachte Jan. Er ging die Düne am Haus hoch, um direkter zu seinem Wagen zu kommen. Oben angekommen, drehte er sich noch einmal um. Wenn ihn nicht alles täuschte, stand draußen vor dem einen Fenster eine Person. Ein Voyeur? Egal, dieses war nicht das Haus, das er suchte. Jan startete den Wagen. Er fuhr quer durch die Insel, über Aakirkeby, durch Almindingen, nach Klemensker. Kein anderes Auto war unterwegs. Es war ein wenig unheimlich, Bornholm schlief. Nächste Station war Hasle.

Das Haus dort lag etwas am Rande, aber nicht allein. Er parkte eine Straße weiter. Leise drückte er die Autotür zu. Er bog langsam gehend in die Straße ein. Tatsächlich brannte in dem von Christian genannten Haus noch Licht. Er ging herum. Die Garage war voll beleuchtet, er hörte drinnen auch Schritte und ein gleichbleibendes Surren. Jan schaute sich um. Anscheinend hatte ihn noch keiner entdeckt. Es roch hier gut, wie frisches Brot. An der linken Seite entdeckte er oben ein kleines Fenster. Wenn er auf den Zaun zum Nachbargrundstück steigen würde, könnte er in die Garage schauen. Er drehte sich noch mal um, dann umklammerte er den Zaun und wollte gerade aufsteigen. In diesem Moment erstrahlte das Nachbarhaus in vollem Licht. Er hatte eine Lichtschranke ausgelöst, verdammt. Sofort sprintete er auf die andere Straßenseite und suchte Deckung. Die Garage blieb zu, anscheinend hatte die Person drinnen das Licht gar nicht bemerkt. Im Nachbarhaus hingegen ging die Haustür auf. Einen kurzen Moment später wurde sie wieder geschlossen. Hier backte wohl tatsächlich jemand größere Mengen Brot, vielleicht für den Straßenverkauf. In Listed hatte eine Familie so aus einem Hobby eine feste Einnahmequelle gemacht. Dieses Haus kam ebenso wenig in Betracht wie das Ferienhaus vorhin. Jan schaute auf die Uhr. Es wurde bald Mitternacht. Das Adrenalin bewahrte ihn vor jeglicher Müdigkeit. Er hatte die Hälfte bereits geschafft.

Nach Olsker war es nicht weit. Als er sich näherte, stutzte er, war das nicht die Ecke, in der im Herbst die Entführung stattgefunden hatte? Für deren Ende Ditte gesorgt hatte. Das Gehöft gehörte doch alten Leuten. Wollten die nicht einen Teil verkaufen? Oder mussten das sogar? Er wusste es nicht mehr. Er kam zu der Einfahrt, die er damals auch benutzt hatte, als er einen kurzen Abstecher zu der Geiselnahme gemacht hatte. Das Navi ließ ihn aber weiterfahren. Er sah den anderen Hof, den die alten Leute dazugekauft hatten, was ihr Ruin war. Dort war Licht an, das auf einige Autos strahlte. Die Einfahrt war lang, er konnte sich nicht unentdeckt nähern. Er schaltete den Wagen aus und verließ ihn, behielt aber die Tür angelehnt. Ganz langsam ging er den Weg ein kleines Stück. Es war in dieser Nacht inzwischen windstill. Er meinte einen Pick-up zu entdecken, wie ihn Sonja kurz vor ihrer gemeinsamen Flucht beschrieben hatte. Diese Geschosse waren schlecht zu übersehen und auf Bornholm auch nicht so häufig. Vielleicht war ihm bereits der goldene Griff geglückt. Er blieb irritiert stehen. Irgendetwas klackte hier. Ganz regelmäßig. Er schaute auf die leeren Felder rechts und links, auf den Wegesrand. Das Geräusch kannte er, hier waren Lichtschranken angebracht, er meinte auch weiter vorne Infrarotsignale zu sehen. Er ging die wenigen Meter zurück, startete den Wagen und fuhr geradeaus weiter Richtung Gudhjem. Das Haus musste er sich morgen bei Tageslicht anschauen. Er blickte auf die Uhr. Nein, heute, es war gerade Mitternacht geworden.

Tag 6

<u>14</u>

Jan fuhr langsam weiter, die Strecke nach Rø war in der Nacht nicht ungefährlich, sie war eng, kurvig und gänzlich unbeleuchtet. Er war froh, als er endlich an der Rø Kirke angelangt war, die Straße war nun deutlich besser zu fahren. Doch die Erleichterung währte nur kurz, dann folgte das anspruchvollste Stück mit der kleinen Achterbahn zwischendrin, so hatte sein Sohn Rune diesen Abschnitt einmal genannt. Endlich war er an der großen Straße von Gudhjem nach Østerlars. Er bog in Richtung Østerlars ab. Selbst die Rundkirche lag im tiefsten Dunkel. Dann ging es links nach Østermarie. Er fuhr langsamer, gleich musste das vierte Haus kommen. Da war es. Licht war nicht mehr zu sehen. Jan ließ den Wagen 50 Meter weiter an der Straße stehen und ging zu dem Gebäude Es war alles still. Er ging links durch das Gartentor. Vorsichtig schlich er vorwärts, er wollte nicht stolpern und keinen Lärm verursachen. Es war alles dunkel und verschlossen. Auch hier müsste er bei Tageslicht nochmals hin. Er ging durch das Gartentor zurück. Plötzlich hörte er hinter sich ein Geräusch, die Tür ging auf, und jemand stürzte sich auf ihn. Jan wich aus, die Person verlor Halt. Jan packte einen Arm und drehte ihn dem Mann nach hinten. Der schrie vor Schmerz auf. Jan ließ etwas locker.

„Was willst du hier?", stöhnte der Mann am Boden. Der lag nur in Unterhose und einem T-Shirt vor ihm in der Kälte, roch nach Schnaps und Hasch, nicht nach Körperpflege.

„Wer wohnt hier?"

„Was geht dich das an?"

Jan zog den Arm wieder etwas fester hoch.

„Aua, ist ja gut. Wir sind ´ne WG.“

„Was für eine?“

„Mann, dieses Haus ist seit vier Wochen leer. Und da haben wir uns hier einquartiert. Wir haben keine richtige Wohnung. Wir trinken bisschen was, rauchen, hören Musik, zocken Karten, bis morgen früh.“ Er drehte seinen Kopf und schaute Jan an. „Kenn ich dich nicht? Bist du nicht ein Bulle?“

„Kann sein. Bist du nicht aus Rønne? Ich glaube, ich habe dich öfters mit ein paar Jungs und ein paar Bier am Brunnen auf dem Markt gesehen.“

„Ja, kann sein. Wir haben keine richtige Bleibe und suchen immer mal was, was leer steht. Wieso bist du hier?“

„Ich muss nur was checken. Alles gut. Steh auf.“

„Kommst du nachher mit deinen Kollegen und schmeißt uns raus?“

„Nein, wenn du vergisst, dass du mich gesehen hast, vergesse ich, dass ich dich gesehen habe. Wenn nicht, komme ich wieder.“

„Abgemacht.“

Im Wagen atmete Jan tief durch. Hoffentlich konnte er sich auf den Trinker verlassen. Er überlegte kurz, wie er jetzt am besten nach Arnager fahren sollte. Ja klar, Østermarie, dann nach Almindingen und Aakirkeby und von dort weiter Richtung Süden. Das war nicht der schnellste Weg, aber der auf den angenehmsten Straßen. Jan kämpfte mit einer aufkommenden Müdigkeit. Im Wald von Almindigen war es noch dunkler als vorhin.

Er dachte an Lea Lønstrup. Was wollte die junge Polizistin von ihm, weshalb musste sie wissen, wo er gerade war? Besaß sie eine Verbindung zu den

Entführern? Plötzlich tauchte ein Wagen hinter ihm am Horizont auf und näherte sich mit einer irren Geschwindigkeit. Jan wurde aus seinen Gedanken an Lea gerissen und war schlagartig wach. Er griff nach seiner Pistole. Dort vorne musste er links ab. Er blinkte und bog in die Straße nach Akirkeby ein. Der andere Wagen raste geradeaus weiter. Der musste mit 150 unterwegs sein, dachte Jan. Hoffentlich bremste der bald, denn die Straße, die der fuhr, wurde kurviger. Er entspannte sich wieder etwas.

Kurz bevor er Arnager erreichte, hatte er eine Idee. Verdammt, darauf hätte er auch eher kommen können. Er betrat leise das Haus und hörte Calle schnarchen. Er nahm sich ein Bier aus dem Kühlschrank, schlich nach oben und gönnte sich einen Schluck aus der Dose. Dann suchte er nach dem Besitzer des Grundstücks in Olsker. Der alte Besitzer hatte Frederiksen oder Eriksen geheißen, genau erinnerte er das nicht mehr. Er wurde fündig. Eigentümer war jetzt eine Gesellschaft namens Birkeskov 1977 ApS. Jan suchte weiter. Er fand den Eigentümer dieser Gesellschaft. „Oha" entfuhr es ihm. Er kippte den letzten Schluck aus der Dose hinunter, schaute auf die Uhr, ließ sich ins Bett fallen und löschte das Licht.

15

Karen war die ganze Nacht nicht zur Ruhe gekommen. Ihr war kalt. Sie hatte immer nur in kurzen Intervallen geschlafen. Warum tat man das Tom und ihr alles an? Würden sie beide hier lebend herauskommen? Sie hatte mitten in der Nacht begonnen, Bilanz zu ziehen. Ihr Leben war ein einziges Auf und Ab gewesen. Aber sie hatte immer unverdrossen gekämpft. Über ihre

Vergangenheit wussten nur wenige Menschen etwas. Auf Bornholm niemand. Außer Tom natürlich.

Sie war das Ergebnis eines Urlaubsflirts. Ihre Mutter war Anfang 1971 an die Algarve geflogen, da war sie 23 Jahre jung. Dort hatte sie sich verliebt. Neun Monate nach dem Urlaub war Karen geboren worden. Ihre Mutter wollte den Mann, nicht das Kind. Sie gab Karen zur Adoption frei und verschwand. Ein Paar aus Faaborg auf Fünen adoptierte sie, da war sie noch kein Jahr alt. Sie besuchte die Schule, machte ihr Abi und ging zur Polizei. Ihre Adoptiveltern waren gutmütige Menschen, die aber kein emotionales Band zu Karen aufbauen konnten. Sie wuchs zwar wohlbehütet auf, aber noch heute wurde ihr kalt, wenn sie an ihre Jugend dachte. Als sie 14 wurde, erzählten ihre Eltern von ihrer Mutter und von der Adoption. Von der ahnte sie bereits, in der Schule hatten Lehrer ein paar so merkwürdige Bemerkungen gemacht. Ihre Adoptivmutter lebte inzwischen in einem Altersheim, sie hatten keinen Kontakt mehr. Ihr Adoptivvater war kurz vor ihrem Umzug nach Bornholm gestorben. Mit ihrer Mutter hatte sie nie Kontakt aufgenommen, auch der Urlaubsflirt war ihr unbekannt.

Sie ging zur Polizei und begann ihre Laufbahn. Sie begegnete Kenneth, einem älteren Polizisten, bei dem sie die Wärme fand, die sie seit 24 Jahren vermisst hatte. Sie wähnte sich ganz nahe am Glück. Drei Jahre später verließ er sie, eine andere Polizeischülerin hatte sein Herz erobert. Nach zwei Jahren des Alleinseins trat Mirza in ihr Leben, ein lebenslustiger Mann, drei Jahre älter als sie, ihre Beziehung war ein Feuerwerk, im positiven Sinne. Karen war der glücklichste Mensch auf Erden. Dann stellte sich heraus, dass sie keine Kinder

bekommen konnte. Von einem Tag auf den anderen
war Mirza weg.

Und dann folgte diese Begegnung in Helsingør vor
zehn Jahren. Sie gönnte sich ein langes Wochenende
dort und ging an einem der Abende allein essen. Am
anderen Tisch saßen zwei Männer, der eine schaute
immer wieder zu ihr hinüber. Als der andere zur Toilette verschwand, sprach der Mann sie an, gab ihr
seine Telefonnummer. Vier Tage später rief sie ihn an.
Das war der Anfang der Beziehung mit Tom. 2014 heirateten sie, und der Moment, als aus Karen Nørregaard
Karen Rasmussen wurde, war der Schritt in ein besseres Leben. Zwei Jahre später zogen sie nach Bornholm.
Sie wurde Chefin der dortigen Polizei, er bekam eine
Stellung in der Rønner Bibliothek. Er war ein Bücher-
narr, ein fürsorglicher Ehemann, ein toller Koch und
der nach Mirza beste Liebhaber in ihrem Leben. Nachdem sie ihm eine kleine Schulung gegeben und seine
Verklemmungen gelöst hatte. Wenn sie nach Kindern
gefragt wurde, antwortete sie, dass sie Tom zu spät
kennengelernt hätte. Dass sie keine bekommen
konnte, ging niemanden etwas an. In den letzten Monaten allerdings hatte ihr Mann sich verändert. Er war
gereizter geworden, ungeduldiger, unausgeglichener.
Und unehrlicher. Sie hatte ihn mit einem Ehepaar gesehen, mit dem sie kurz befreundet waren, von dem
sie sich dann aber distanziert hatten. Tom hatte von
der Begegnung nichts erwähnt. Unter diesen Voraus-
setzungen konnte sie nicht Bornholmer Polizeichefin
werden, Tom war zum Ballast geworden. Die zuneh-
mende Distanz zu ihm hatte dazu geführt, dass sie ihn
letztes Jahr betrogen hatte. Im Radisson Hotel am Kopenhagener Hauptbahnhof. Mit einem Mann namens
Domenico, dessen Beruf vermutlich Sex mit verein-

samten Frauen war. Aber sie hatte sich keine Vorwürfe gemacht. Zumindest die ersten Tage.

Trotzdem liebte sie Tom irgendwie noch immer. Und nun waren sie beide entführt worden, vielleicht drohte ihnen der Tod. Vermutlich hatten die Täter sie haben wollen und ihn mitgeschnappt. Verdammt. Sie hoffte, dass alles gut ausging und sie alles wiedergutmachen konnte. Sie war sich sicher, dass Jan, Ditte und Christian sie bereits intensiv suchten. Sie verließ sich auf sie.

Die Tür ging auf, ein Maskierter kam hinein, legte ihr eine Augenbinde an und brachte sie in den Waschraum. Dort nahm er ihr die Maske wieder ab und blieb vor der Tür, als sie in die Toilette ging. Danach führte er sie zu dem langen Waschbecken, das sechs Hähne hatte, wie sie bereits registriert hatte. Sie konnte sich etwas waschen.

„Ich hätte gerne eine Zahnbürste", sagte sie zu dem Mann. Der holte aus und deutete einen Schlag an. Karen senkte den Kopf.

Er legte ihr wieder die Augenmaske an und brachte sie zurück in ihr Zimmer. Was war hier noch los, was durfte sie nicht sehen? Als sie wieder angekettet und ohne Maske auf ihrer Matratze saß, brachte der Mann ihr noch Kaffee und wieder so ein fades Butterbrötchen. Was half es, ihr Magen knurrte. Und der Kaffee tat gut.

Plötzlich hörte sie Lärm. Männer schrien durcheinander, wohl auch eine Frau. Türen wurden geschmissen. Wie viele Menschen waren in diesem Haus? Waren das alles Entführer? Oder tat man der einen Frau jetzt weh?

Jan war erst um 3 Uhr eingeschlafen. Nur vier Stunden später weckte Polizeichef Mogens Mørch ihn: „Jan, guten Morgen. Wie geht es dir?"

„Danke gut, ich bin nur elend müde. Ich war heute Nacht auf Bornholm unterwegs."

„Warum das?"

„Ich habe mir von *Beof* Häuser mit einem aktuell ungewöhnlichen Stromverbrauch geben lassen. Die haben mir vier Häuser genannt. Eines davon könnte das Versteck sein, ich fahre da nachher nochmals hin."

„Das war clever, Jan. Ich kenne es von dir ja nicht anders. Soll die Bereitschaft dich begleiten, soll ich Aksel bitten?"

„Nein, momentan will ich noch allein agieren, ich melde mich bei ihm, wenn es ernst wird. Es ist auch nur eine Vermutung. Dein Bote gestern hat übrigens auf dem Parkplatz gewartet und das Versteck beobachtet. Er wollte sehen, wer da kommt."

„Das ist nicht wahr."

„Doch."

„Okay, danke für den Hinweis, das kläre ich, verlasse dich darauf."

„Was sagt die Staatsministerin?"

„Ich habe gleich eine Verabredung mit ihr, das Militär ist auch mit zwei Leuten da, unser Nachrichtendienst, PET natürlich und der Justizminister. Deshalb rufe ich dich an. Ich nehme an, die Militärs werden dafür plädieren, dass PET unsere Eingreiftruppe *Aktionsstyrken* einmarschieren lässt. Aber der PETler wird erst einmal erklären müssen, weshalb man diesen Gangstern nicht rechtzeitig auf die Schliche gekommen ist. Von mir wird man den aktuellen Stand wissen wollen."

„Von wo war die Nachricht dieser selbst ernannten Befreier eigentlich abgeschickt worden?"

„Unsere ITler meinen aus China."
„Und die Medien halten still?"
„Bis jetzt ja, es hat wohl Anfragen gegeben, man habe
da so Gerüchte aus Bornholm gehört und so weiter.
Die Staatsministerin hat mit den Chefs der wichtigsten
Medienhäuser gesprochen, die haben versprochen,
ihre Leute zu bremsen. Panik auf Bornholm können
wir gerade nicht brauchen."
„Nein, ganz sicherlich. Wie gesagt, ich gehe der Spur
jetzt nach und informiere dich."

Andernorts hingegen war Panik ausgebrochen. Man
hatte morgens Ole Abrahamsen fast leblos auf seiner
Matratze gefunden. Er atmete kaum hörbar, er rö-
chelte eher, sein Gesicht war ganz blass, er zitterte und
war kalt. Alle Anwesenden waren informiert worden
und in Panik in das Zimmer gelaufen, in dem Abraham-
sen lag.
„Das Herz", hatte Peder Olsen vermutet.
„Er muss hier weg, sofort", befand Povl Ancher.
„Wie soll das gehen, willst du einen Krankenwagen ru-
fen?"
„Nein, auf keinen Fall, er muss weg von hier, weit weg.
Hat einer eine Idee?"
„Wir legen ihn vor das Krankenhaus in Rønne, auf den
Parkplatz oder so," schlug Claus Kam vor.
„Blödsinn, da werden wir gesehen. Besser irgendwo
am Hafen. Und dann rufen wir den Notruf an."
„Da werden wir auch leicht gesehen."
Es herrschte für einen Moment Schweigen.
„Ich kann ihn auch abknallen, und wir vergraben ihn
hinter dem Haus", grinste Villum Clausen.
„Idiot", fauchte Povl Ancher. „Er muss auf jeden Fall
nach Rønne, damit er es nicht weit bis zum Kranken-

haus hat. Wir legen ihn auf dem Rema-Parkplatz am Gartnervangen zwischen zwei Autos, wenn gerade keiner draußen ist. Dann muss der Finder den Alarm auslösen." Alle nickten. Der Fahrer und sein Assistent waren schnell bestimmt.

„Verdammt", wütete Povl, „eine Geisel weniger, das hätte nicht passieren dürfen."

Christian rief bei Jan an: „Guten Morgen, Jan. Hat dir die Info von *Beof* geholfen?"

„Ja, es kann sein, dass ich das Versteck bereits entdeckt habe. Ich werde das heute genauer untersuchen."

„Wo ist das?"

„Oben in der Nähe von Olsker, mehr kann ich noch nicht sagen. Aber behalte das unbedingt für dich. Unbedingt, verstanden?"

„Ja, klar."

„Hast du etwas von Lærke gehört?"

„Ja, selbstverständlich. Sie ist sehr aufgeregt, aber ihre Eltern tun alles, um sie zu beruhigen. Sie hat Angst, dass ich auch noch entführt werde."

„Ich glaube nicht, dass das passieren wird", antwortete Jan. „Ich vermute, die brauchen dich als Kontaktperson zu mir. Entweder beobachten sie dich oder sie fragen dich aus, um an mich ranzukommen."

„Weshalb bist du so sicher, dass du denen so wichtig bist?"

„Weil sie in Sonjas Haus eingedrungen sind, weil sie mich dort vermuteten. Was sie von mir wollen, weiß ich allerdings nicht."

Das Gespräch war beendet. Ja, was wollten die Entführer von ihm? Sie hatten politische Forderungen, die sie mit dieser Entführung durchsetzen wollten. Aber warum entführten sie zwei leitende Polizisten, eine aufstrebende Politikerin, einen Industriellen und einen Bibliothekar? Und suchten noch nach einem dritten Polizisten. Es gab genug andere, die reicher oder bedeutender waren. Was hatte das alles mit der Polizei zu tun?

„Bornholm Stemme", er erinnerte sich. Er hatte den Sender nie gehört, weil er Bornholm längst verlassen hatte, als der gegründet wurde. War das nicht 1988 gewesen, als er gerade von Vejle nach Aarhus zog? Ja, natürlich, sein Vater hatte ihm das noch erzählt. Jan hatte ihn angerufen und ihm ganz begeistert berichtet, dass er nach Aarhus versetzt werde, wo ja auch Tove, seine Freundin, wohnte. Er war so glücklich. Der Vater hatte das nur kurz mit „Das freut mich" kommentiert und ihm dann von diesem neuen Sender erzählt, den er den ganzen Tag bis zu den Abendnachrichten im Fernsehen hörte. Es war ein Paar aus Østerlars, das eine Mischung aus Bornholmer Neuigkeiten und Musik sendete, sein Vater kannte die beiden. Jan war von der Reaktion des Vaters sehr enttäuscht, sagte aber nichts. Irgendwann war der Sender auch eingestellt worden. Jetzt wollten die Entführer ihn wiederbelebt haben, finanziert vom Staat.

Jans steckte seine SIM-Karte in sein altes Handy und aktivierte es für einen kurzen Moment wieder. Wer weiß, wer was von ihm wollte und sich nun wunderte, dass er nicht erreichbar war. Das war jetzt nicht ungefährlich, aber das Risiko ging er ein. So schnell würde ihn niemand orten können. Schnell wuchs der Maileingang, auch WhatsApps sprudelten herein. Claus Sunesen, der zerbrechliche Polizeichef aus Aalborg, hatte ihm geschrieben, dass man sich in der Stadt über die auf Bornholm ermordeten Imbissbesitzer Tikky und Preecha Suwan erkundigt habe. Es gebe keinerlei Hinweise auf illegale Geschäfte oder andere Unregelmäßigkeiten. Das gelte im Übrigen auch für deren Söhne, die die Lokale in Aalborg und Blokhus übernommen hatten. Claus konnte ja nicht wissen, dass die Lage sich völlig verändert hatte. Auf dem Anrufbeantworter fanden sich Nachrichten. Ninette, die Tochter des alten Sozialdemokraten in Hasle, hatte nur kurz draufgesprochen, dass sie jetzt zwei Tage auf Bornholm sei und dann wieder auf der Fähre arbeiten würde. Sie wisse nichts über die Morde und hätte mit denen auch nichts zu tun. Rune, sein Sohn, hatte erst vor zehn Minuten versucht anzurufen. Jan hörte die Nachricht kurz ab: „Papa, hier ist dein Sohn, wo bist du, was ist los? Ich bin gerade auf dem Schiff nach Rønne, ich muss dich dringend sprechen. Sonja hat nur kurz gesagt, ich solle mich bei dir melden, sie könne nicht sagen, wo du bist. Warum?"

Jan nahm die Karte wieder aus dem Telefon. Das konnte alles warten, seine neue Nummer wollte er nur ganz, ganz wenigen Menschen mitteilen. Er rief Rune mit seinem neuen Telefon an.
„Hier ist dein Vater."
„Hast du eine neue Nummer? Die hast du mir gar nicht gegeben."
„Pass auf, mein Sohn. Es gibt gerade eine schwierige Situation. Du sagst jetzt nur noch ja und nein. Es werden keine Namen und keine Orte genannt. Bist du mit dem Wagen unterwegs?"
„Ja."
Jan überlegte kurz: „Erinnerst du dich an einen Bornholmurlaub, da waren wir in einem Ort, in dem deine

Schwester einen Schreianfall gekriegt hat. Sie hat nicht wieder aufgehört. Sie war ungefähr zehn Jahre alt."

„Oh ja, ich erinnere mich."

„Gut, da kommst du bitte hin."

„Alles klar, bis später."

Natürlich war das jetzt eine unglückliche Situation. Er befand sich in einer extrem schwierigen Ermittlung. Um seinen Sohn konnte er sich jetzt nicht kümmern. Außerdem konnte die Situation auch gefährlich werden, und Rune zu gefährden war nun das Letzte, was Jan sich vorstellen konnte. Andererseits konnte sein Sohn ihn über die Insel fahren. Die Gefahr war groß, dass jemand Jan in Calles Auto entdeckte und den Fahrzeughalter ermittelte. Leute, die schon drei Menschen getötet hatten, machten auch vor einem vierten Mord nicht halt.

16

In Kopenhagen hatte die Staatsministerin eine kleine Runde um sich versammelt. Minister, Polizei, Nachrichtendienst und Militär. Sie bat als Erstes Mogens Mørch um eine Lageeinschätzung.

„Nun, wir wissen noch immer wenig. Es gibt die fünf Geiseln, zwei Kollegen, einen Industriellen, eine Politikerin, einen Bibliothekar. Wobei Letzterer wohl eher ein Unfall ist, er ist der Mann der Polizeichefin Karen Rasmussen. Der war vermutlich zur falschen Zeit am falschen Platz. Jan Kofoed konnte den Entführern entkommen. Diese haben wahrscheinlich auch die drei Personen mit ausländischem Hintergrund erschossen. Ich habe gerade eben mit Jan telefoniert, er ist untergetaucht und versucht das Versteck zu ermitteln. Wie genau er das machen will, hat er nicht erläutert, aber er spekuliert über zwei Objekte." Dass Jan nur ein mögliches Versteck identifiziert hatte, wollte Mogens nicht verraten.

„Das ist jetzt aber eine reine Hypothese von ihm", warf der Justizminister ein.

„Natürlich, es können sich auch beide Objekte als sauber herausstellen. Wir müssen nur irgendwo anfangen. Und wenn sich Jan schon so weit aus dem Fenster lehnt, dann tut er das nicht grundlos."

„Wenn das stimmt, können wir versuchen, mit den Elitepolizisten der *Aktionsstyrken* sowie dem Heimatschutz da reinzugehen", meldete sich der Vertreter der Luftwaffe. „Wenn die unsere Hilfe brauchen, seilen wir ein paar von den Leuten ab und die sollen diese Idioten erledigen."

„Moment, nicht so schnell", warf die Staatsministerin ein. „Die Geiseln haben wir zu schützen. Hat Jan gesagt, was er vorhat?"

„Nein", gestand Mørch. „Er meinte, darüber macht er sich Gedanken, wenn er das richtige Versteck gefunden hat und mehr über das Gelände weiß, auch über die Zahl der Entführer."

„Apropos", nahm die Staatsministerin den Ball auf und schaute zum PET-Vertreter, „weshalb kennen wir diese Leute nicht? Weshalb haben wir zuvor nichts von ihren Plänen gehört? Hast du das inzwischen endlich herausgefunden?"

„Entweder haben die so exzellent im Verborgenen alles vorbereitet, dass tatsächlich niemand auf sie aufmerksam geworden ist. Oder das ist eine so kleine und verschworene Gruppe, dass die niemand bemerken konnte."

„Aber wenn Letzteres stimmt und die nur ein paar
Leute sind, können wir die doch schnell unschädlich
machen." Der Luftwaffenvertreter gab keine Ruhe.
„Ich schließe mich Thomas an", meldete sich der Mari-
nevertreter. „Wir können ein paar Elitepolizisten mit-
hilfe von zivilen Schiffen an Land bringen. Und sobald
wir das Versteck kennen, kümmern die sich um diese
Leute. Der Heimatschutz sichert ab. Oder wir Soldaten
dürfen mal ausnahmsweise ran."
„Nein, das ist mir alles zu riskant, ich will die fünf Entführten lebend herausbekommen", schüttelte die
Staatsministerin den Kopf. „Mogens, was immer Jan
dort vorhat, er bekommt unsere Unterstützung, sage
ihm das bitte. Das gilt, bis die erste Geisel umgebracht
wird. Dann gehen wir da sofort rein."
So richtig glücklich war mit dieser Entscheidung niemand, aber es hatte auch keiner eine bessere Alternative zu bieten.
„Halten die Medien weiterhin still?", wollte Mogens
wissen.
Die Staatsministerin nickte: „Ja, ich habe bei den großen Häusern persönlich angerufen. Die haben davon
bis jetzt nichts gehört, haben aber zugesichert, sich zu-
rückzuhalten, falls ein Mitarbeiter die Story entdeckt.
Aber natürlich können wir nicht verhindern, dass jemand im Netz Spekulationen anheizt, weil er irgendetwas gehört zu haben meint. Es kann auch passieren,
dass die Entführer dort etwas posten, weil wir ihnen
nicht entgegenkommen. Unsere Pressestelle bereitet
gerade verschiedene Szenarien vor." Eine nachdenkli-
che Runde verließ den Besprechungsraum.

Ida Ibsen, die Politikerin, fühlte sich völlig entwürdigt.
Sie saß in ihren teuren Klamotten in einem miefenden

Raum, wahrscheinlich waren die Wände voller Schimmel. Sie konnte sich nur so oberflächlich waschen, nicht ihre Wäsche wechseln. Immerhin wurde der Raum geheizt, und es gab ab und an Essen und Trinken. Wenn auch nur Kaffee und Brötchen. Was hatten diese Leute vor? Was wollten sie für ihre Freilassung als Gegenwert haben? Waren es nur einfache Kriminelle oder vielleicht Unterstützer ihrer politischen Gegner? 2025 würde Bürgermeisterwahl auf Bornholm sein, sie würde antreten. Gerade mit dem Hintergrund eines Entführungsopfers konnte sie sicherlich noch mehr Stimmen generieren. Und dann würde sie auf Bornholm aufräumen. So ein Gesocks wie dieses hier sollte kein Bein mehr an Deck bekommen. Wie, wusste sie jetzt auch noch nicht, aber bis zur Wahl war ja noch Zeit. Erst einmal musste sie herauskommen. Ob die Polizei in der Lage war, das Versteck zu finden? Wäre sie nur nie auf diese verdammte Insel gekommen. Was hatte sie es gut in Rungsted. Na ja, fast. Ein tolles Haus, eine schicke Einrichtung, eine Hausangestellte, ein Traum von Garten, den Øresund vor der Tür, einen schicken roten Porsche, mit dem sie schnell in Kopenhagen war und unterwegs neidische Blicke auf sich zog. Blöd nur, dass ihr Mann sexsüchtig war. Nicht, dass sie prüde war. Aber seine Sucht konnte eine einzelne Frau nicht befriedigen. In den besseren Kreisen tuschelte man über ihn, manche Männer nahmen ihre Frauen an die Hand und verließen Partys, wenn Ulrik auftauchte. Sie musste ihn verlassen, um nicht zum Gespött zu werden. Und nicht unglücklich. Außerdem musste sie ihren gemeinsamen Sohn schützen. Aber warum war sie nicht nach Aarhus gegangen? Oder gar weit weg, zum Beispiel nach Stockholm? Oder zumindest Göteborg? Selbst Odense wäre noch eine bessere Idee gewesen als dieses verdammte Bornholm. Tränen rollten über ihre Wangen. Verzweifelt zerrte sich an ihren Ketten. Nein, das hier hatte sie nicht verdient.

Ein Entführer kam hinein, ein anderer als sonst. Seine Mütze besaß einen Sehschlitz.

„Ich verblöde hier, könnt ihr mir nicht mal was zu lesen besorgen? Ein paar Tageszeitungen vielleicht. Oder einen Roman? Von Kirsten Thorup habe ich lange nichts gelesen. Oder die Memoiren von Michelle Obama, gerne auf Englisch."

Der Mann stierte sie an. Sein Blick war kalt. Sie würde es noch mal bei dem Entführer versuchen, der sonst den Kaffee brachte.

Ditte hatte einigermaßen gut geschlafen. Sie hatte sich während ihres Psychologie-Studiums viel mit Entspannungstechniken befasst. Sie konnte sich dimmen und fokussieren. Das half ihr, auch in schwierigen Situationen ruhig zu bleiben und die Übersicht zu wahren. Jetzt lag sie wach auf der Matratze. Ihre Uhr hatte man ihr gelassen, sie zeigte kurz vor 13 Uhr. Der Raum war nicht sonderlich warm, aber es war auszuhalten. Wie es wohl Lone ging? Und Kafka natürlich? Wie lange das hier alles noch dauern würde? War sie die einzige Entführte hier oder hatte man noch mehr Menschen verschleppt? Was sollte das eigentlich alles?

Immerhin hatte der eine Entführer ihr vorhin zugestanden, etwas Gymnastik zu machen. Ditte hatte darum gebeten, um ihre Knochen in Bewegung zu halten. Der Mann hatte ihr die Fußfessel abgenommen und eine der Handfesseln. So konnte sie sich einigermaßen bewegen, hüpfen, springen, Klappmesser und

Liegestütze, Kniebeugen. Der Kerl glotzte sie natürlich die ganze Zeit an, Ditte versuchte, das zu verdrängen.

Tom spürte eine große Unruhe in sich. Wie lange würde das alles hier dauern? Er dachte zurück. Zurück an sein Aufwachsen in Sønderborg, nur so 30 Kilometer von Deutschland entfernt. Seine Heimatstadt war klein, aber fein. Die Lage war großartig, das Schloss ein echter Hingucker. Und damals florierten auch noch die Geschäfte in der Innenstadt. Er wohnte mit seinen Eltern und seinem Bruder am Stadtrand. Sie hatten nicht viel Geld, seine Mutter arbeitete in einem Lebensmittelgeschäft. War es bei Brugsen oder Favør gewesen? Er wusste es nicht mehr: Sein Vater war Mitarbeiter in einem Radgeschäft, kümmerte sich um die Reparaturen. Tom war damals ziemlich pummelig und musste meist die abgetragenen Sachen seines großen Bruders tragen. Beides führte dazu, dass die Jungs in der Schule ihn gerne mal verhauten und die Mädchen ihn auslachten. Als die Knutschereien in und vor der Schule begannen, hätte er auch gerne eine Freundin gehabt. Aber die zwei oder drei, denen er sich zu nähern versuchte, wiesen ihn rüde ab.
Er floh früh in die Welt der Bücher. Erst Astrid Lindgren mit „Karlsson vom Dach" und „Emil aus Lönneberga", dann Enid Blyton mit den „Fünf Freunden". Ihr folgte Tolkien, es war herrlich, so in ganz andere Welten zu gelangen. „Der Herr der Ringe" las er mehrfach. In der Pubertät gab es da noch diesen Deutschen, Hermann Hesse. „Steppenwolf" und „Siddharta" verschlang er, ebenso Tom Kristensens epochalen, über 400 Seiten dicken Roman „Verwüstung" über einen brutal abstürzenden Journalisten. Die Lehrer bemerkten seine Liebe zur Literatur, sie förderten ihn, gaben

ihm Tipps. Als er nach seinem Berufswunsch gefragt wurde, gab es nur eine Antwort: „Bibliothekar".
Aber dafür fehlte den Eltern das Geld. Sein großer Bruder war Autoverkäufer in Kolding geworden, worauf seine Eltern sehr stolz waren. Doch Tom hatte Glück. Die Lehrer kümmerten sich und organisierten von einer der zahlreichen privaten Stiftungen Geld für seine Ausbildung. Er ging nach Odense. Dort fühlte er sich wohl, ein Freundeskreis entstand, und er traf seine erste richtige Freundin, Birte. Als die ihn eines Tages mit in ihr Schlafzimmer nahm und ihn und sich auszog, wusste er, was passieren würde. In den Büchern hatte er viele Beischlafszenen gelesen. Aber nun sollte er in einer selbst eine der beiden Hauptrollen spielen. Er war unsicher, Birte amüsierte sich über seine Unbeholfenheit und gab ihm etwas Nachhilfe. Es war schön, aber warum war das alles so wichtig? Das verstand er nicht. Man küsste sich, streichelte sich, dann kam das, was manche miteinander schlafen nannten, andere vögeln, schließlich waren beide Beteiligten erschöpft und schliefen ein. Oder standen auf und tranken Kaffee oder gingen in die Stadt, je nach Tageszeit. Das war alles angenehm, aber er verstand nicht, warum das für so viele seiner Freunde fast der Mittelpunkt ihres Lebens war. Børge, Mathias und Gert zum Beispiel sprachen über fast nichts anderes. Merkwürdig.
Tom hörte ein Auto wegfahren, er wurde aus seinen Gedanken gerissen und nahm einen Schluck von dem lauwarmen Kaffee.

17

Jan beobachtete den Hafen von Arnager. An diesem nasskalten Februartag verirrte sich nur selten ein

Auto hierher. Es dauerte nicht lange, da kam ein großer Tesla um die Ecke. Mit Aufklebern von Runes Firma. Verdammt, der Wagen war alles andere als unauffällig. Aber es half nichts, er musste das Beste daraus machen, er musste auch Calle wieder in Ruhe lassen. Er nahm seine wenigen Sachen, schlich an Calle vorbei, der in seinem Sessel schlief, und ging hinaus zu Rune.

Als Jan sich angeschnallt hatte, fragte er gleich: „Rune, was führt dich zu mir?"

„Später, Papa. Was ist hier eigentlich los? Du bist nicht zu erreichen, Sonja sagt, du seiest abgetaucht, mehr könne sie nicht rauslassen. Was läuft hier?"

„Ich erkläre es dir, nicht alles, aber so, dass du meine Situation verstehst. Und alles, was ich dir sage, behältst du für dich. Nur für dich, verstanden?"

„Ja, klar. Was soll ich ins Navi eingeben?"

„Nichts, ich sage es dir lieber. Fahr oben an der Straße rechts und später Richtung Aakirkeby. Wir müssen in den Norden, und Rønne will ich meiden."

Nach dem ersten Kilometer begann Jan, über die letzten Tage zu berichten. Etwas ausführlicher, als er eigentlich wollte. Aber er musste es einfach loswerden. Er erzählte von den drei Ermordeten, von der telefonisch unerreichbaren Karen, von Ditte, von Sonjas und seiner Flucht. Von dem Schreiben der selbst ernannten Befreier an die Staatsministerin, von der Entführung Ida Ibsens, Ole Abrahamsens und Toms. Von dem nächtlichen Besuch vor den vier Häusern mit dem erhöhten nächtlichen Stromverbrauch. Von seinem Verdacht in Olsker, wo eines der inspizierten Häuser dem undurchsichtigen IT-Millionär Per Bjerg und seiner Gesellschaft Birkeskov 1977 ApS gehört.

„Papa, das ist nur ein Verdacht", nahm ein nachdenklicher Rune den Ball auf. „Du kannst recht haben, aber auch nicht. Bei Lichte betrachtet hast du nichts."
„Stimmt, das ist reine Spekulation von mir. Aber mit einer Chance zur Realität. Wo soll ich sonst anfangen? Wir können nicht jedes Haus, jeden Hof durchkämmen. Wir haben nicht einmal die Öffentlichkeit als Hinweisgeber, weil wir den ganzen Fall geheim halten. Irgendwo müssen wir beginnen, und der erhöhte Stromverbrauch ist ein Ansatz."
„Genauso gut können die aber gerade mit der Aufzucht von Cannabispflanzen begonnen haben."
„Ja, klar, dann fange ich von vorne an."
Jan hatte plötzlich eine Idee. Er rief Christian an: „Ich habe ein Haus als Schlupfloch der Entführer unter Verdacht. Wir hatten doch im Herbst diesen Entführungsfall in Olsker, der Ditte berühmt gemacht hat."
„Ja, natürlich erinnere ich mich an den."
„Das ganze Gelände gehörte einem Ehepaar Frederiksen. Dieses Grundstück, was die vor ein paar Jahren dazugekauft hatten, sollte doch samt dem Haus darauf wieder verkauft werden. Das hat anscheinend geklappt, es gehört jetzt Per Bjerg. Der war kurz danach in diesen Wettbetrug verwickelt, der nicht aufgeklärt werden konnte, weil die Kopenhagener Ermittler ihre Triebe nicht unter Kontrolle hatten."
„Das weiß ich noch sehr gut. Worauf willst du hinaus, Jan?"
„Rufe doch bitte einmal bei Frederiksen an. Sage, dass du ein Kollege von Ditte bist, gehört hast, dass dieses andere Grundstück verkauft ist, ob alles glatt gelaufen ist, ob die Leute schon eingezogen sind und mit der Renovierung begonnen haben, ob er sich gut mit denen

versteht, was das für Leute sind und so weiter. Du weißt schon."

„Und wozu soll das gut sein?"

„Ich möchte wissen, ob das Haus schon seit Längerem benutzt wird oder erst seit einer Woche oder zehn Tagen. Per Bjerg hat es vor Weihnachten gekauft, inzwischen sind knapp drei Monate vergangen."

„Zu dieser Jahreszeit guckt doch kaum einer freiwillig nach draußen."

„Christian, versuche es einfach. Ohne dass jemand anderer mithört. Danke." Jan legte auf.

„Dein Kollege scheint etwas umständlich zu sein", kommentierte Rune das Telefonat.

„Er will Karriere machen und dabei keinen Fehler riskieren. Er muss noch etwas lockerer werden."

„Papa, was mir auffällt, ist, dass die Entführer gleich drei Leute aus der Polizei kidnappen wollten, wenn ich dich mitzähle, und drei andere. Wobei Tom wohl nicht so richtig zählt, wie du selbst gesagt hast. Könnte es sein, dass jemand aus der Polizei beteiligt ist und denen Hinweise auf euch gegeben hat?"

„Darüber habe ich auch schon nachgedacht. Weshalb waren die hinter drei Polizisten her und nicht hinter drei Politikern oder drei Geschäftsleuten? Doch mir fällt niemand ein, Christian hat keinen Abwesenden erwähnt."

„Der muss gar nicht abwesend sein, es reicht, wenn er sein Wissen weitergibt. Und im Zahrtmannsvej ist er vielleicht noch wertvoller."

„Dem kann ich nicht widersprechen."

Christian hielt einen Anruf bei Frederiksens für völlig überflüssig. Beide waren alt und gebrechlich, die von Julius Frederiksen initiierte Geiselnahme hatte bei beiden vermutlich weitere Schäden hinterlassen. Aber er wollte Jan den Gefallen tun.

„Julius, hier ist Christian Dam von der Bornholmer Polizei", begann er, wie Jan es skizziert hatte.

„Das ist aber nett von dir", krächzte Julius Frederiksen. „Wie du hörst, bin ich schlecht bei Stimme, ich hatte Grippe. Verdammtes Wetter. Meine Frau hat sie jetzt, sie liegt im Bett. Was kann ich für dich tun?"

„Ich wollte nur mal hören, ob ihr das Haus und die Felder in der Zwischenzeit verkaufen konntet? Das war doch damals der Plan."

„Ja, das Haus haben wir verkauft, noch vor Weihnachten. Diese Ditte hat Wort gehalten, sie hat uns gerettet, ein tolles Mädchen."

„Sind deine neuen Nachbarn denn nett?"

„Ich weiß es nicht. Da war eigentlich die ganze Zeit niemand. Und so vor 14 Tagen sind da plötzlich ständig Autos vorgefahren. Aber keine Möbelwagen oder so. Da ist wohl noch niemand so richtig eingezogen. Aber los ist da schon was. Sogar nachts. Das sehe ich immer, wenn ich dann zur Toilette muss."

„Und wie lange wollt ihr noch euren Hof behalten?"

„Den soll ein Makler im Sommer verkaufen. Wir warten noch auf besseres Wetter, dann sieht hier alles schöner aus. Wir machen hier nichts mehr, alle Stallungen und Kammern sind leer. Eigentlich sitzen wir den ganzen Tag nur im Haus, gucken raus oder in den Fernseher. Wenn wir alles verkauft haben, begleichen wir unsere Schulden bei der Bank und ziehen in ein kleines Haus in Allinge oder Tejn."

„Wie schön, dass es bei euch so einen guten Weg genommen hat. Macht es gut."

Christian legte auf. Er freute sich für die Frederiksens. Aber dass Jan etwas aus diesem Gespräch ziehen konnte, bezweifelte er. Er rief ihn an.

18

Jan beendete das Telefonat mit Christian. Er nickte leicht und dachte nach.
„Was hast du jetzt vor?"
Sein Vater schwieg unbeeindruckt.
„Papa?"
„Moment, ich muss versuchen, unbeobachtet auf den Hof von Frederiksen zu gelangen. Und mir dort einen Ort suchen, von dem ich auf das andere Haus schauen kann. Und auf den Weg dorthin."
„Viel Zeit hast du nicht, es wird immer noch früh dunkel."
„Aber etwas Zeit habe ich noch. Und vielleicht auch Glück."
„Wir sind gleich in Aakirkeby, wohin jetzt?"
„Weiter nach Norden, nach Almindingen, dort am Ende links und vor den See rechts hoch nach Aarsballe."
„Der Regen wird stärker, und ich glaube, wir sind die Einzigen auf der Straße", merkte Rune an. Sein Vater regierte nicht.
„Papa?"
„Ja, warte doch mal, ich muss mir auf Google Maps Frederiksens Gehöft anschauen, ich war damals ja nur ganz kurz dort. Der guckt doch den ganzen Tag aus dem Fenster."
Es war still im Wagen. Rune folgte der verregneten Straße und achtete darauf, die Höchstgeschwindigkeit

nicht zu überschreiten. Denn das konnte auf Bornholm sehr teuer werden.

Sie näherten sich Olsker. Jan leitete seinen Sohn bis zu einer Nebenstraße: „So, hier steige ich aus.“

„Was hast du vor?“

„Ich werde mich dem Gehöft von hinten nähern.“ Er beschrieb mit seiner Hand einen Bogen. „Dann werde ich versuchen, in den einen Stall zu kommen, notfalls mit Gewalt eine Tür öffnen. Sämtliche Nebengebäude sind doch leer, und ich hoffe, dass Frederiksen nicht so sehr auf das Abschließen achtet. Von dort werde ich den Hof beobachten. Mal schauen, ob es Hinweise gibt, wie viele Personen sich dort aufhalten. Und wer. Vielleicht habe ich Glück.“

„Es kann aber auch reine Zeitverschwendung sein und Täter und Opfer sitzen ganz woanders.“

„Natürlich, das ist mir bewusst. Aber seit ich weiß, dass Per Bjerg das Haus gehört, bin ich mir sicher. Bei kriminellen Geschäften ist der nicht weit.“

„Aber meinst du, der unterstützt die politischen Forderungen dieser Entführer?“

„Vermutlich nicht, dem ist aber auch egal, womit er sein Geld weiter vermehrt, der kennt da keine Schmerzen. Solange diese Leute ihm eine anständige Miete zahlen, ist ihm der Rest gleichgültig.“

„Wie du meinst. Wo soll ich auf dich warten?“

„Hier in der Nähe, aber etwas zurückgezogen, es muss dich nicht jeder gleich sehen. Vor allem mit der Aufschrift auf dem Wagen. Am besten an der Straße nach Allinge, wenn diese Leute Verpflegung einkaufen müssen, dann am ehesten dort. Notiere dir auf jeden Fall jede Autonummer.“

„Wird gemacht, Herr Chefermittler. Und danach fahren wir wieder nach Arnager?“

Jan schaute seinen Sohn mit irritierten Augen an: „Wie kommst du denn darauf?"

„Na, wo übernachten wir denn, Papa?"

„Äh, daran habe ich überhaupt nicht gedacht, verdammt. Eine durchaus gute Frage. Calle will ich nicht mehr in Gefahr bringen. Für dich finden wir schon etwas, irgendein Hotel wird selbst im Februar aufhaben."

„Und du?"

„Ja, eine gute Frage. Mein Schulfreund Hans ist leider derzeit nicht auf Bornholm, sondern in seiner Kopenhagener Wohnung. Ich muss darüber nachdenken. Ich brauche eine private Unterkunft, nichts mit Meldezettel und so. Sobald es dämmert, melde ich mich, dann holst du mich bitte hier wieder ab."

Jan ging los in Richtung eines Knicks. Noch bestand die Gefahr, dass Frederiksen ihn entdeckte. Hoffentlich schliefen seine Frau und er. Er erreichte den Knick, übersprang einen kleinen Graben und ging an diesem weiter in Richtung Ziel. Er schaute kurz nach links. Vor dem Haupthaus war ein Stall angebaut, der zu Frederiksens hin kein Fenster besaß. Das war sehr gut, so konnte ihn keiner der Entführer entdecken. Es sei denn, der kam gerade aus dem Haus. Als er meinte, den nächsten Punkt zum hoffentlich leeren Stall erreicht zu haben, ging er schnellen Schrittes hinüber. Er rüttelte an der Tür, die sofort nachgab. Wie gut. Er ging hinein. Der Raum war leer, nur ein paar leere Gatter füllten ihn, der Gestank war fürchterlich, die Temperatur lausig. Worauf hatte er sich nur eingelassen? Egal, bis zum Einbruch der Dunkelheit waren es noch maximal zwei Stunden. Dann würde Rune ihn wieder einsammeln.

In dem Moment fiel ihm ein, dass Rune ihm noch gar nicht die Frage beantwortet hatte, weshalb er nach Bornholm gekommen war. Da musste er nachher unbedingt nachfassen.

Er nahm sein Fernglas heraus, drüben auf dem anderen Hof war kein Leben zu entdecken. Nur zwei Autos standen dort, ein blauer Pick-up und ein gelber Golf. Sofort wusste er, dass seine Vermutung keine mehr war, sondern eine Tatsache. Ein gelber Golf war selten. Als er am Samstag die Liste der Rechtsextremen abgearbeitet hatte, war der Mann in Muleby nicht da gewesen. Gegenüber des Hauses hatte ihm jemand gesagt, der Bewohner sei weggefahren. Dieser jemand hatte sich auf einen gelben Golf gelehnt, er war der Gesuchte gewesen. Der war verdammt cool gewesen. Aber ungewollt hatte er Jan nun recht gegeben. Der Golf trug irgendeine Aufschrift an der Seite, wie der am Samstag, aber aus dieser Entfernung und aus diesem Winkel war sie nicht zu entziffern. Am Samstag hatte er nur einen Teil lesen können, vor dem Mittelteil stand der Mann. Er erinnerte den Straßennamen nicht mehr, verfolgte aber auf Google Maps seine Route nach Muleby. Da, in der Straße gab es tatsächlich einen Online-Shop, der Bornholmer Spezialitäten vertrieb. „laekkerbornholm.dk", das war wahrscheinlich die komplette Aufschrift gewesen. Und vermutlich auch die an dem Wagen dort drüben. Er musste Christian später unbedingt bitten, den Halter des Wagens anhand des Kennzeichens zu identifizieren. Er war sich sicher, dass es diesen Wagen nur einmal gab.

Jan ging in dem Stall auf und ab, um nicht festzufrieren. Aber immer nur so viel, dass er noch aus dem Fenster schauen konnte. Er sah auf seine Uhr. Eine Dreiviertelstunde war schon vergangen, noch war nichts

passiert. Jan rief die Website der „Tidende" auf, um die Langeweile zu überbrücken. „Ole Abrahamsen auf Parkplatz gefunden!" lautete die Topneuheit. Ihm stockte kurz der Atem. Er las weiter. Der bekannte Unternehmer sei bereits vor ein paar Stunden in sich zusammengesackt auf dem Rema 1000 Parkplatz am Gartnervangen in Rønne gefunden worden. Er sei sofort in eine Klinik gebracht worden und wieder bei vollem Bewusstsein. Ein zunächst befürchteter Herzinfarkt sei nicht festgestellt worden. Abrahamsen sei nur völlig unterzuckert und dehydriert gewesen, er habe notwendige Medikamente nicht eingenommen. Anscheinend sei er durch die Gegend geirrt, es sei derzeit völlig unklar, wie er von Nexø, wo man am Sonntag seinen Wagen entdeckt hatte, nach Rønne gekommen sei. Und wo überhaupt er seitdem gewesen sei. Von seiner Familie gab es keine Stellungnahme.
Sie hatten nun also eine Geisel weniger, dachte Jan. Vermutlich hatten sie Panik bekommen, als Abrahamsen zusammengebrochen war. Blieben noch Karen, Ditte, Tom und Ida Ibsen. Plötzlich hörte er ein Geräusch, das näher kam. Ein Auto. Ein grüner Peugeot. Ein Aufkleber an der Seite, irgendetwas mit „Gonge", aber mehr konnte er auf die Schnelle nicht erkennen. Jan versuchte das Kennzeichen zu lesen. Er notierte es sich im Handy, war sich aber nicht sicher, ob es so stimmte. Der Wagen hielt vor dem Haus gegenüber, zwei Personen stiegen aus. Eine Frau und ein Mann. Sie holten Tüten aus dem Kofferraum, Jan erahnte das Netto-Logo auf ihnen. Dann waren sie vielleicht aus Allinge gekommen und an Rune vorbeigefahren. Beide schauten prüfend nach links und rechts, bevor sie Richtung Haus marschierten.

Jan rief seinen Sohn an: „Hast du den grünen Peugeot registriert?"

„Ja, natürlich, er hat folgendes Kennzeichen." Rune gab es durch. Wie gut, dass Rune aufgepasst hatte, denn wo er eine 8 gesehen hatte, hatte Jan nur eine 3 entziffert.

Jan drückte umgehend Christians Telefonnummer: „Christian, kannst du bitte mal nach dem Halter eines Wagens mit folgendem Kennzeichen schauen?" Er sagte es ihm an.

„Ja, natürlich. Ich versuche es so schnell wie möglich zu erledigen. Aber ich muss vorsichtig sein, Aksel macht hier alle wild. Er behauptet, du seiest verschwunden, würdest herumirren, und alle sollen nach dir Ausschau halten und dich möglichst hierherbringen."

„Spinnt der? Was soll das? Will der sich irgendwie profilieren?"

„Keine Ahnung. Jedenfalls taucht der ständig bei mir auf und fragt nach dir. Lea war übrigens bei Sanne und hat die gefragt, ob sie wüsste, wo du bist, sie hätte doch so einen guten Draht zu dir. Verdammt, ich höre Aksel schon wieder. Ich melde mich."

Jan war kurz irritiert. Er war nicht mehr dazu gekommen, Christian nach Abrahamsen und nach dem gelben Wagen zu fragen. Was wusste die Polizei? Seine Gedanken sprangen weiter: Warum erkundigte sich Lea erneut nach ihm? Und das bei Sanne. Er hatte kein besonderes Verhältnis zu ihr. Sie hatte bei der Verfolgung der Mörder von Jesper Olsen und seines Partners in Hasle einen guten Job gemacht. Und fiel auch sonst sehr positiv auf, sie würde ihren Weg bestimmt gehen. Aber er redete mit ihr nicht mehr als mit anderen aus der Bereitschaft. Na ja, vielleicht etwas. Welches

Interesse besaß Lea, aus welchem Grund drängelte sie gerade jetzt so?

Und weshalb war Aksel so daran interessiert, ihn aufzuspüren? Es gab keinen Grund. Sie mochten einander nicht sonderlich, der Leiter der Bereitschaftspolizei und der bekannte und erfolgreiche Ermittler, der in der *Rigspoliti* weit nach oben gekommen war. Aksel war auf Bornholm geboren worden und hier die Karriereleiter beharrlich nach oben geklettert. Er wusste, wann man sich mit wem alliieren musste, insbesondere Aage, den langjährigen und verstorbenen Leiter der gesamten Bornholmer Polizeibehörde, wusste er zu nehmen. Zu Karen war das Verhältnis distanziert-professionell, sie schätzte ihn nicht sonderlich und sah keinen Grund für gute Beurteilungen, die eine Beförderung nahelegten. Jan war er eigentlich egal, aber er wurde das Gefühl nicht los, dass Aksel ihm die Karriere neidete. Er hielt ihn auch für keine wirkliche Führungskraft, weil er sich von seinen Leuten auf der Nase herumtanzen ließ und wenn es dann schwierig wurde, sich hinter Paragrafen und Anordnungen versteckte. In Jans Augen verfügte er über keine natürliche Autorität. Es waberte das Gerücht, dass Aksel sich um Aages Nachfolge beworben hatte. Darüber konnte Jan nur lachen, um eine Stufe zu überspringen, musste man tatsächlich ein Überflieger sein und bedeutende Fürsprecher besitzen. Von beidem war Aksel meilenweit entfernt. Eigentlich war Karen für diesen Job wie geschaffen. Aber die hatte im letzten Moment einen Rückzieher gemacht. Jan hatte bis heute nur eine Vermutung weshalb.

Nun musste er sich wieder auf das Haus konzentrieren, in dem sich vermutlich die Entführer und Geiseln aufhielten. Nach der Ankunft des grünen Peugeots war nichts mehr passiert. In spätestens einer Stunde würde die Sonne in der Ostsee verschwunden sein und Bornholm im Dunkeln liegen. Wobei die Sonne sich heute ohnehin nicht so wirklich gezeigt hatte.

Jan begann stärker zu frieren. Er musste sich jetzt zusammennehmen, bald würde der Aufenthalt in diesem Stall beendet sein. Er ging wieder auf und ab, immer mit den Augen auf das Nachbargehöft gerichtet. Da, es tat sich etwas. Ein Mann trat hinaus. Jan ging zur Seite, um nicht voll im Fenster zu stehen. Der Mann stieg in den gelben Golf und steuerte ihn an Jans Versteck vorbei. Nun konnte er die auf dem Wagen klebende Werbung für einen Onlineshop erkennen. Der Name überraschte Jan nicht. Laekkerbornholm.dk. Bingo, das war der Kerl aus Muleby. Der hatte starke Nerven bewiesen, als er Jan am Samstag belog. Den Shop selbst kannte er vorher nicht, er googelte ihn nun intensiver. Kaffee, Tee und hochpreisige Süßigkeiten wurden angeboten, Unternehmenssitz war Muleby. Natürlich. Er brauchte Christian nicht mehr nach dem Besitzer des Golfs zu fragen. Nun gut, wenn er unterstellte, dass das Ehepaar mit dem Peugeot und dieser clevere Golf-Fahrer zu den Entführern gehörten, die nun nur noch vier Geiseln besaßen, dann betrug die Zahl der tatsächlichen Entführer vermutlich ebenfalls so um und bei vier oder fünf. Mehr wäre übertrieben, das wusste er aus Erfahrung. Es gab auch noch den Fahrer dieses riesigen Pick-ups. Vielleicht konnte Christian den ohne Kennzeichen ermitteln, zumindest, wenn der auf Bornholm gemeldet war, so viele Exemplare davon gab es hier nicht.

In diesem Moment rief Christian an: „Jan, der Wagen gehört einem Lennart Carlsen aus Klemensker."

Jan benötigte keine Sekunde für eine Reaktion: „Danke, das hilft mir. Sehr sogar."

„Wie das?"

„Dieser Mann und seine Frau haben vor ein paar Jahren die Nähe zu Karen und Tom gesucht, die Frau arbeitet bei Brugsen an der Kasse, und irgendwie sind Karen und Tom mit ihr beim Einkaufen ins Gespräch gekommen. Dann haben sie sich öfters getroffen, und die Carlsens hatten sogar die Idee zu einem gemeinsamen Urlaub. Was Karen und Tom aber dankend abgelehnt haben. Der Kontakt ist allmählich eingeschlafen. Als Karen mir das alles und etwas ausführlicher erzählt hat, habe ich sie gefragt, ob sie das Gefühl hatte, dass die beiden sie gezielt angesprochen hatten. Karen meinte das nicht, aber ich bin mir nicht so sicher. Jetzt erst recht nicht."

„Du meinst, dass sie Karen und Tom ausgehorcht haben, weil sie schon damals eine Entführung geplant haben? Und die beiden deshalb nun ihre Geiseln sind?"

„Ja, davon bin ich sehr überzeugt. Und jetzt noch viel mehr. Sie waren auch Verdächtige bei diesem Wettbetrug auf unserer Trabrennbahn. Meinst du, dass du mir den Halter eines Pick-ups ermitteln kannst, ohne dass du das Kennzeichen weißt?"

„Wenn er hier angemeldet ist, sollte das ein Kinderspiel sein. Die Marke müsste ich aber zumindest wissen, das würde mir die Suche erleichtern. Ford hat solche Geschosse im Angebot, Toyota auch, Isuzu, ein paar mehr noch."

„Ich kann die Marke nicht erkennen, die Front erinnert mich an Jeep. Grün ist der Wagen. Haben die so etwas auch?"

„Moment. Ja, die bieten so einen Wagen auch an. Ich versuche es mal, warte."

Jan hörte nur das Klappern von Tasten.

„Ja, so, jetzt habe ich vier Exemplare zur Auswahl. Warte mal kurz." Wieder klapperten die Tasten, die Pause zog sich. „Ich habe mir mal die Halter angeschaut und habe einen Favoriten. Der Wagen gehört Karsten Schack, einem gebürtigen Bornholmer. Laut unserer Datenbank zweimal unter Mordverdacht, aber beide Male freigesprochen mangels Beweisen. Einmal soll er auf Lolland einen Drogenhändler getötet haben, das andere Mal einen Geldverleiher in Kopenhagen. Beide Male waren die Richter von seiner Schuld überzeugt, aber beide Male mangelte es an ausreichenden Indizien oder Zeugen."

„Ja, jetzt erinnere ich mich an ihn. Was macht er jetzt?"

„Er ist als Garten- und Landschaftsgärtner selbstständig, sein Betrieb liegt auf dem Weg von Snogebæk zum Abzweiger nach Aakirkeby, in der Nähe der Povls Kirke."

„Sehr gut, Christian, vielen Dank. Noch was. Ich habe gelesen, dass Abrahamsen gefunden wurde, was weiß man darüber in der Zentrale?"

„Aksel sagt, das sei nichts für uns, der alte Mann sei verwirrt und irgendwie nach Rønne gekommen. Vielleicht mit dem Bus, vielleicht mit dem Taxi, vielleicht hätte ihn jemand mitgenommen, das würde man noch ermitteln. Aber das sei kein wirklicher Fall, um den wir uns zu kümmern hätten."

„Also war Abrahamsen keiner der Entführten, meint Aksel?"

„Genauso ist es."

„Das ist ja interessant. Es muss doch Videoaufnahmen vom Parkplatz geben, die könnte man sich anschauen. Ich mache mir darüber Gedanken und melde mich noch einmal."

Jan googelte noch die Carlsens, „Gongehæst“ hieß ihr Rennstall, der Bornholmer Dialektname für „Gyngehest“*, er stand natürlich auf ihrem Auto. Jan rief seinen Sohn an und bat darum, ihn an der vereinbarten Stelle wieder abzuholen.

<u>19</u>

In dem beobachteten Haus war die Stimmung sehr angespannt.

„Wollen wir wirklich die Leute hier erschießen, wenn die Regierung unsere Forderungen nicht erfüllt?“, wollte Frau Thienner wissen.

Povl Ancher schaute sie entsetzt an: „Selbstverständlich, alles andere wäre völlig unglaubwürdig. Außerdem würden wir unseren großen Rückhalt in der Bornholmer Bevölkerung verlieren. Jeder kann schon einmal überlegen, mit wem wir anfangen sollen.“

Die Mehrzahl starrte vor sich hin, der Gedanke war ihnen unangenehm. Nur Povl Ancher und Villum Clausen lächelten.

Povl wird immer fanatischer, fast schon von Stunde zu Stunde. Und Villum hat eh nicht alle Tassen im Schrank, dachte Peder Olsen.

„Was macht die Suche nach diesem gottverdammten Jan?“, fragte Povl.

Die Frage beschäftigte Villum auch, er versuchte Optimismus zu verbreiten: „Wir sind dran, ich bin zuversichtlich. Wo soll er denn hin? Ein Hotel wird er nicht riskieren, da muss er fürchten, dass seine Anmeldung ihn verrät. Viele Freunde wird er hier nicht mehr haben, er war lange weg. Und draußen ist es zu kalt.

---

* dt. Schaukelpferd

Unsere Leute haben heute in Cafés und Kneipen gesucht, die Busse beobachtet, in Autos geschaut, er hat keine Chance."

„Was ist mit seiner Freundin?"

„Die ist auch verschwunden. Keine Ahnung, wo die ist. Das wäre noch eine Möglichkeit, die zu finden und Jan damit aus seinem Versteck zu locken. Aber wir kriegen ihn auch so."

Ida Ibsen hatte Angst, verdammte Angst. Was hatten diese Idioten nur mit ihr vor? Sie wollten irgendjemanden erpressen. So viel hatte sie inzwischen begriffen. Aber wen? Mit was? Und warum war die Wahl auf sie als Geisel gefallen? Was, wenn die Erpressung erfolglos war? Ihr Ex-Mann würde vermutlich nicht zahlen. Würde man sie dann einfach abknallen und irgendwo im Wald vergraben? Oder auf die Ostsee fahren und dort versenken? Mein Gott, nein, bloß nicht. Was würde mit ihrem Sohn passieren? Nein, sie hatte doch noch so viele Ideen, so viele Wünsche. Bürgermeisterin wollte sie werden, Erfolg haben, einen Mann kennenlernen, einen gutmütigen und liebevollen Partner. Einen, der für sie da war, der sie umsorgte und verwöhnte. Und nicht betrog. Sie weinte.

Tom erinnerte sich an den Tag, als er Karen kennengelernt hatte. Er hatte die ein oder andere Beziehung gehabt, aber keine hatte länger als ein Jahr gedauert. Den Frauen war seine Bücherwelt zumeist suspekt. Sie suchten mehr Nähe, Wärme und Gemeinsamkeit. Ausflüge, Urlaube, ein Wochenende im Bett mit Tee und Sekt, Erzählen und Sex. Mit all dem konnte er sich nicht anfreunden, er las gerne und kochte immer besser, aber diese ständige Zweisamkeit wurde ihm regelmäßig zu viel. Allein der Gedanke an zwei Wochen zu zweit auf Rhodos oder Lanzarote löste bei ihm Horror aus.

Er war inzwischen von Odense nach Kopenhagen umgezogen und hatte in der Unibibliothek einen guten Job. Die Stadt selbst war nicht so sein Fall, sie war ihm zu groß und zu hektisch. Er hatte eine kleine Mietwohnung in Nørrebro. Die war bezahlbar, allerdings gingen ihm die zahlreichen Bewohner aus anderen Ländern oder mit Migrationshintergrund zunehmend auf den Geist. Erst waren sie ihm noch gleichgültig gewesen, aber sie dominierten den Stadtteil immer unverfrorener. Er war froh, dass es in der Politik mindestens eine Partei gab, die sein Unbehagen deutlich formulierte, die Dansk Folkeparti. Er rang eine Zeitlang mit sich, ob er sich nicht aktiv politisch betätigen sollte. Aber vielleicht würde er dann seinen Job in der Bibliothek verlieren. Er ließ es und beschloss, bald woanders hinzuziehen.

Eines Tages besuchte er seinen Arbeitskollegen Andreas in Helsingør. Sie gingen abends am Hafen essen, hatten beide ein T-Bone-Steak bestellt, er erinnerte sich wie heute. Es war ein warmer Tag, alle Leute schienen so entspannt. Sie redeten über Andreas' Absicht, sich von seinem langjährigen Freund Felix zu trennen. Und über Toms Wunsch, Kopenhagen zu verlassen.

„Hast du die Rothaarige da drüben gesehen", fragte Andreas plötzlich.

Ja, das hatte Tom, er hatte schon mehrfach hinübergeschaut. Es passierte ihm das erste Mal, dass ihn der Anblick einer Frau wirklich umhaute. Sie war hübsch, schick angezogen, vermutlich sehr klug, strahlte irgend etwas Souveränes aus. Einfach faszinierend.

„Ja, die hat was, unbedingt", antwortete Tom.

„Die ist allein hier, sprich sie doch mal an, du suchst doch gerade wieder."

„Ich weiß nicht, die spielt in einer anderen Liga, glaube ich."

„Ach was, nun zick nicht so rum. Ich gehe mal um die Ecke, und du gehst mal kurz rüber zu ihr." Andreas verschwand mit einem Grinsen, und Tom fasste allen Mut zusammen. Die Frau wies ihn nicht schroff ab, sondern antwortete höflich. Er hinterließ seine Telefonnummer mit der Bitte, dass sie ihn doch einmal anrufen möge. Das tat sie auch vier Tage später, das wusste er noch genau. Sie trafen sich mehrfach, sie war Führungskraft bei der Polizei. Das gefiel ihm, eine, die sich um Recht und Ordnung kümmerte.

Sie wurden ein Paar, er erinnerte sich an ihre allererste Nacht. Tom hatte Angst, sich zu blamieren und sie so zu verlieren. Aber sie war ganz entspannt. Ihr gefiel, dass er so gut kochte und sie auch sonst verwöhnte. Er nahm sich vor, ein noch besserer Koch zu werden, blätterte stundenlang in Koch- und Weinbüchern, las sogar Blogs im Web, auch wenn er eher der Buchmensch war. Er hatte Spaß daran. Das gegenseitige Vertrauen wuchs. Karen arbeitete viel, sodass es ihm nicht zu eng wurde, er hatte genügend Zeit für seine Bücher, wurde von seiner Partnerin nicht ständig verplant. Sie war beeindruckt von seinem Wissen. Sie unternahmen schöne Ausflüge nach Jütland, nach Schweden und auch nach Deutschland. Sie heirateten, zogen zusammen und lösten das Haus bald schon wieder auf. Karen war Polizeichefin auf Bornholm geworden. Sie hatte allerdings zur Bedingung gemacht, dass ihr Mann eine Stellung in der Bibliothek in Rønne erhielt. Das wurde arrangiert, sie kauften sich ein schönes Haus in Klemensker und zogen nach Bornholm. Nie zuvor hatte er sich so glücklich gefühlt.

Karen zog an den Ketten, aber es war aussichtslos. An eine Flucht war nicht zu denken. Nein, fliehen wollte sie ja auch gar nicht, sondern hin zu Tom, der hier irgendwo in einem anderen Raum im Haus gefangen gehalten wurde. Sie wollte in seine Arme, dort Schutz suchen. Ja, die letzte Zeit mit ihm war anstrengend gewesen. Er war so aggressiv geworden, wie sie fand. Aber vielleicht war sie einfach auch nur überreizt. Sie hatte viel zu viel auf ihrem Schreibtisch. Nicht nur ihre normale Arbeit. Sondern auch noch all die Verwaltungsaufgaben von ihrem Chef Aage, der letztes Jahr nach langer Krankheit gestorben war. Ein toller Mann, aber nicht mehr aus dieser Zeit. Gut, dass sich das Team um Ditte, Jan und Christian gefunden hatte, die Zusammenarbeit zwischen den dreien klappte reibungslos. Da musste sie sich nicht viel kümmern, oft setzte sie sich zu den dreien, um einfach eine Pause machen zu können.
Ja, und dann war da dieser unselige Verlauf ihrer Bewerbung um die Nachfolge von Aage. Da war sie nicht clever gewesen. Die Spitze der *Rigspoliti* hatte mehrere Kandidaten interviewt und sich für sie entschieden. Doch sie hatte abgelehnt. Ohne ihr Nein vorher, also rechtzeitig, zu kommunizieren. Vermutlich war man in Kopenhagen nicht mehr gut auf sie zu sprechen. Aber das würde sie aushalten.
Kopenhagen, ja. Da war sie letztes Jahr fremdgegangen, dieser Abend kam immer wieder in ihr hoch. All die Jahre war Tom zu weich, las ihr jeden Wunsch von den Lippen ab. Auch welche, die sie gar nicht hatte. Er war zum Teil schon richtig unterwürfig, äußerte kaum

noch eigene Vorstellungen. Sie war zusehends genervt. Sie brauchte aber jemanden mit Eigeninitiative an ihrer Seite. Das hatte sie auch an diesem Gigolo an der Kopenhagener Hotelbar gereizt. Der hatte die Initiative ergriffen, erst an der Bar, dann im Bett. In den ersten Tagen danach war sie damit noch gut klargekommen, eigentlich war Tom doch schuld gewesen. Hatte sie durch sein Verhalten diesem Domenico im Grunde indirekt zugeschoben. Doch je länger dieses Fremdgehen zurücklag, desto mehr gestand sie sich ein, dass sie die Entscheidung getroffen hatte. Sie ganz allein.

Sie musste ihrer Ehe zu neuem Schwung verhelfen, sobald dieser Spuk hier vorbei wäre. Dann würden sie in die Sonne fliegen, Südafrika vielleicht, da war es jetzt noch warm. Dann würden sie alles besprechen und sich Tag und Nacht in den Armen liegen. Und wenn sie dann zurückkäme, würde hoffentlich Aages Nachfolger am Schreibtisch sitzen und sie sich mit ihm bestens verstehen. Alles wird gut.

Ditte wurde von Traurigkeit erfasst. Sie dachte an ihren Vater, der vor Jahren bei einem Arbeitsunfall gestorben war und jetzt auf dem Friedhof in Rutsker lag. Er fehlte ihr als Vater, als Freund, als Ratgeber. Das Verhältnis zu ihrer Mutter war fragil, wenn man es positiv bewerten wollte. Und zerrüttet, wenn man es ehrlich benannte. Ihr neuer Partner drüben in Randers, Harry aus England, trug mit seiner Homophobie nicht unwesentlich dazu bei. Gleichzeitig spürte Ditte auch, wie das Verhältnis zu Lone angespannter wurde. Ihre Frau hatte sich sicherlich zu Recht darüber beschwert, dass sie nur noch wenig zusammen erlebten, zumindest außerhalb Bornholms. Wann waren sie zuletzt mal bei Lones Eltern auf Fünen gewesen, wann in Kopenhagen, in Schweden, in Deutschland? Ja, nach dem letzten Fall waren sie nach Sizilien geflogen. Aber sonst? Ihr Leben bestand nur noch aus Arbeit und Arbeit, Kafka und Kochen, Laufen und etwas Liebesspiel, Arbeit und Arbeit. Und wenn Lone jetzt Abteilungsleiterin im Bauamt wurde, war Besserung kaum in Sicht. Vielleicht sollte Ditte etwas zurückstecken, sonst blieb von ihrer Ehe bald nicht mehr allzu viel übrig. Immerhin wollten sie Ostern zu Lones Eltern fahren.

Lone überlegte, ob sie nicht auf eigene Faust nach ihrer Frau suchen sollte. Sie musste zurzeit nicht ins Büro, konnte also kreuz und quer über Bornholm fahren und nach verdächtigen Häusern Ausschau halten. Aber wie erkannte man die? Standen viele Autos davor oder wenige? Man konnte auch bei Leuten klingeln und sie fragen, ob ihnen in den letzten Tagen etwas aufgefallen sei. Aber sie war ja nicht bei der Polizei, warum sollten ihr die Leute eine Auskunft erteilen? Außerdem hatte Jan sie unmissverständlich darum gebeten, keinerlei Unruhe auf Bornholm zu verbreiten, keine Gerüchte zu provozieren. Nichts fürchtete die Polizei mehr als eine Panik auf der Insel, die die Entführer zu Kurzschlusshandlungen provozierte.
Malene und Mateo hatten angeboten, Lones Staffelei samt Farben und Pinsel aus Nyker zu holen, damit sie sich etwas ablenken konnte. Das hatte sie mit der Begründung abgelehnt, dass das sicherlich nur sehr düstere Bilder werden würden.

Sonja fiel in ihrem Versteck die Decke auf den Kopf. Sie konnte nicht raus, nicht, wie sonst jeden Tag, kurz in die Kirche. Ihre Freundin Frida ließ sie zumindest etwas kochen. Die Bücher im Regal fand sie nicht sonderlich interessant, aber besser als nur Fernsehen zu sehen. Hoffentlich war dieser Spuk bald beendet. Ohne weitere Tote. Was waren das für kranke Leute, was wollten die? Hoffentlich meldete Jan sich heute Abend einmal.

20

Rune hatte seinen Vater am vereinbarten Treffpunkt abgeholt. Der bat ihn, Richtung Allinge zu fahren: „Wir suchen jetzt erst einmal eine Übernachtung für dich."
„Ich habe vorhin schon gegoogelt, was zu dieser Jahreszeit überhaupt geöffnet hat. Ein Hotel Allinge zum Beispiel."
„Ach ja, das kenne ich, das liegt am Ortseingang, das können wir gleich versuchen."
Rune parkte und ging in das Hotel.
„Ich bin dein Kollege, nicht dein Vater", rief Jan ihm noch hinterher.
Ein Zimmer war frei, Rune buchte es: „Und gibt es auch die Möglichkeit zum Abendessen?"
„Mmh, kommt drauf an, wie anspruchsvoll du bist. Für heute haben wir nur Bestellungen für zwei Tische, deshalb ist unser Vorrat nicht sehr groß."
„Das macht nichts, mein Kollege und ich müssen etwas vertraulicher besprechen und wollen deshalb etwas abseits sitzen. Und keinesfalls am Fenster."
Die sehr freundliche Frau nickte: „Ja, das bekommen wir hin. Du kannst deinen Kollegen hereinholen, dann kann unser Koch starten. Die anderen Gäste kommen jede Minute. Und unser Koch möchte danach auch gleich gehen."

Rune hob den Daumen und lief hinaus. Sein Vater saß weiterhin im Wagen, telefonierte aber gerade. Rune blieb vor dem Wagen stehen, bis sein Vater das Gespräch beendet hatte.

„Das war Sonja. Ihr fällt die Decke natürlich stündlich mehr auf den Kopf. Und sie macht sich Sorgen, dass nur wir beide als Holmes und Watson die Suche nach den Erpressern vorantreiben. Wenn das diese Leute registrieren würden und sich an unsere Fersen heften… Ich habe sie beruhigen können. Ich hoffe, deine Silja ist nicht so ängstlich."

Rune sagte dazu nichts: „Wir können drinnen etwas essen."

Jan war nicht sonderlich begeistert, er wollte sich ungern in der Öffentlichkeit zeigen. Aber im Auto essen war sicherlich noch verdächtiger. Also stieg er aus.

„Weißt du inzwischen, wo du übernachten wirst?", fragte Rune, als sie Platz genommen hatten.

„Ja, ich habe eine Idee. Mein alter Freund Hans, er war auch bei Mamas Beisetzung dabei, ist wie gesagt in seiner Kopenhagener Wohnung, und niemand hier hat einen Schlüssel von seinem Haus. Ich habe mit ihm telefoniert. Aber wir fahren nach dem Abendessen zu meiner Idee. Und notfalls übernachte ich in deinem Wagen, der ist ja groß genug."

Das Essen wurde serviert: „Ihr habt Glück, eigentlich ist unser wöchentlicher ‚*Stegt Flæsk** Tag‘ erst morgen, aber die Gäste dort drüben wollten das heute schon haben, und der Koch hat etwas für euch abgezweigt. Normalerweise haben wir ein großes Büfett, aber heute gibt's nur Bohnen, Kartoffeln und Petersiliensoße dazu. Okay?"

---

* Knusprig gebratener Schweinebauch

Die beiden nickten. Jan hätte viel für ein Svaneke IPA gegeben, aber Alkohol verbot sich jetzt. Er entschied sich für ein alkoholfreies Bier, Rune nahm eine Cola.

„So, und nun erzähle mir den eigentlichen Grund für deinen Besuch", begann Jan und griff sich das erste Stück Schweinebauch.

Rune schaute durch den Raum, als würde er dort die richtigen Worte finden. Dann räusperte er sich: „Ja, also, wie soll ich sagen, also Silja und ich, wir lassen uns scheiden."

Jan erschrak: „Bitte was, wirklich?"

„Ja, wirklich."

„Habt ihr schon oder wollt ihr das erst noch tun?"

„Wir haben bereits einen gemeinsamen Anwalt. Ich werde nach Kopenhagen gehen, ich suche dort eine neue Stelle, ich habe Donnerstag zwei Gespräche. Mit meiner Erfahrung aus der Fischindustrie bieten sich gute Chancen. Ich habe bereits ein Angebot aus Esbjerg, aber da möchte ich eigentlich nicht hin."

„Und weshalb trennt ihr euch?"

„Silja möchte keine Kinder."

„Aber du?"

„Ja, unbedingt."

„Und Siljas Haltung ist unumstößlich?"

„Ja, an der ist nicht zu rütteln."

„Wie lange ist das schon so wackelig, also ich meine, wie lange seid ihr euch klar darüber, dass es keine Einigkeit gibt?"

„Schon länger, ich hatte nur gehofft, dass sie wieder zur Besinnung kommt."

„Was meinst du damit?"

„Na ja, Silja hat schon seit einiger Zeit ein anderes Verhältnis."

„Bitte was? Das wird ja immer verrückter bei euch. Ich dachte, ihr lebt da oben glücklich und zufrieden. Und du weißt von diesem Verhältnis?"

„Ja, Silja hat mir das gesagt. Der Typ ist aus meiner Firma, er sitzt mit im Vorstand."

Jan verschlug es die Sprache, er musste erst einmal das Gesagte sortieren. Zugleich spürte er, dass noch nicht alles gesagt war: „Und du hast dir dann auch eine Geliebte gegönnt?"

Rune antwortete nicht gleich. Jan hatte also richtig vermutet.

„Ja, eine junge Mitarbeiterin, sie ist erst ein Jahr in der Firma und macht eine Ausbildung."

„Sprich, sie ist ungefähr zehn Jahre jünger als du?"

„Äh, ja, aber ist das wichtig?"

„Rune, du bist ein großer und gutaussehender Kerl, sportlich, beruflich sehr erfolgreich, charmant. Dieses Kind bewundert dich vermutlich. Und mein Herr Sohn nutzt das natürlich gnadenlos aus. Um sich an seiner untreuen Ehefrau zu rächen. Das wird nicht mehr als eine kurze Affäre sein, oder?" Jan redete sich in Rage. Runes Gesicht bekam ganz nervöse Züge, das eine Auge zitterte, er blickte unsicher umher.

„Jetzt sage mir nur noch, dass sie nicht die Erste war, dass du öfter fremdgegangen bist und Silja deshalb von dir keine Kinder haben will."

Rune schwieg, am Tisch herrschte totale Starre.

„Ja, so war es", flüsterte Rune. Er senkte den Kopf.

„Verdammte Scheiße", schimpfte Jan und warf die Serviette auf den Tisch. Der Appetit war ihm vergangen. Die Hotelinhaberin schaute aus sicherer Entfernung zu den beiden Kollegen, sie würde lieber noch etwas mit der Frage warten, ob weitere Getränke gewünscht waren.

Nach einer kleinen Pause aßen Rune und Jan weiter. Wortlos. Jan bestellte sich jetzt ein Pils, Rune noch eine Cola.

„Aber wenn man jung ist, muss man sich doch auch austoben können," begann Rune. „Hast du das nie gemacht?"

„Doch, Rune, habe ich. Aber da war ich nicht gebunden, schon gar nicht verheiratet. Jeder Mann und jede Frau sollen sich austoben können, wenn er oder sie das mag. Aber wenn man Ringe tauscht, dann muss das ein Ende finden. So ist meine Einstellung, und so war die deiner Mutter im Übrigen auch."

Es wurde wieder still. Sie aßen auf und Jan bezahlte. Dann gingen sie gemeinsam zum Wagen.

„Es tut mir leid, wenn ich eben zu heftig geworden bin, Rune", nahm Jan den Gesprächsfaden wieder auf. „Ich finde es nur sehr schade, ich hatte gedacht, ihr passt so gut zueinander. Aber letztlich ist es allein eure Sache."

„Ja, das ist es. Ich weiß ehrlich gesagt nicht, ob wir je gut zusammengepasst haben. Vielleicht war es auch nur aus der Not, schließlich leben auf den Færøern nur etwas über 50.000 Menschen."

„Das ist jetzt bösartig."

„Ja, aber vielleicht auch wahr."

Es war stockdunkel. Rune hatte die Adresse in das Navi gesprochen, die Jan ihm genannt hatte. Aus den wenigen Häusern unterwegs schimmerte vereinzelt Licht, andere hatten die Gardinen komplett zugezogen. In Olsker bog er ab und näherte sich einem Hof, auf dem zumindest Licht im Haus zu sehen war. Plötzlich erstrahlte die ganze Auffahrt, und ein Hund begann zu bellen.

Jan stieg aus und stellte sich ins Licht. Es dauerte, bis er eine Reaktion erhielt, er begann zu frieren.

„Jan Kofoed, bist du es? Was willst du?“, rief eine Frau, die Tür blieb zu.

„Hallo Line, können wir bitte bei geöffneter Tür sprechen?“

„Moment, ich muss den Hund anleinen.“

Es dauerte einen Moment, dann wurde die Haustür aufgeschlossen. Ein sehr großer Hund stand neben ihr.

„Hattest du nicht einen Boxer?“

„Ja, der ist Weihnachten eingeschläfert worden, er hatte einen unheilbaren Tumor. Jetzt passt Bragi auf mich auf. Er ist ein Broholmer. Riesig groß und schwer, aber sehr friedlich. Du bist sicherlich nicht gekommen, um dich darüber zu erkundigen.“

„Nein, ich frage dich ganz direkt. Du hast doch eine extra Wohnung für deine Praktikantinnen. Ich vermute, dass dort momentan keine wohnt. Könnte ich dort schlafen? Nur für eine Nacht, vielleicht auch zwei.“

Line schaute ihn mit großen Augen an: „Äh, ist das dein Ernst? Bist du auf der Flucht oder was ist los?“

„Ja, so ähnlich.“ Er musste mit etwas offeneren Karten spielen. „Es gibt zurzeit ein paar Leute, die der Polizei eins auswischen wollen und einzelne Beamte angreifen. Sie haben auch versucht, an mich heranzukommen. Ich bin ihnen auf der Spur. Aber ich kann nirgendwo schlafen, wo man meinen Namen notiert. Und zu Hause sowieso nicht. Morgen früh bin ich wieder weg.“

„Und die Polizei selbst kann da nichts machen?“

„Nein, es gibt eine, nun ja, besondere Konstellation. Mehr kann und darf ich nicht sagen.“

„Aber wenn die heute Nacht hier auftauchen, was dann? Ich habe keine Lust, umgebracht zu werden. Und Bragi auch nicht.“

„Keine Angst, die werden hier nicht auftauchen.“
„Wer ist das dahinten im Auto?“
„Mein Sohn, er besitzt eine Schlafmöglichkeit.“
„Aha. Also Kofoed, wohl ist mir bei der Sache nicht, überhaupt nicht. Ehrlich gesagt habe ich Schiss. Aber du hast letztes Jahr die Schweine entlarvt, die Chupra so verdammt wehgetan haben. Und Leonie und davor noch anderen Mädchen. Ich bin dir Dank schuldig. Also komm rein.“
„Danke, Line, ich hole nur meine Tasche aus dem Auto.“

„Was ist das für eine Frau?“, murmelte Rune, als sein Vater vor ihm stand.
„Sie ist Keramikerin und war letztes Jahr in einen Fall von sexuellem Missbrauch involviert, eine Praktikantin von ihr war unter den Opfern. Mehr erzähle ich dir morgen.“ Sie umarmten sich und Rune wendete den Tesla.

„Das Zimmer ist nicht sonderlich warm, es gab ja bis vor fünf Minuten keinen Grund, die Heizung hochzustellen. Ich ziehe dir noch einen Bettbezug drauf, die Decke sollte dick genug sein.“ Line ging vorneweg und stieg die Treppe hinauf zum Wohnbereich für Gäste.
„Passt das so?“ Sie öffnete die Tür.
„Großartig, sehr gemütlich, das ist unglaublich großzügig von dir.“
Sie lächelte und bezog das Bett: „Wenn du schon meine Abendruhe störst, dann komm wenigstens mit hinunter und trinke einen Wein mit mir. Bier habe ich nicht, falls dir das lieber wäre. Notfalls auch Kaffee oder Tee.“
„Nein, etwas Wein ist schön.“

Sie setzten sich ins Wohnzimmer.

„Woher kommt eigentlich der Name Bragi?", fragte Jan.

„Bragi war bei unseren Vorfahren der Gott der Dichtkunst. Ich dichte zwar nicht, aber eine Künstlerin bin ich, deshalb finde ich den Namen für meinen Beschützer sehr passend. Und du darfst über deine Situation tatsächlich nichts weitererzählen?"

„Nein, es ist alles schwierig, teilweise undurchsichtig und auch nicht ganz ungefährlich. Ich hoffe, dass sich das in zwei Tagen alles geklärt hat."

„Und deine Kollegen von der Polizei, mussten die auch untertauchen?"

„Ja, zum Teil sind sie ebenfalls nicht in unserer Zentrale im Zahrtmannsvej."

Dann sprachen sie über den Fall, der sie zusammengeführt hatte. Über die Verbrechen, über den Missbrauch und die Morde, über falsche Spuren, die kurzzeitige Verhaftung Lines, die Kälte der Täter und die Ängste der Opfer. Die Flasche Rotwein leerte sich langsam. Bis Jan aufstand: „So, ich muss jetzt wirklich schlafen. Morgen wird ein sehr harter Tag. Mein Sohn holt mich zwischen 7 und 8 Uhr ab."

„Dann bekommst du noch einen Kaffee. Ich muss um 7 Uhr den Ofen öffnen, ich produziere gerade für den Sommer vor. Der Ofen arbeitet die ganze Nacht, aber um 7 Uhr ist er fertig."

„Ein Kaffee am Morgen ist großartig, danke. Gute Nacht."

„Ja, gute Nacht."

Jan ging oben in das Badezimmer und machte sich für die Nacht fertig. Als er im Bett lag, spürte er, wie aufgedreht er noch von dem Gespräch mit seinem Sohn war. Wie schade. Für den Jungen und für Silja. Andererseits war es gut, dass noch keine Kinder da waren, sonst wären sie vielleicht nur deswegen zusammengeblieben.

Er hatte eine Kollegin in Vejle gehabt, die mit einem Unternehmer liiert war. War der nicht in der Logistik tätig gewesen? Er wusste es nicht mehr. Jedenfalls glich deren Beziehung einer nie enden wollenden Achterbahn. Sie wohnten zusammen, aber mal zog sie aus und bald wieder ein, mal spielte er dieses Spiel. Eines Tages erzählte sie ihm freudestrahlend, dass er Vater werden würde. Als sie im vierten Monat war, zog er aus und nie wieder ein. Sie hatte gehofft, ihn auf diese Weise zu binden, das Gegenteil war das Ergebnis. Nein, verglichen damit hatten Silja und Rune richtig entschieden.

Seine Gedanken sprangen zu Lea und Aksel. Was wollten die? Hatten die vielleicht etwas miteinander? Suchten sie ihn gemeinsam? Waren sie Informanten der Entführer?

Jan spürte, wie die Augen schwerer wurden. Er legte sich auf die linke Seite. Plötzlich hörte er ein leichtes Knarzen aus Richtung der Treppe. Verdammt, hatten sie ihn doch gefunden? Zu seiner Pistole war es zu weit. Die Tür wurde leise geöffnet, das Flurlicht schien herein. In der Tür stand Line. Sie war fast nackend, nur eine kurze Jacke bedeckte ihre Schulter.

Jan setzte sich hin: „Was wird das?“

„Ich dachte, du hättest vielleicht Lust. So ein bisschen zumindest. So zur Ablenkung.“

„Nein, Line, die habe ich nicht.“

„Wegen dieses Falls gerade? Zu viel Stress?“

„Auch, aber nicht nur.“

„Gefalle ich dir nicht?“

„Darum geht es nicht. Line, ich bin in einer Beziehung und habe nicht vor, meine Freundin zu betrügen."
„Ich dachte, du wärst allein, deine Frau ist doch..., ich meine, das habe ich über dich gelesen."
„Ja, meine Frau ist gestorben, aber wie gesagt, ich habe eine Freundin."
„Ja, okay. Aber ich meine, es wäre doch nur einmal, also diese Nacht. Und wir würden es für uns behalten."
„Nein Line, ich habe es dir gerade erklärt."
„Aber irgendwie habe ich ja auch noch was bei dir gut. Schließlich hast du mich verhaftet, obwohl ich unschuldig war."
„Ich hatte für die Verhaftung in dem Moment meine Gründe. Soll ich mich lieber wieder von meinem Sohn abholen lassen?"
„Nein, nein, schlaf nur. Entschuldigung, es tut mir leid, ich wollte das eigentlich gar nicht. Du kannst abschließen, wenn du möchtest, der Schlüssel liegt auf dem Tisch."
„Nein, das brauche ich nicht, ich denke, wir haben alles geklärt."
„Ja, das haben wir, gute Nacht." Sie schloss die Tür, und das Knarzen des Holzbodens wurde leiser.
Jan kam nicht einmal mehr dazu, über die Situation nachzudenken, er schlief sofort.

Tag 7

<u>21</u>

Am nächsten Morgen wusste Line nicht, wo sie hinschauen sollte, als Jan die Treppe hinunterkam.

„Dort steht dein Kaffee, Milch ist im Kühlschrank, guten Morgen." Sie hielt sich an ihrem Becher fest und schaute aus dem Fenster.

„Danke, den kann ich gut gebrauchen."

„Entschuldige nochmal wegen heute Nacht, ich dachte..."

„Line, es ist alles gut, wir haben das heute Nacht geklärt, und mehr müssen wir darüber nicht sprechen. Ich möchte, dass wir uns weiterhin in die Augen sehen können. Und das auch tun."

Sie drehte sich um und sah ihn an. Mit einem mühsamen Lächeln.

„Was bekommst du für das Zimmer?"

„Ach, lass den Quatsch, das kostet dich natürlich gar nichts."

„Danke, das ist sehr großzügig von dir. Ich muss noch einmal kurz nach oben, ein wichtiges Telefonat", sagte Jan.

„Dafür musst du nicht hoch, du kannst hier telefonieren, ich muss in die Werkstatt rüber."

Jan rief Christian an: „Guten Morgen, wie geht es dir?"

„Schlecht. Lærke fehlt mir, ich mache mir große Sorgen. Und ansonsten herrscht ja das absolute Chaos. Karen weg, Ditte weg, du weg, diese Erpressung. Und Aksel, der sich absolut merkwürdig benimmt."

„Weißt du, wo Abrahamsen jetzt ist? Ist der noch im Krankenhaus oder wieder in seiner Villa?"

„Wenn ich Aksel gestern richtig verstanden habe, dann ist der wieder in Sandvig. Der war nur bis zum Abend im Krankenhaus, dann hatten ihn die Ärzte wieder stabilisiert.“

„Gut, das beruhigt mich. Und dann bitte ich dich um eine Sache, die dir möglicherweise viel Ärger bereiten wird. Aber den wirst du aushalten. Und du hast meine Rückendeckung, ich habe die von Mogens Mørch. Bleib also gelassen.“

„Oh Gott, was verlangst du von mir?“

„Du wartest ab, bis Aksel im Laufe des Tages mal weg ist. Dann fährst du nach Klemensker und verhaftest das Ehepaar Carlsen. Ich beobachte den Hof gleich wieder und melde dir, wenn die den verlassen und vermutlich nach Hause fahren. Du behauptest, dass sie im Verdacht stehen, mit dem Verschwinden von Karen und Tom zu tun zu haben. Sie hätten sich vor ein paar Jahren an die beiden herangemacht, aber Rasmussens hätten sich nach einiger Zeit zurückgezogen, weil Karen sich ausgehorcht fühlte. Und jetzt würdest du gerne wissen, was damals vorgefallen ist.“

„Ja aber, das ist doch sehr dünn. Das reicht nicht für eine Untersuchungshaft.“

„Du verhörst sie, lässt sie in Verwahrung bringen und sagst, dass die U-Haft beantragt wird. Dann gehst du zur Staatsanwaltschaft.“

„Die mich auslachen wird.“

„Kann sein, aber das ist nicht schlimm.“

„Ich verstehe überhaupt nicht, was du willst, aber ich vertraue dir, Jan. Auch wenn es mich meine Karriere kosten wird.“

„Das wird es nicht, Christian, danke.“

Rune fuhr auf den Hof, Bragi schlug an, Line kam mit ihm an der Leine zurück.

„Wenn du noch eine Nacht dranhängen musst, bist du willkommen. Ich lasse dich auch in Ruhe, versprochen.“

„Das weiß ich. Ich habe keine Ahnung, was der Tag heute bringt. Ich wünsche mir, dass ich die nächste Nacht in meinem Bett verbringe. Aber ich bin nicht sicher, ob mir das gelingt.“ Dann ging er hinaus.

„Wohin fahren wir, was hast du heute vor?“, fragte Rune, als er den Wagen wendete. Es war noch immer kühl, aber die Sonne schien, der Himmel war fast wolkenfrei. Nach Tagen des Regens eine Wohltat.

„Ich muss ungestört ein paar Telefonate führen, und dann werde ich wohl auf Angriff schalten müssen. Fahre bitte mal zur Ols Kirke, da setzen wir uns irgendwo hin.“

„Wie meinst du das? Der Kaffee hier ist übrigens für dich, hinten habe ich noch Brötchen. Die Hotelbesitzer haben mir alles gegen ein kleines Entgelt mitgegeben.“

„Danke, das ist großartig. Ja, das mit dem Angriff muss ich noch genauer definieren. Das kann ich aber erst nach den Telefonaten. Übermorgen soll die Staatsministerin in den Abendnachrichten erklären, dass sie die Forderungen dieser selbst ernannten Befreier erfüllt. Was sie mit Sicherheit nicht tun wird. Diese Verrückten wollen in dem Fall die Geiseln erschießen. Sprich, bis dahin müssen wir sie ausgeschaltet haben.“

„Willst du sie ausgeschaltet haben.“ Rune schaute seinen Vater eher skeptisch an.

„Ja, ich weiß, du traust mir das nicht zu. Und vermutlich ist das auch zu groß für mich. Aber ich muss es versuchen.“

„Papa, wenn du das Versteck tatsächlich ausfindig gemacht hast, musst du deine Kollegen hier auf der Insel zusammenziehen, und dann geht ihr da rein."

„Nein, so einfach geht das nicht. Die Kollegen hier sind gut, aber sie sind keine Elitekämpfer, die für die Terrorbekämpfung ausgebildet wurden wie die von *Aktionsstyrken*. So eine Aktion muss blitzschnell durchgeführt werden. Außerdem werde ich das Gefühl nicht los, dass bei uns ein Maulwurf sitzt. Das bekomme ich noch heraus."

„Du willst dich also anschleichen, fünf, sechs Erpresser umlegen, bumbumbum, und die Geiseln befreien. Dirty Harry beziehungsweise Dirty Janny, verstehe ich das richtig?"

„Nein, ich hoffe, dass es Kopenhagen gelingt, ein paar von den Elitekämpfern zu uns zu bringen, ohne dass die Erpresser oder ihre Unterstützer das merken. Und ich will bis dahin so viel Klarheit über die Situation auf dem Hof haben, dass wir schnell und effektiv handeln können."

„Na, wenn du meinst, dass dir das gelingt. Ich muss mit der Abendfähre wieder abhauen, ich kann das auch nicht schieben. Du weißt, ich habe morgen wichtige Jobgespräche."

„Ja, ich bin auch sehr froh darüber, dass du weg bist, wenn es hier ungemütlich wird."

Sie hatten die Ols Kirke erreicht, nahmen Brötchen und Kaffee aus dem Auto und setzten sich auf eine Bank. Rune stand gleich wieder auf und ging zwischen Kirche und Grabsteinen hin und her. Er wollte seinen Vater in Ruhe seine Arbeit verrichten lassen.

Jan rief Mogens Mørch an: „Musst du gleich wieder in den Krisenstab?"

„Ja, ich wollte dich auch gerade deswegen anrufen. Wie ist der Stand der Dinge auf der selbst ernannten Sonnenscheininsel?“

„Alles unverändert, heute scheint wirklich die Sonne. Also, ich bin weiterhin sicher, dass wir das Versteck lokalisiert haben. Man kommt da bloß nicht unbeachtet heran, das ist schon geschickt gewählt. Drei der Geiselnehmer habe ich vermutlich identifiziert, aber das bitte nur unter uns. Ich denke, das ist mit denen wie so oft bei diesen Gruppen. Eine Mischung aus wirklichen Überzeugungstätern, unsicheren Wichtigtuern und schlicht Kriminellen. Das ist keine homogene Gruppe. Denke an die Blekingegade Bande* bei uns oder die RAF damals in Deutschland oder die Brigate Rosse in Italien, da hattest du auch diese Mischung. Und die hier sind ideologisch noch weniger gefestigt als die damals in den 19780ern und 1980ern.“

„Was heißt das für dich?“

„Ich werde ein paar Nadelstiche setzen und schauen, wie die reagieren.“

„Genauer, bitte.“

„Es gibt da ein Ehepaar, die mit Karen und Tom vor ein paar Jahren Kontakt aufgenommen haben, die wohnen auch in Klemensker. Das entwickelte sich Richtung Freundschaft, bis Karen und Tom den Kontakt einschlafen ließen. Ich bin sicher, dass die sich gezielt an die beiden rangemacht haben, um Karen auszuhorchen. Ich möchte, dass die von einem meiner Mitarbeiter verhaftet werden.“ Dass Karen beobachtet hatte, wie sich das Ehepaar Carlsen noch später mit Tom intensiv unterhalten hatte, war jetzt nicht von Bedeutung, Jan ließ es unerwähnt.

---

* Linke dänische Untergrundorganisation 1972-1989

„Und was soll dann passieren?"

„Wir verdächtigen sie, sie müssen in Untersuchungshaft und wären aus dem Verkehr gezogen. Zwei weniger auf dem Hof. Im besten Fall kippen sie um, gestehen ihre Mittäterschaft und erzählen uns, wer sich da so alles aufhält."

„Und wenn die anderen durchdrehen oder Panik bekommen und alle Geiseln erschießen?"

„Das werden sie nicht, sie haben ein Ziel. Alle Geiseln erschießen sie erst, wenn die Frist abgelaufen ist. Oder wir den Hof stürmen und sie uns vorher entdecken."

Mogens schwieg.

„Mogens?"

„Ja."

„Das gefällt dir alles nicht?"

„Nein, es ist mir zu riskant. Wenn das schiefgeht, dann ist deine Karriere beendet und meine gleich mit."

„Aber wir können nicht abwarten. Dann ist es plötzlich Freitag 19.30 Uhr."

„Ich weiß. Verdammt, ich muss los. Mach, was du für richtig hältst. Ich werde im Krisenstab möglichst wenig von deinen Ideen erzählen."

Jan beendete das Gespräch und wählte Sonjas Nummer.

„Endlich meldest du dich mal", begann Sonja mit einer Mischung aus Vorwurf und Erleichterung.

„Ja, es tut mir leid, aber jede Minute zählt hier. Ich kann dir nicht sagen, wo ich bin. Wer weiß, wer sich noch dazugeschaltet hat. Mir geht es gut, und ich arbeite daran, dass wir uns spätestens übermorgen wiedersehen. Wie geht es dir?"

Ich darf keine Personen und keine Orte nennen, erinnerte sich Sonja, bevor sie antwortete: „Mir geht es nicht gut, die Decke fällt mir auf den Kopf. Aber ich

176

darf ja nicht raus. Wenn diese Typen mich sehen, greifen sie mich, um dich herauszulocken, hast du gesagt. Bis übermorgen halte ich noch durch."

„Gut, du bist sehr stark. Pass auf dich auf, ich melde mich. Ich drücke dich."

„Pass du auf dich auf, du bist in größerer Gefahr", antwortete Sonja. „Ich drücke dich nicht nur, ich küsse dich sogar."

Rune setzte sich neben seinen Vater: „Was war das eigentlich für eine Frau, bei der du übernachtet hast, woher kanntest du die?"

Jan grinste seinen Sohn an: „Willst du jetzt wissen, ob ich meine moralischen Grundsätze, die ich gestern gepredigt habe, auch selbst einhalte?"

Rune wurde etwas verlegen: „Nein, das geht mich nichts an. Ich wollte es einfach nur wissen."

Jan stand auf, Rune folgte ihm, und sie gingen über den Friedhof. „Das ist Line Rude, eine Keramikerin. Sie ist geschieden, ihre Töchter wohnen in Kopenhagen. Wir hatten letztes Jahr einen Fall mit zwei Toten. Die hatten sich beide des Missbrauchs junger Frauen schuldig gemacht. Eine dieser Frauen hatte in den Semesterferien bei Line gejobbt. So sind wir in Kontakt gekommen. Im weiteren Verlauf ist sie sogar als Täterin in Frage gekommen, und wir haben sie verhaftet. Drei Nächte war sie in Untersuchungshaft, dann hatten wir den wahren Täter. Der hatte ihr Beweismittel untergeschoben. Das ist unsere ganze Beziehung."

„Ihr Hund war eher ein Pferd."

Jan lachte: „Ja, das ist ein Broholmer, eine dänische Rasse. Ich bin in Sachen Hund ziemlich fit, das mussten wir alles lernen, damit wir in Situationen mit Hunden diese einschätzen können. Dieser Riese ist absolut friedfertig, aber der wiegt schon seine 60 oder 70 Kilo.“

„Beeindruckend. Und jemand hat die beiden Frauenschänder aus Rache umgebracht?“

„Nein, so selbstlos waren die nicht. Ja, es war auch Rache dabei. Aber mehr noch war es Habgier. Oh, das ist ja interessant.“ Jan blieb vor einem Grabstein stehen und beugte sich vor.

„Was?“

„Na, der Grabstein hier. Herbert von Garvens.“

„Wer soll das sein?“

„Ein Deutscher, der in der Nazizeit hierher geflohen ist. Ein Kunstsammler, der besaß Picassos und Chagalls und so. Die hat er vor den Nazis auf Bornholm versteckt. Und hier saß er dann mit Malern wie Asger Jorn und Henry Heerup zusammen.“

„Aha, Jorn sagt mir was, der andere nicht. Aber die Deutschen haben Bornholm doch besetzt, was hat er da gemacht?“

„Er ist nach Kopenhagen geflüchtet und hat sich da versteckt. Das Tolle ist, dass er nach dem Krieg wieder hierhergekommen ist und auch bleiben durfte, die Menschen hier schätzten ihn sehr, obwohl er Deutscher war. Wie du auf dem Stein lesen kannst, ist er 1953 hier verstorben.“

„Und woher weißt du das alles?“

„Na ja, als gebürtiger Bornholmer sollte ich das eigentlich ohnehin wissen. Das habe ich aber nicht, bis deine Mutter mir das erzählt hat, sie hatte gerade einen Artikel über ihn verfasst. Wir haben mal ein langes Bornholm-Wochenende in Svaneke verbracht, und als wir an der Ols Kirke vorbeifuhren, hat sie mir erzählt, dass der Mann hier liegt und wer er war. Es gibt auch ein Porträt von ihm im Kunstmuseum. Wenn du das sehen

willst, musst du dich aber beeilen, das Museum schließt im Herbst für mehrere Jahre.“
„Nein, danke, ich glaube, die Kunstbegeisterung meiner Mama habe ich nicht geerbt.“

<u>22</u>

Etwas nördlich von Olsker, in Allinge, fühlte Lærke sich total eingeengt. Ihre Eltern ließen sie keine Sekunde aus den Augen, ihr Vater schaute ständig durch die Gardine nach draußen und hielt Ausschau nach finsteren Gestalten. Christian meldete sich nur morgens und abends kurz. Und das Baby dehnte Lærkes Bauch unverdrossen strampelnd immer weiter. Hoffentlich war dieser gesamte Spuk bald vorbei, Christian wollte und sollte bei der Entbindung dabei sein. Er würde ganz sicher ein toller Vater sein, da musste eher sie zusehen, dass sie von ihm nicht vernachlässigt werden würde. Er war schon zuvor ein toller Ehemann gewesen, aber die Nachricht vom Baby hatte ihn spürbar verändert. Er kümmerte sich viel mehr um seine Frau, war zärtlicher und fürsorglicher als zuvor. Er stellte die Arbeit auch mal in den Hintergrund und hatte Jan wohl gesagt, dass er auf absehbare Zeit nicht mehr auf Dienstreise außerhalb Bornholms gehen wolle. Doch sie war Realistin, diesen Wunsch konnte Christian äußern, am Ende müsste er sich Jans Anordnung fügen. Dennoch allein dass er so dachte, dass er das Baby und seine Frau so in den Mittelpunkt stellte, das war einfach wunderschön.

Lone hatte das Gefühl, der unglücklichste Mensch auf Bornholm zu sein. Mit Ausnahme von Ditte natürlich. Ihre Frau fehlte ihr so sehr. Was hatte sie getan, dass man sie am helllichten Morgen entführte? Wenn doch nur Lones Knie nicht so geschmerzt hätte und sie mitgelaufen wäre, dann wäre das alles nicht passiert. Wo war Ditte? Warum hatte man sie entführt? Was waren das für schlimme Menschen, diese Entführer? Jan hatte sich mal zwischendurch gemeldet und nach ihrem Befinden gefragt. Sie hatte geschwindelt und gesagt, sie sei okay. Tatsächlich hatte sie seit ungefähr 24 Stunden nichts mehr gegessen. Ihre Freunde Malene und Mateo, bei denen sie in Aarsballe untergeschlupft war, mussten sie regelrecht zwingen, zumindest ausreichend zu trinken. Sie wollte nichts mehr, gar nichts mehr, egal was, nur dass Ditte gesund zurückkam. Und zwar ganz schnell. Ihr einziger Halt war Kafka, der nicht von ihrer Seite wich. Er spürte, dass etwas nicht stimmte. Und vermisste Ditte ganz sicherlich ebenso. Zumindest aß er mehr als Lone. Sie schaute kurz aus dem Fenster, dann legte sie sich wieder auf ihr Bett.

Ditte hatte das übliche Frühstück verzehrt, ein Brötchen mit etwas Butter sowie Käse und dazu Kaffee, sogar einen zweiten Becher. Zwei Tage dreimal am Tag diese Mahlzeit war ekelhaft und schwächte sie. Wahrscheinlich war das von diesen Idioten auch so gedacht. Was Lone wohl machte? Ob sie im Büro war und arbeitete? Oder ob man sie versteckt hatte? Wer weiß, was diese Typen sich noch so ausgedacht hatten. Sie hoffte inständig, dass Jan die Leitung der Suche nach ihr übernommen hatte. Sie besaß ein Urvertrauen in Jan. Er war souverän, normal eitel, ein hervorragender Analytiker und ein kreativer Trickser. Er ließ Christian und sie gewähren, hatte aber auch immer ein Auge auf sie beide. Karen vertraute ihm absolut, von einer Rivalität war nichts zu spüren. Jans Freundin Sonja fand sie sympathisch, die war sehr bodenständig und direkt. Merkwürdig war nur ihr religiöser Tick, jeden Tag ging sie für ein paar Minuten in die Kirche. Dass Jan damit klarkam, verwunderte sie. Bald würde er hier durch die Tür kommen und sie aus der Gefangenschaft befreien, da war sie sich sicher. Und dann würde sie mit Lone und Kafka an die Nordsee fahren, irgendwo weit oben in Jütland, so Richtung Skagen. Und sie würden jeden Tag am Strand spazieren gehen. Tagsüber Kaffee und Tee trinken, abends einen schönen Wein, dazu etwas Fisch und frisches Gemüse, ach herrlich. Zwei Wochen lang oder auch drei. Und viel schlafen.

23

Die Staatsministerin begrüßte die Teilnehmer zur morgendlichen Schalte und bat Mogens um einen Bericht über die aktuelle Situation auf Bornholm. Die Stimmung war natürlich extrem angespannt. Mogens war überzeugt, dass andere am Tisch nur auf einen kleinen Fehler von ihm warteten. Sie wollten nicht suchen, sondern Bornholm mit der Sondereinheit durchkämmen.

„Jan glaubt, das Versteck gefunden zu haben. Er will das aber heute noch einmal überprüfen", log er. Er wollte für ihn noch etwas Zeit schinden und ein sofortiges Eingreifen aus Kopenhagen verhindern.

„Und wenn es das ist?", fragte der Vertreter der Marine.

„Dann werden wir hier entscheiden, ob wir eine Erstürmung wagen oder welche Alternativen es dazu gibt." Mogens schaute die Staatsministerin fragend an.

„Liegt das denn sehr abgeschieden? Und weshalb ist er sich so sicher, dass es sich um das Versteck handelt?"

„Es ist wohl ein abgelegener Bauernhof, von dort sieht man jeden Besucher recht früh. Jan hat ein, zwei bekannte Rechtsextremisten dort gesehen, ebenso ihre Autos. Das Gebäude gehört einem bekannten Millionär, der sich auch in kriminellen Kreisen bewegt." Das war nicht ganz korrekt, aber nützlich.

„Und von wo aus beobachtet er sie, dass er das alles so weiß?", fragte ein Abgesandter aus dem Verteidigungsministerium spitz.

„Er hat sich in einem Hof versteckt, der auf dem Weg zu diesem anderen Hof liegt. Unbemerkt von den Besitzern."

Die Teilnehmer sortierten diese Informationen erst einmal, es herrschte für einen Augenblick Schweigen. Wer machte den nächsten Zug? Der Marineabgesandte war es: „Mogens, du hast vorhin gesagt, das Versteck könne vielleicht gestürmt werden. Wer soll das denn erledigen? Die Inselpolizei?" Er verbarg sein abschätziges Lächeln nicht.

Mogens blieb ruhig: „Das habe ich nicht vorgeschlagen. Sondern die Frage geht an die Kollegen vom PET, ob wir es schaffen, ein paar Elitekräfte unbemerkt auf die Insel zu bringen. Mit Unterstützung der Kollegen aus Luftwaffe und Marine. Die haben noch ganz andere Mittel als die Polizei. Den Heimatschutz würde ich gerne umgehen, das sind fast alles Freiwillige und dieser Einsatz könnte aus dem Ruder laufen." Er genoss es für einen Augenblick, den Ball zurückzuspielen. Die Militärs schauten sich nervös an, keiner wollte Betriebsgeheimnisse ausplaudern.

„Meine Herren, ich höre", machte sich die Staatsministerin sehr deutlich bemerkbar.

Der Vertreter der Armee räusperte sich: „Ja, also, das bekommen wir hin. Wir haben eine Vereinbarung mit einer Spedition, die einen präparierten Wagen besitzt. In dem Laderaum gibt es eine beheizte Kabine für sieben, acht Leute, sodass die auch während der Überfahrt unter Deck bleiben können. Wir können auch eine Fake-Monteurs-Truppe zusammenstellen, die angeblich am Rønner Hafen bei der Montage der Windräder eingesetzt werden soll. Und wir könnten die Schweden fragen, ob wir aus Simrishamn ein Boot mit einer Eliteeinheit unter schwedischer Flagge nach Allinge abschicken können.“

„Das klingt sehr gut. Wenn nichts anderes passiert, lassen wir Kofoed erst einmal weiterarbeiten und bereiten die Verstärkung für ihn vor. Wir haben noch Zeit bis übermorgen Abend, aber es wäre schön, wenn wir das deutlich früher hinter uns bringen können. In Ordnung?“ Sie schaute in die Runde.

Der schneidige Vertreter der Marine meldete sich unerwartet, die Ersten wollten schon auf den roten Knopf drücken, um das digitale Meeting zu verlassen: „Ich möchte zu Protokoll geben, dass ich mit dem gesamten Vorgehen nicht einverstanden bin. Wir überlassen das Schicksal der Geiseln, ganz Bornholms und auch unseres einer einzelnen Person. Einem zugegebenermaßen erfolgreichen Polizisten, der allerdings inzwischen auch schon die 60 überschritten hat und auf Bornholm seiner Pensionierung entgegensieht. Ein Mann, der uns nur ein paar Informationen hinwirft, aber ansonsten alles für sich behält. Vermutlich, weil er sich für eine Mischung aus Arnold Schwarzenegger, Rambo und Bruce Willis hält. Das endet in einer völligen Katastrophe. Er soll uns sagen, wo diese Verbrecher sitzen, und dann nehmen wir sie uns richtig vor. *Hjemmeværnet* und *Aktionsstyrken* lösen das mit unserer professionellen Unterstützung. Kofoed schafft das nicht mehr, der ist zu alt dafür."

Niemand sagte etwas, einige stellten kurzerhand ihr Mikro stumm, aber es war ohnehin kein Ton zu hören. Keiner mochte so richtig in die Kamera schauen. Mogens atmete tief durch, versuchte seinen Puls in den Griff zu bekommen. Die Staatsministerin sagte auch nichts. Mogens öffnete sein Mikro: „Weißt du, Erik, es gibt bei uns kein Jung und kein Alt, sondern nur ein Gut und ein Schlecht. Und Jan ist einer der Besten. Wenn er das Gefühl hätte, dass ihm das über den Kopf wächst, würde er das signalisieren. Der muss nicht mehr berühmt werden, der ist es schon. Jedenfalls in unseren Kreisen. Ich bin nicht sicher, ob du das auch eines Tages sein wirst." Er schloss sein Mikrofon. Niemand sagte etwas, alle Gesichter schienen eingefroren zu sein. Treffer.

Die Staatsministerin wusste, dass sie sich nun äußern musste: „Wir machen weiter wie beschlossen. Das Meeting ist beendet."

Rune stoppte den Wagen in Sandvig und ließ seinen Vater aussteigen. Der marschierte auf ein stattliches Anwesen zu, während Rune umdrehte und Richtung Hammershus fuhr. Dort wollte er die Aussicht und die Sonne genießen, trotz der Februarkälte.

Jan klingelte, eine junge Frau öffnete ihm. Er zeigte ihr seinen Ausweis und bat, Ole Abrahamsen sprechen zu dürfen.

„Moment, ich hole seine Frau."

Die erschien kurz darauf mit sehr ernster Miene: „Guten Tag, warum kommt die Polizei jetzt noch mal? Mein Mann ist doch gestern bereits befragt worden."

„Ich weiß, aber es gibt neue Erkenntnisse. Es ist mir äußerst wichtig, mit Ole zu sprechen."
„Aha, wenn es denn sein muss." Sie musterte seinen Ausweis und Jan selbst. „Bist du der Jan Kofoed, also der aus den Nachrichten? Dieser berühmte?"
Jan lachte: „Nein, berühmt bin ich nicht. Das sind die Königin und die Staatsministerin. Ich habe nur ein paar spektakuläre Fälle gelöst, deshalb bin ich etwas bekannter."
Die gut gekleidete und sehr würdevolle alte Dame nickte, lächelte sogar leicht und bat Jan, ihr zu folgen.
Sie betraten einen großen Raum voller dänischer Stilikonen wie Tisch und Stühle von Fritz Hansen und Leuchtern von Georg Jensen. Ein großes Fenster gab den Blick auf die ruhige Ostsee frei. Ole Abrahamsen saß in einem breiten Sessel, er hatte sich mit seiner Bettdecke zugedeckt, auf einem kleinen Tisch dampfte der Tee neben ein paar Tablettendöschen. Er war blass und müde, viel Zeit würde Jan nicht haben.
„Jan Kofoed, der berühmte Ermittler, was verschafft mir die Ehre deines Besuches?"
„Ole, vielen Dank, dass ich mit dir sprechen darf. Du bist mit Sicherheit noch berühmter als ich. Mein Kollege hat sich schon gestern mit dir unterhalten, sagt deine Frau."
„Ja, aber der Mann war merkwürdig." Seine Stimme war etwas heiser, dafür waren seine Augen scharf gestellt. Er wirkte missmutig.
„Wie kommst du darauf?"
„Er hat alles infrage gestellt, was ich erzählt habe."
„Was genau meinst du?"
„Hat er dir das nicht erzählt?"
Jan stockte einen kurzen Moment: „Äh, nein, wir haben uns nicht gesehen. Ich war gerade zufällig in der

Gegend und kam plötzlich auf die Idee, bei dir zu klingeln."

„Ich verstehe, ihr habt viel zu tun. Ich habe ihm erzählt, dass ich in Nexø überfallen und in ein Auto gezerrt wurde. Man hat mir die Augen verbunden und Arme und Beine gefesselt. Dann sind wir lange gefahren. Die Straßen waren recht hügelig, ich glaube, wir sind in den Norden gefahren."

„Das ist ja interessant, dass du dir das merken konntest."

„Ja, aber dein Kollege meinte, dass ich mir das einbilden würde. Dass die Ärzte und die Polizei sicher sind, dass ich irgendwo gestürzt bin und dann mit einer Gehirnerschütterung durch die Straßen gelaufen bin. So verwirrt, weißt du."

„Aber man hat dich doch in Rønne gefunden. Der Kollege glaubt also, dass du die 35 Kilometer zu Fuß gegangen bist?"

„Ja, das scheint so. Ich habe ihm auch gesagt, dass ich gefangen gehalten wurde, auf einer Art Hof. Jedenfalls sah das Zimmer so aus, kalt war es auch. Und dass ich dann wohl ohnmächtig geworden bin. Als man mich weggebracht hat, habe ich Kirchenglocken gehört."

„Das ist großartig, dass du das wahrgenommen hast."

„Für deinen Kollegen wohl nicht. Er hat gesagt, das hätte ich mir wohl nach dem Sturz alles ausgedacht, ich wäre doch auch dehydriert gewesen, als sie mich gefunden haben. Und meine Diabetesmedizin habe ich nicht genommen. Ich solle jetzt mal an meinen guten Ruf als erfolgreicher Geschäftsmann denken und meine Geschichte ganz schnell vergessen. Ich sei gestürzt, über Bornholm geirrt und von hilfsbereiten Menschen nach Rønne gebracht worden."

„Ole, du bist Sonntag entführt und Dienstag gefunden worden. Hat der Kollege dir auch gesagt, wo du in der Zeit geschlafen hast? Und warum sollen dich die angeblich hilfsbereiten Leute auf dem Rema Parkplatz zwischen zwei Autos legen?“

„Er meinte, ich solle am besten mit niemandem über die ganze Angelegenheit reden, das wäre das Schlaueste.“

„Fragt sich nur für wen. Ist dir sonst noch etwas aufgefallen?“

Abrahamsen schaute angestrengt nach vorne. Die letzten Tage hatten ihn doch stark mitgenommen. Er grübelte, dann hellte sich sein Gesicht auf: „Ja, ja, das war ganz merkwürdig. Als die mich in Nexø in ihr Auto gesteckt haben, da haben sie auf der Fahrt miteinander gesprochen. Aber nicht so normal, wie wir Dänen das tun. Sondern die haben sich gesiezt.“

„Gesiezt?“

„Ja, so wie wir es früher gemacht haben. Und sie haben sich mit vollem Namen angesprochen.“

„Wie meinst du das?“

„Na, der eine Mann hat den anderen immer mit Villum Clausen angesprochen und der andere ihn mit Peder Olsen.“

„Ole, ist das jetzt dein Ernst?“

„Ja, natürlich. Fängst du jetzt auch noch an, an meinem Verstand zu zweifeln?“

„Nein, entschuldige. Aber die Namen!“

„Ja, Jan, ich weiß. So hießen auch zwei der Männer, die damals die Schweden wieder rausgeschmissen haben. Vielleicht sind die Namen nur Zufall. Oder diese Typen halten sich für Freiheitskämpfer. Ich weiß ja nicht, was die vorhaben.“ Er schaute Jan fragend an.

„Das darf ich dir leider nicht sagen, Ole, aber das ist
eine hochinteressante Beobachtung von dir. Toll."
„Weißt du, Jan Kofoed, ich habe von dir gehört und gelesen. Du bist auch nicht mehr der Jüngste, und ich bin
noch einmal älter als du. Aber deshalb sind wir doch
nicht ballaballa, oder?"
Jan lachte: „Nein, Ole, überhaupt nicht, ganz im Gegenteil. Ich danke dir sehr, nun schone dich und lass dich
pflegen."
„Ja, danke. Und du rede mal mit deinem Kollegen ein
ernstes Wort."
„Worauf du dich verlassen kannst."
Natürlich hielten die sich für Freiheitskämpfer, dennoch hörte sich diese Benamung ziemlich lächerlich
an. Auf den ersten Blick. Auf den zweiten war sie nicht
dumm, denn so besaßen die Männer Tarnnamen. Man
wusste doch nie, wer sonst noch zuhörte. Er rief Rune
an und bat ihn, nach Sandvig zu kommen.

24

Die Entführer saßen zusammen. Ihre Nervosität
wuchs, weil sich so gar nichts tat. Es gab keinerlei Sig-
nale seitens der Regierung. Andererseits war die Polizei auf Bornholm völlig passiv, niemand suchte nach
den Entführern. Das beruhigte sie, zeigte die Ohn-
macht der Polizei. Oder die Angst vor einem Fehler,
der für die Geiseln tödlich enden würde. Nur der berühmte Jan Kofoed gab vermutlich keine Ruhe, aber
wo wollte der mit seiner Suche anfangen und wo auf-
hören?
„Weshalb haben wir dieser Scheißregierung eigentlich
so viel Zeit gegeben?", schimpfte Peder Olsen.

„Weil die Regierung etwas Zeit braucht, um unsere Forderungen zu besprechen und zu überlegen, wie sie die umsetzt", antwortete Povl Ancher.
„Quatsch, jetzt hat sie nur mehr Zeit, um zu überlegen, wie sie uns aufspüren kann."
„Nein, ich weiß nicht, wie viele Häuser oder Wohnungen auf Bornholm stehen. Autos gibt es ungefähr 20.000, und so viele Häuser werden es vermutlich auch sein. Und wie sollen die Bullen die in vier Tagen durchsuchen? Ohne dass Panik ausbricht? Die Regierung hält die ganze Aktion doch unter Verschluss."
„Ja, das ist doch wunderbar", mischte sich Hofrat Thienner ein. „Was meinst du, was los wäre, wenn die alle Bornholmer auffordern würden, mal ins Nachbarhaus zu schauen, ob sie da etwas Auffälliges entdecken."
Frau Thienner lachte: „Der alte Frederiksen und seine Frau nebenan würden sicherlich hier nicht kontrollieren, die sind doch fix und fertig."
„Wir müssen mal kurz weg", warf Hofrat Thienner ein. „Frau Thienner hat sich eigentlich von der Arbeit abgemeldet, soll jetzt aber für zwei Stunden kommen und sich an die Kasse setzen. Ein Notfall. Ist besser, sie macht das, sonst fallen wir auf."
Povl Ancher nickte zustimmend und verließ den Raum.

Ida hörte Getrappel auf dem Flur. Es schienen hier einige Menschen zu sein. Bewachten die alle sie? Oder gab es noch andere Gefangene? Sie dachte an Michael, ihren ersten längeren Freund. Damals in Kolding, wo sie aufgewachsen war. Der hätte sie längst hier herausgeholt. Er besaß ein Sportstudio und hatte sich selbst einen Top-Body antrainiert. Der war der Wahnsinn. Nun gut, das war nicht nur Training, reichlich

Pulver und Tabletten unterstützten ihn beim Muskel-
aufbau. Und sein Freundeskreis wurde auch immer
merkwürdiger, nein, eher unheimlicher. Irgendwann
landete Michael im Knast, er war in Drogenhandel und
Schutzgelderpressung verwickelt. Sie trennte sich von
ihm und zog nach Kopenhagen. Aber jetzt wünschte
sie ihn sich zurück, mitsamt einiger seiner Freunde.
Die würden hier reinmarschieren und aus dem Gesocks auf dem Flur Frikassee machen.
Einer der Erpresser kam herein und brachte ihr Wasser. Ihr Wunsch nach Lesestoff war bereits ein weite-
res Mal abgelehnt worden.
„Ich würde gerne einen Brief an meinen Sohn schreiben, hörst du. Er ist ganz allein, weißt du, sein Vater
und ich haben uns getrennt. Er macht sich bestimmt
viele Sorgen um seine Mutter. Ich möchte ihm nur
schreiben, dass ich lebe und von euch gut behandelt
werde. Und dass ich bestimmt bald nach Hause
komme. Kannst du mir bitte einen Zettel und einen Ku-
gelschreiber bringen? Bitte.“
Der Erpresser schaute sie durch den Schlitz seiner
Maske kurz an und verließ wortlos den Raum. Er
kehrte nicht zurück. Als Ida das registrierte, fing sie an
zu weinen. Sofort versuchte sie, ihre Tränen zu unterdrücken. Keine Schwäche zeigen, das war ihre Devise.
Selbst wenn gerade niemand im Zimmer war.

Tom dachte an die erste Zeit mit Karen zurück. Es war
ein einziger schöner Traum, sie passten ganz einfach
zueinander. Sie lachten viel, erzählten, waren unterwegs. Er verlor seine Verklemmtheit, sowohl seine se-
xuelle auch die anderen Menschen gegenüber. Vor der
Zeit mit Karen hatte er sich in seine Bücherwelt verkrochen, dort konnte ihm niemand wehtun. Er hatte

ein paar wenige Freunde, Karen deutlich mehr. Nach und nach lernte er sie nun kennen und fühlte sich gut aufgenommen. Es gab noch ein Leben außerhalb der Bücher.

Dann heirateten sie 2014 und zogen zwei Jahre später nach Bornholm. In dem schönen Haus in Klemensker bekam er jede Menge Platz für seine Bücher, die Stelle in der Rønner Bibliothek gefiel ihm, die war gut geführt, und er mochte seine Kollegen. Auch die in den kleineren Zweigstellen in Gudhjem und Allinge, Svaneke und Nexø, Hasle und Aakirkeby.

Aufgrund von Karens Job besaßen sie auch gesellschaftliche Verpflichtungen. Einige auf Bornholm, andere, größere in Kopenhagen oder anderswo auf dem Festland. Und allmählich stellte sich ein Unbehagen bei ihm ein. Er war nur immer der Mann der Polizeichefin, überall. „Ach, du bist der Mann von Karen", konnte er schon nicht mehr hören. Meist folgte eine Eloge auf seine Frau. Und eher pflichtschuldig folgte die Frage: „Und was machst du beruflich?". Seine Antwort: „Ich bin Bibliothekar in Rønne", gefiel den meisten, und sie stellten gleich die nächste Frage. Das konnte „Wie findest du den neuen Krimi von Lone Theils?" sein. Aber er las keine Krimis, das war für ihn alles Schund und Zeitverschwendung. Zu „Wie gefällt dir dieses neue Buch von Katrine Marie Guldager?" konnte er schon eher etwas sagen, anspruchsvollere Romane waren sein Metier. Ebenso die übersetzten Klassiker aus England, Deutschland oder Italien.

Aber kaum hatte er diese Frage beantwortet, drehte sich sein Gegenüber weg. Er fühlte sich wie Prinz Henrik. Auch der war nur der Mann der Königin. Zumindest hatte der versucht, sich eine eigene Identität aufzubauen. Er besaß ein Schloss in Südfrankreich und baute dort Wein an, den Tom allerdings fürchterlich fand. Und er war wohl ein großer Sammler afrikanischer Holzfiguren und Masken, jedenfalls schrieben die Zeitungen darüber immer wieder voller Anerkennung. Doch ob das Henrik glücklich machte? Mit jedem Enkelkind rutschte er in der Thronfolge weiter nach hinten. Bis zu seinem Tod 2018.

Das eigene Profil, das würde auch sein Weg sein, er, Tom, würde sich jetzt eine eigne Identität aufbauen. Er würde nicht mehr nur der Mann der Bornholmer Polizeichefin sein. Er brauchte etwas, über das die Leute auch 50 Jahre nach seinem Tod sprechen würden. So wie über Hans Rømer zum Beispiel, der den Almindinger Wald angelegt hatte. Aber mit was könnte er berühmt werden?

Er fühlte seine Ablehnung alles Nicht-Dänischen wieder stärker aufkommen. Der Strom an Menschen aus dem Nahen Osten zum Beispiel schien nicht aufzuhalten zu sein. Auch wenn er Karen anderes glauben machte, machte er bei jeder Wahl doch heimlich sein Kreuz bei einer ausländerfeindlichen Partei, beim letzten Mal bei den Danmarksdemokraterne. Als Mann der Polizeichefin konnte er leider nicht für eine weit rechte Partei aktiv werden. Das würde Karen auch nicht dulden.

Aber musste man sich nicht wehren? Gab es denn überhaupt noch Leute in verantwortlichen Positionen, die Andersen, Christensen oder Hansen hießen und nicht..., ach, er wollte über solche Namen gar nicht nachdenken. Was würde aus Bornholm eines Tages werden? Brauchte Bornholm nicht neue Helden?

Karen suchte nach einer Lösung für diese Entführung. Warum befanden sich Tom und sie schon so lange in

Gefangenschaft? Warum war Jan den Tätern nicht schon längst auf der Spur? Vielleicht war er doch nicht so ein guter Ermittler, wie alle behaupteten? Wo blieben Ditte und Christian? Was unternahm Kopenhagen, also Mogens Mørch? Weshalb hatte er nicht längst ein paar Leute von *Aktionsstyrken* nach Bornholm geschickt? Das waren alles Spezialisten. Warum schickte man nicht Drohnen in die Luft, die ständig Bilder nach Kopenhagen sendeten? Diese Entführer fielen doch auf, denn sie waren bestimmt viel unterwegs, während jeder normale Mensch sich bei dem Wetter in seinem Haus verkroch. Diese Einheiten konnten auch nachts mit Wärmebildkameras über die Insel fahren und nach Tom und ihr suchen. Oder vielleicht sollte sie in einen Hungerstreik treten, um die Zusammenlegung mit Tom zu erzwingen? Darauf mussten diese Idioten eingehen, tot nützte sie ihnen nichts. Es war Zeit zu handeln.

Einer der Entführer kam in den kahlen Raum. Zeit für den Gang in den Waschraum und zur Toilette. Seit Sonntag trug sie nun ihre Businessklamotten, die sie noch in Kopenhagen angezogen hatte. Sie mieften, Karen fühlte sich immer klebriger, da nützte die Katzenwäsche mit etwas Seife gar nichts. Widerwillig folgte sie dem Mann.

25

In Rønne rief Aksel in den großen Raum, er müsse mal kurz weg, sei aber in einer guten Stunde zurück. Ein Teil der Anwesenden nickte, der andere Teil reagierte gar nicht. Er hatte es geschafft, die Stimmung ins Negative zu drehen. Die Bereitschaftspolizisten mochten ihn überwiegend, aber das vor allem aus einem

Grund: Sie genossen die äußerst lange Leine. Tatsächlich Respekt vor ihm hatten nur wenige. Seit die Nachricht aus Kopenhagen gekommen war, dass Aksel vorübergehend der Chef der Polizei sei, hatte sich sein Ton schlagartig verändert. Er kommandierte nur noch, war laut und zeigte sich schnell gereizt. Christian registrierte und genoss das, denn so manövrierte sich Aksel ins Aus. Er mochte ihn nicht und er ertrug ihn auch zunehmend nicht mehr.

Doch nun ging es darum, Jans Wunsch nach der Verhaftung des Ehepaars Carlsen zu erfüllen. Christian war bei dem Gedanken noch immer nicht wohl, aber er vertraute Jan. Der hatte bestimmt einen Plan, zudem war er in Kopenhagen gut abgesichert. Was somit auch für Christian galt.
Er ging zu Sanne und bat sie, zu einem Einsatz mitzukommen.
„Ist der mit Aksel abgesprochen?", fragte sie etwas ängstlich, sie ließ sich von dessen Geschrei noch beeindrucken.
„Nein, das ist eine Bitte von Jan."
„Von Jan? Wieso? Wo ist der? Was macht der?"
Christian stöhnte laut auf. Was durfte er erzählen, was musste er erzählen? „Wir haben keine Zeit zu verlieren, lass uns zum Wagen gehen." Sie verließen das Bürogebäude. „Was hast du denn gehört, was reden die Kollegen?"
„Angeblich sind ein paar Leute entführt worden, darunter auch Karen und ihr Mann. Das ist das Gerücht auf dem Flur. Und dass Jan jetzt versucht, die Täter ausfindig zu machen."
„Was spricht man denn über Ditte?", wollte Christian wissen.

„Nichts eigentlich, die soll krank sein.“ Sanne startete den Wagen.

„Okay, ja, das stimmt zum Teil. Karen und Tom sind entführt worden, Ditte im Übrigen auch. Wir müssen nach Klemensker.“

„Oh mein Gott, zu Karens Haus?“

„Nein, Jan sucht den oder die Täter, das stimmt ebenfalls. Dieses Ehepaar, zu dem wir jetzt fahren, hat wohl vor einiger Zeit den Kontakt zu den beiden Rasmussens aufgenommen und versucht, Karen auszuhorchen. Jan ist überzeugt, dass sie in die Entführung involviert sind. Wir sollen sie festnehmen.“

„Aber reicht das denn für eine Anklage oder zumindest für die Untersuchungshaft?“

„Ich glaube nicht, Jan meint das, aber ich bin überzeugt, das tut er in Wahrheit nicht. Der pokert. Ich weiß nur nicht mit welchem Ziel.“

„Was sind das für Leute, zu denen wir fahren?“

„Sie sitzt an der Kasse bei Brugsen, er kümmert sich um den Hof und jobbt noch bei der Meierei. Und sie besitzen ein paar Traber, die bei den Rennen hier mitlaufen.“

„Das ist doch kein billiges Hobby, oder?“

„Nein, deswegen vermutet Jan, dass sie anderswo noch Geld verdienen. Als im letzten Herbst diese super Ermittler aus Kopenhagen da waren und den Wettbetrug aufklären wollten, war das Ehepaar auch unter den Verdächtigen.“

Sie hatten den Hof erreicht. Alles machte einen etwas ungepflegten Eindruck, die Fensterrahmen brauchten dringend Farbe, eine Ecke des Innenhofes glich eher einer Mülldeponie. Nicht weit davon entfernt stand ein grüner Peugeot.

Die Haustür öffnete sich, und ein Mann kam mit etwas finsterem Blick heraus: „Was wollt ihr?"
„Guten Tag, Lennart Carlsen nehme ich an. Ich bin Christian Dam von der Polizei, das ist meine Kollegin Sanne Kjøller."
„Ich warte noch auf eine Antwort."
Christian freute sich innerlich, der Mann wirkte äußerst nervös und würde vermutlich gleich ausrasten: „Es geht um einen Fall von höchster Brisanz, und in diesem Zusammenhang haben wir an euch einige Fragen. Ich muss deine Frau und dich bitten, uns nach Rønne zu begleiten." Christian hatte an seiner gestelzten Wortwahl richtig Spaß.
„Stell deine Scheißfragen hier." Der Ton des Mannes wurde rauer.
„Das ist leider nicht möglich. Wenn ich also bitten darf."
„Freundchen, du bist noch jung und glaubst wohl mit so einer überheblichen Art Karriere zu machen. Ich würde mal sagen, die ist bereits beendet."
Christian blieb ganz gelassen: „Das freut mich, dass du dir so Sorgen um mich machst. Aber das bekomme ich schon allein hin."
Freyja Carlsen erschien in der Tür: „Lenny, was gibt's? Was sind das für Leute?"
„Polizei, wie auf dem Auto steht. Die wollen uns was fragen. Das können sie angeblich aber nur in Rønne, wir müssen mitfahren."
Sanne ging der Frau entgegen, deren Gesichtsausdruck sich schlagartig veränderte. Ein nervöses Zucken um die Augen und um den Mund war nicht zu übersehen, auch die Hände wurden unruhiger. Sie sagte nichts, sondern setzte sich zu ihrem Mann in den Wagen.

„Fahrt ihr uns auch gleich wieder zurück oder müssen wir den Bus nehmen?", knurrte Lennart Carlsen.

„Erst einmal schauen wir, was unser Gespräch ergibt, dann entscheiden wir über den nächsten Schritt." Bis zur Ankunft im Zahrtmannsvej blieben im Auto alle stumm.

Christian nahm das Ehepaar mit in sein Zimmer, während Sanne wieder in den Bereich der Bereitschaftspolizei marschierte.

„So, Freyja und Lennart, es geht um eure Beziehung zum Ehepaar Rasmussen, Karen und Tom Rasmussen." Die beiden schauten sich sofort an und wirkten völlig verunsichert. „Den beiden ist ein Unglück zugestoßen, so möchte ich es einmal formulieren. Und in dem Zusammenhang interessiert uns eure Rolle."

„Kannst du mal Klartext reden, nicht so einen abgedrehten Mist?" Lennart wurde immer erregter.

„Erzählt mir doch einfach, wie ihr die Rasmussens kennengelernt habt, wie so eure Freundschaft war und wie und warum ihr euch aus den Augen verloren habt."

„Du bist ja gut informiert."

„Das ist mein Job."

Carlsens baten sich gegenseitig, mit dem Reden anzufangen. Schließlich übernahm Freyja mit unsicherer Stimme: „Da ist nichts Besonderes. Ich arbeite bei Brugsen in Klemensker an der Kasse, und da haben wir viele Stammkunden. Da kommt man halt ins Gespräch. Vor allem der Tom war oft da und hat eingekauft, der ist ja auch der Koch dort im Haus. Und irgendwann haben wir vorgeschlagen, dass wir uns mal auf ein Bier oder einen Wein treffen. Das haben wir auch gemacht, und das war eigentlich sehr nett. Im

Laufe der Zeit wurde der Kontakt immer intensiver, wir haben sogar über einen gemeinsamen Urlaub gesprochen." Ihr Mann nickte. „Plötzlich wurden Treffen abgesagt, das Interesse von denen schlief ein, wir haben uns immer gefragt warum. Ich glaube, das lag an der Karen, die mochte uns nicht so. Wahrscheinlich, weil wir nur einfache Leute sind, sie ist doch was Besonderes. Glaubt sie jedenfalls."

„Aber mit Tom habt ihr weiterhin Kontakt gehabt?" Lennart übernahm, bemühte sich um einen sicheren und lauten Ton: „Das ist so ein Bodenständiger, ein Netter, auch wenn er viel liest. Diese ganzen Bücher bei denen, verrückt. Aber der hat sich nach und nach ebenfalls zurückgezogen, wohl auf Druck seiner Frau. Die verdient ja viel mehr als er, da musste er vermutlich gehorchen."

Christian wollte gerade zu seiner nächsten Frage ansetzen, als die Tür aufgestoßen wurde. Aksel stampfte herein. „Was ist das hier, was soll das?", schrie er.

„Es gibt Hinweise, dass diese Herrschaften und unsere Chefin und Tom sich vor einigen Jahren gut kannten. Jan vermutet, dass die beiden versucht haben, Karen über unsere Arbeit auszuhorchen. Er hat mich gebeten, mich mit ihnen darüber zu unterhalten. Das habe ich versucht, bis du hier hineingeplatzt bist."

„Was mischt sich Jan in unsere Arbeit ein? Wo ist der überhaupt? Der soll hierherkommen und uns unterstützen! Wo ist der, los rück´ raus damit?"

„Ich weiß es nicht, und er wird es mir auch nicht sagen. Darf ich jetzt weitermachen?" Christian blieb nach außen hin ganz ruhig, im Inneren bebte alles.

„Nein, diese unschuldigen Leute haben nichts getan, außer sich mit Karen und Tom mal zu unterhalten. Du spinnst doch, die deswegen hierherzubringen. Das hat

Konsequenzen, verlass dich darauf." Aksel drehte sich zu Carlsens: „Ich kann mich nur für meinen jungen Kollegen entschuldigen, der gleich nicht mehr mein Kollege sein wird. Das ist mir äußerst unangenehm. Ich organisiere eine Streife, die euch nach Hause bringt. Kommt bitte mit." Sie gingen in den Großraum, wo alle Anwesenden angestrengt in den Bildschirm starrten. Natürlich hatten sie mitbekommen, was sich gerade in Christians Zimmer abgespielt hatte. Aber das wollten sie nicht zeigen.

Christian blieb allein im Zimmer, griff sich die State Flasche auf dem Schreibtisch und nahm einen kräftigen Schluck von dem Energydrink. Das erinnerte ihn an die Comicfigur Popeye, der sich mittels Spinats neue Kräfte zuführte. Gleich würde Aksel einen Veitstanz aufführen und ihn irgendwie abstrafen. Sollte er doch, das würde Jan wieder korrigieren. Hoffentlich. Kurz darauf kam Aksel zurück: „Sag mal, hörst du schlecht oder bist du einfach nur zu doof? Alles, was hier passiert, muss von mir genehmigt werden. Von mir, verstehst du? Hatte ich das nicht bereits laut und deutlich gesagt? Anscheinend kapierst du nichts. Solche Versager wie dich kann ich hier nicht gebrauchen. Du bist bei dem Fall hier raus. Ab sofort kümmerst du dich um Handtaschenräuber und Trickdiebe. Und sonst um niemanden, klar? So, das Zimmer räumst du auch, du wechselst in den Großraum, hinten rechts kannst du es dir gemütlich machen." Dann ging er. Christian griff sich sein privates Handy aus der Schublade. Er rief Sonja an.
„Hier ist Christian."
„Christian, ist was passiert?" Sonja klang panisch.

„Nein, bleibe gelassen. Hast du Jans neue Nummer, hat er sie dir verraten?“

„Ja, natürlich.“

„Bitte rufe ihn sofort an und sage ihm, dass Aksel, hast du verstanden, Aksel, das Gespräch abgebrochen und die Verhafteten wieder nach Hause gefahren hat.“

„Ja, ich hoffe, er versteht, was du meinst.“

„Und er erreicht mich nur noch privat, das ist ganz wichtig. Ich muss Schluss machen.“

Christian steckte das Handy in seinen rechten Strumpf und begann ein paar Sachen zusammenzusammeln. Wie er es nicht anders erwartet hatte, kam Aksel noch mal ins Zimmer: „Handy her.“ Er griff das auf dem Tisch liegende Gerät.

„Das ist mein Diensthandy, ich muss erreichbar sein. Wenn du es mir wegnimmst, beschwere ich mich beim Personalrat.“

„Das ist mir völlig egal. Ich brauche Jans neue Nummer, anscheinend hat er sein altes Handy stillgelegt.“

„Er hat eines mit unterdrückter Nummer, an die kommst du nicht ran. Er ruft mich ab und zu an, ich ihn nie.“

„Das ist mir egal, wie lautet dein Code?“

„Den habe ich vergessen.“

„Was?“ Aksel schrie, dass die Wände zitterten.

„Den habe ich vergessen.“

„Das hat Folgen, das verspreche ich dir.“

Christian saß auf seinem Stuhl und zitterte, die ganze Anspannung schoss heraus. Hoffentlich hatte er keinen Fehler gemacht, der seine Polizeikarriere beendete.

Sonja rief Jan sofort an. Der erschrak, als er ihre Nummer sah. War etwas passiert? War sie in Gefahr?

„Mein Schatz, was gibt es?"

„Christian hat sich gemeldet. Ein gewisser Aksel hat eine Befragung abgebrochen und irgendwelche Leute wieder nach Hause gelassen. Und er ist nur noch privat zu erreichen. Er hat mich gerade gebeten, dir das mitzuteilen."

„Sehr gut, das ist eine sehr gute Nachricht. Danke. Geht es dir sonst gut?"

„Na ja, ich bin genervt und würde gerne spazieren gehen. Und ich komme auch nicht in die Kirche, das ist mir schon ewig nicht passiert."

„Das wird bald wieder möglich werden."

„Glaubst du das wirklich oder sagst du das nur so, um mich zu beruhigen?"

„Ich bin mir sicher, Sonja. Ganz sicher."

Sie verabschiedeten sich. Natürlich war sich Jan sicher, denn es gab dieses Ultimatum. Entweder würden sie die Erpresser rechtzeitig unschädlich machen können oder die brachten die Geiseln um. Und würden erst danach festgenommen werden können. Spätestens ab Freitag 19.30 Uhr würde sich alles verändern. Jan dirigierte seinen Sohn wieder Richtung Olsker und bat darum, ihn an der bekannten Kreuzung herauszulassen: „Ich werde gleich für etwas Unruhe unter den Erpressern sorgen. Du fährst bitte nach Allinge auf die andere Seite des Hafenbeckens, du nimmst mein Fernglas mit. Einer der uns bekannten Wagen wird da gleich auftauchen, entweder der gelbe Golf oder der grüne Peugeot oder der Pick-up. Oder vielleicht auch ein schwarzer Kleintransporter. Ja, vermutlich der. Ohne Aufschrift. Wenn das der Fall ist, schreib mir das bitte gleich. Und wenn die weg sind, holst du mich eine halbe Stunde später hier wieder ab."

„Papa, du weißt, dass ich die Fähre heute Abend nehmen muss?"
„Ja, ich weiß. Wir sind rechtzeitig fertig, keine Sorge."
„Du solltest dir vielleicht auch noch Gedanken über
deine Übernachtung machen. Oder bist du schon mit
dieser Line verabredet?"
Jan schaute seinen Sohn an: „Höre ich da eine Vermutung? Rune, Line interessiert mich nicht, ich habe
Sonja, und sie erfüllt mich ganz und gar. Nein, ich habe
schon eine Idee. Aber jetzt lass uns erst mal die Sache
in Allinge erledigen."
Er stieg aus dem Wagen.

26

Auf dem Hof der Entführer war Hektik ausgebrochen.
Die Nachricht von der Verhaftung der Carlsens war angekommen.
„Verdammt, sie sind uns auf der Spur!", schrie Claus
Kam fast weinend. „Bald haben sie uns!"
„Quatsch, beruhige dich," versuchte Povl Ancher die
Wogen zu glätten. „Vermutlich hat die Polizeichefin
Kofoed von den beiden erzählt. Und weil die sonst
nicht wissen, wo sie suchen sollen, hat der mal eben
diese Nebelkerze gezündet." Ancher war sich selbst
nicht so sicher, aber Panik konnte er hier gar nicht gebrauchen. „Wir werden bei unserer Linie bleiben und
die Füße stillhalten. Freitag 19.30 Uhr steht als Ultimatum, die Staatsministerin ist am Zug. Und sie wird uns
entgegenkommen. Wenn wir unsere Geiseln töten,
kann sie gleich zurücktreten. Wir aber werden ganz
normal an unsere Arbeitsplätze zurückkehren, niemand weiß von unserer Tat."

„Sollte ich nicht mal einen von denen umlegen, so als Warnschuss?“, fragte Villum Clausen.

„Habe ich mich so missverständlich ausgedrückt? Willst du, dass eine Stunde später Soldaten Bornholm umgraben, um uns zu finden? Wir haben politische Ziele, um die geht es. Die sind mit dem Fører abgesprochen und unverrückbar. Wenn du Bock hast, mal wieder einen umzunieten, fahr nach Kopenhagen und suche dir irgendeinen Einwanderer aus.“

Die Stimmung war schlecht, das spürte Ancher, die Nervosität wuchs, die Anspannung steigerte sich, noch zwei Tage bis zum Showdown. Er hoffte, dass alle gelassen blieben.

Sein Telefon meldete den Eingang einer Nachricht. Sein Gesicht hellte sich auf, vor lauter Aufregung verhaspelte er sich fast: „Es gibt einen Hinweis von Alogo, dass Jan Kofoed in Allinge ist, man hat ihn auf dem Netto-Parkplatz gesehen, angeblich in einem schwarzen Mercedes, das ist aber nicht sicher. Peder und Villum, los gehts, nehmt den Transporter und bringt diesen Kerl mit. Endlich.“

Die Angesprochenen sprangen auf, griffen ihre Waffen, stürmten nach draußen, öffneten die Garage und fuhren den Wagen heraus. Mit durchdrehenden Reifen starteten sie.

Jan beobachtete den Vorgang aus dem Fenster von Frederiksens Hof. Es war genauso gekommen, wie er es gedacht hatte. Jetzt war alles klar.

Kaum war er hier gewesen, hatte er Sanne angerufen und sie gebeten, sich nur das anzuhören, was er ihr auftrug. Außer „Ja“ und „Nein“ sollte sie keine Kommentare abgeben. Er vertraute ihr. Sie war jung und noch unerfahren, zuweilen aber schon abgeklärt wie eine erfahrene Polizistin. Nun übertrug er ihr eine kleine Aufgabe mit großer Wirkung. Sie sollte Aksel darüber informieren, dass er, also Jan, in Allinge in einem schwarzen Mercedes gesehen worden sei. Und diese Information sollte sie ihm geben, ohne dass jemand anderes zuhören konnte.

Sie hatte sofort zugestimmt. Eine Viertelstunde später rasten zwei der Entführer los. In dem Transporter, in dem fast Sonja und er auch gelandet wären. Nun war klar, dass Aksel mit den Typen da drüben unter einer Decke steckte. Jan musste nur noch Mogens davon überzeugen.

Rune hatte sich in der Nähe der Würstchenbude platziert. Wie sein Vater prophezeit hatte, kam bald ein schwarzer Lieferwagen zügig auf den Parkplatz gefahren, zwei Männer sprangen aus dem Wagen. Sie schauten in jedes Auto auf dem Parkplatz, dann ging einer von ihnen in den Netto. Nach einer Minute kam er wieder heraus und schüttelte mit dem Kopf. Der andere lief die paar Meter hinauf zum Brugsen. Aber auch der kehrte kurz darauf kopfschüttelnd zurück. Die Männer wirkten für einen kurzen Moment ratlos, bis der eine in verschiedene Richtungen zeigte. Sie sprangen wieder in den Wagen. Möglicherweise wollten sie seinen Vater an anderer Stelle im Ort suchen. Besser, wenn er verschwinden würde. Er drehte den Wagen Richtung Sandvig und suchte sich eine Seitenstraße. Nervös schaute er auf seine Uhr. Sein Schiff sollte um 18.30 Uhr ablegen. Hoffentlich bekam sein Vater nicht noch andere Einfälle.

Sein Vater meldete sich mit einer Nachricht: „Sind die gekommen?"

Rune tippte die Antwort ein: „Ja, die suchen wohl jetzt ganz Allinge ab."

„Okay, ich melde mich."

„Nichts, der ist nirgendwo. Oder ist rechtzeitig abgehauen." Die zwei Entführer waren gerade zurück auf den Hof gekommen.

„Oder es war Fehlalarm", stöhnte Peder Olsen.

„Habt ihr überall geschaut?", wollte Povl Ancher wissen.

„Ja, natürlich. Auf dem Parkplatz, in den Läden, wir sind zu den beiden Räuchereien gefahren und durch die Seitenstraßen. Kein Mercedes und auf der Straße war der Schweinehund auch nicht."

„Schade, aber den bekommen wir noch, keine Sorge", gab sich Ancher gelassen.

„Hofrat Thienner und Frau haben gerade angerufen. Nach der Verhaftung heute sind sie so geschockt, dass sie zu Hause schlafen wollen. Sie müssen sich etwas beruhigen. Ich habe ihnen das erlaubt."

„Hat der Fører auch zugestimmt?", fragte Peder Olsen. Ancher bemerkte die Ironie sehr wohl: „Idiot."

Jan hatte die Rückkehr des schwarzen Transporters verfolgt und sofort seinen Sohn angerufen. Die Zeit drängte, der musste die Fähre erreichen. Jan schlich hinter dem Anwesen der Frederiksens zurück und stieg in Runes Tesla.

„Ist das passiert, was du erhofft hast?", fragte Rune.

„Ja, das ist es. Ich weiß nicht, ob ich mich darüber wirklich freuen kann. Aber es wird helfen, dem ganzen Spuk ein Ende zu bereiten."

„Das hoffe ich auch. Wo soll ich dich hinauslassen?"

„Ich komme mit dir nach Rønne."

„Und dann, wo willst du schlafen?“
„Bei Sonja.“
„Bitte? Bist du irre?“
„Ich glaube nicht, dass mich da gerade jemand sucht. Und ich kann morgen ihr Auto nehmen.“
„Gibt es keine Alternative?“
„Nein, ich hatte noch an das Kloster in Olsker gedacht, aber die wollte ich nicht mithineinziehen. Ich weiß auch nicht, ob die so jemanden wie mich einfach dort schlafen lassen können oder dürfen.“
„Ich wusste gar nicht, dass es da ein Kloster gibt.“
„Nein, das wissen viele nicht. Ich auch nur, weil deine Mutter einmal einen kleinen Artikel für die ‚Berlingske‘ geschrieben hat. Das Kloster heißt Myrendal, das hat in den 1960ern ein halbes Dutzend Mönche aus Belgien gegründet. Die haben ihren Lebensunterhalt als Buchbinder verdient. Ich meine, dass ich mal gelesen habe, dass da jetzt nur noch zwei Mönche leben. Aber genau wissen tue ich das auch nicht.“
„Interessant, wer so alles nach Bornholm kommt. Soll ich dich noch schnell zu Sonjas Haus fahren?“
„Nein, auf keinen Fall. Lass mich am Hafen da raus, wo früher die Q8-Tankstelle war und jetzt eine Baustelle ist.“
„War? Ist die weg? Das ist mir gar nicht aufgefallen, als ich gekommen bin.“
Jan lachte: „So klein war die gar nicht. Nein, ernsthaft, die musste dem Hafen weichen, man braucht mehr Platz für die schnelle Beladung des neuen Katamarans nach Ystad. Momentan fährt der nicht mit voller Auslastung. So, da vorne fahre bitte rechts ran.“ Rune parkte halb auf dem Bürgersteig.

„Mein Sohn, es tut mir leid, dass wir das Thema, wegen dessen du zu mir gekommen bist, nicht so richtig besprochen haben."

„Schon gut, Papa."

„Nein, das ist nicht gut. Aber mein Kopf ist gerade nicht frei. Ich bin traurig, dass das mit euch auseinander ist. Aber vielleicht ist es auch noch rechtzeitig, also bevor ihr Kinder bekommt und deretwegen zusammenbleibt. Ich drücke dir die Daumen, dass deine Gespräche morgen in Kopenhagen erfolgreich verlaufen. Und lass uns bitte nächste Woche miteinander sprechen, dann bin ich wieder klarer, und du weißt auch mehr."

„Ja, das machen wir. Und pass bitte in den nächsten zwei Tagen besonders auf dich auf."

„Ja, versprochen." Sie umarmten sich. Als sie sich losließen, blickte Jan aus der Windschutzscheibe. Trotz seiner Tränen in den Augen erkannte er das Auto des Ehepaars Carlsen mit der Aufschrift „Gongehæst", das sich gerade an Runes Wagen vorbeischob. Sie blinkten, als wenn sie auch zum Schiff wollten.

Jan stieg aus, und Rune fuhr weiter, er winkte kurz mit dem Warnblinker.

Jan ging mit seiner Tasche und dem Rucksack mit den Waffen ein Stück vor. Er stellte sich so an den Zaun, die aufgekommene Dunkelheit schützte ihn, und er blickte hinüber zum beleuchteten Schiff. Es dauerte nicht lange, dann sah er das Auto der Carlsens auf das abgesperrte Gelände fahren. Und kurz darauf folgte Rune ihnen. Jan schrieb ihm, dass er sich von den Leuten in dem grünen Peugeot fernhalten solle.

Er ging die Straße zur Kirche hoch, die Kapuze über den Kopf gezogen. Und das nicht nur, weil es wieder ungemütlicher geworden war. Er klingelte bei Ebbesens. Asger hatte ihn am Montag nach Arnager

gefahren, nachdem Sonja und Jan durch mehrere Gärten zu ihnen geflohen waren. Susi öffnete die Tür, Jan
hatte bereits den Zeigefinger auf den Mund gelegt. Susi
erschrak leicht, verstand ihn aber sofort. Sie ließ ihn
hinein, und sie gingen schnurstracks ins Wohnzimmer, wo Asger saß und die Nachrichten sah.

„Jan, wo kommst du her, was ist eigentlich los?“,
sprang der aus seinem Sessel.

„Das kann ich euch nicht sagen, noch nicht. Es ist nach
wie vor eine schwierige und auch etwas gefährliche Situation. Über die ihr bitte mit niemandem reden
dürft.“

„Selbstverständlich nicht. Was können wir für dich
tun?“

„Lasst mich doch bitte hinten wieder durch die Gärten
in Sonjas Haus, einen Schlüssel für ihre Hintertür habe
ich. Oder sind die Türen zwischen den Gärten inzwischen geschlossen?“

„Nein, die bleiben immer offen.“

„Wie ist es mit Abendbrot, brauchst du etwas?“, fragte
Susi

„Ich hoffe, dass ich etwas im Kühlschrank finde. Das
mache ich mir im Dunkeln warm.“

„Das brauchst du nicht. Ich habe etwas Erbsensuppe
gekocht, davon bringe ich dir in einer halben Stunde
etwas an die Hintertür.“ Dann öffnete sie die Terrassentür und ging mit Jan hinaus. Es war dunkel, aber es
nieselte nicht mehr.

<u>27</u>

„Er trinkt ein Bier nach dem anderen, und sie schweigen die ganze Zeit“, las Jan die Nachricht, die Rune ihm
vom Schiff geschickt hatte. Den Carlsens war die Luft

auf Bornholm wohl zu heiß geworden, sie flohen nicht nur vor der Polizei, sondern auch vor den eigenen Leuten.

Jan hatte sich nur aus dem Kühlschrank ein IPA genommen, ließ das Licht aber lieber aus. Er ging nach oben in Sonjas kleines Gästezimmer. Man wusste ja nie, vielleicht würde jemand von den Erpressern vorbeikommen und zur Kontrolle einfach einmal mit der Taschenlampe in die Wohnstube leuchten. Er wählte Mogens´ Nummer.

„Jan, ich hatte deinen Anruf eher erwartet, die Staatsministerin ruft mich dreimal in der Stunde an und fragt nach."

„Tut mir leid, aber ich musste hier einige Dinge klären, jetzt ist vieles klarer."

„Da bin ich ja gespannt."

Jan erzählte ihm von Christians Verhör der Carlsens, von Aksels Reaktion, von der Finte in Allinge, von der Flucht der Carlsens.

„Hat Aksel sich eigentlich um Aages Nachfolge als Chef der Bornholmer Polizeibehörde beworben?"

„Ja, aber nur informell. Das heißt, er hat bei uns angefragt, ob er Chancen hätte. Und wir haben das verneint, schon allein aus formalen Gründen. Er müsste sich erst auf einem Posten wie dem von Karen ein paar Jahre beweisen, dann könnte er sich bewerben. Außerdem ist er kein Jurist, was eigentlich eine Voraussetzung ist. Diese Hürde hatten wir für Karen allerdings beiseite geräumt, bevor sie uns absagte. Er hat darauf hingewiesen, dass er auf Bornholm geboren ist und zeitlebens hier tätig war. Er habe mehr Einblick als jeder externe Bewerber, ob Polizist oder Jurist. Aber das nützt ihm nicht, das musste er einsehen. Er spielt nicht in Karens Liga."

„Vielleicht war er deshalb jetzt scharf auf Karens Job und hat bei den Entführern mitgemacht."

„Darüber möchte ich eigentlich nicht nachdenken, Jan. Wir sind doch alle Kollegen."

„Nicht alle, Mogens, das weißt du."

Ein kurzes Schweigen. „Ja, das weiß ich natürlich. Und was heißt das, was du mir erzählt hast, jetzt alles für dich, Jan?"

„Erstens, dass ihr euch an die Carlsens heftet, sobald die über die Øresundbrücke gekommen sind, und die bei erstbester Gelegenheit verhaftet. Zweitens, dass du Aksel spätestens morgen früh vom Dienst freistellst und verhaftest. Christian ernennst du zum zwischenzeitlichen Chef. Und drittens, dass ihr ein paar Jungs von *Aktionsstyrken* schnell, aber unauffällig auf die Insel bringt. Ich möchte die Situation morgen eskalieren und dem ganzen Verbrechen ein Ende bereiten."

„Wie willst du das erreichen?"

„Die Entführer scheinen nur aus einer kleinen Gruppe zu bestehen, die aber noch ihren normalen Jobs nachgehen. Die können wir dingfest machen. Ob die noch Verbündete auf Bornholm haben und wie die reagieren, weiß ich nicht. Aber das soll uns nicht hindern. Wenn wir die Geiseln erst einmal befreit haben, sind wir in der Wahl unserer Mittel variabler. Dann könnt ihr aus Kopenhagen ganze Garnisonen schicken."

„Willst du die Geiseln allein befreien und *Aktionsstyrken* nur für den Fall in der Hinterhand haben, dass etwas schiefläuft? Oder willst du gleich mit unseren Leuten in das Versteck? Ich rate dir dringend zur zweiten Option."

„Das beabsichtige ich auch, ich halte dich auf dem Laufenden. Jetzt will ich kurz etwas essen, und dann lege ich mich aufs Ohr. Der morgige Tag wird anstrengend genug."

„Ja, mach das. Du sollst noch wissen, dass die Gerüchteküche immer stärker brodelt. Wir wissen, dass auf Bornholm gemunkelt wird, es gebe eine Entführung, vielleicht auch von mehreren Leuten. Von Umsturzplänen ist die Rede. Man verdächtigt die Russen, was ja nach deren Überfall auf die Ukraine nicht verwundern kann. Oder irgendwelche Schwerkriminellen, Rechten, Linken oder Moslems. Alles wilde und unausgegorene Gerüchte. Aber es gibt sie, die Medien melden sich ständig bei uns, niemand will die Story als Letzter bringen. Und die Militärs bedrängen die Staatsministerin, aus Gründen der inneren Sicherheit eine größere Einheit zu euch zu schicken und kurzen Prozess zu machen."

„Mogens, ich hoffe, dass der ganze Spuk morgen beendet ist."

„Ich drücke dir die Daumen. Und mir auch. Halte bitte ständig Kontakt mit mir. Gute Nacht."

Jan ging wieder nach unten. Kurz darauf klopfte Susi hinten an der Tür und drückte ihm einen heißen Topf in die Hand.

Tag 8

Um 6.24 Uhr legte die „Hammershus" in Rønne an. Die Lkw rollten nach und nach heraus. Allmählich mischten sich Pkw darunter, aber von denen waren nicht viele aus Køge mitgekommen. Etwas weiter weg stand Aksel Riis und beobachtete die Szenerie. Von der Eliteeinheit *Aktionsstyrken* oder gar Militär keine Spur, nur zivile Fahrzeuge rollten auf die Insel. Er war zufrieden, das frühe Aufstehen hatte sich gelohnt. Wenn alles wie geplant verlief, würde seinem Aufstieg nichts mehr entgegenstehen. Karen würde nicht zurückkehren und für ihre Nachfolge konnte nur er infrage kommen. Er war gebürtiger Bornholmer, er kannte jede Straße der Insel, jeden Feldweg und jeden Baum, jeden Einwohner und jedes Geschäft. Er war erfolgreich und beliebt bei seinen Leuten, niemand konnte ihm das Wasser reichen. Ja, dieser Aage Munk, der ehemalige Chef der gesamten Bornholmer Behörde, hatte einen Narren an Karen gefressen, wahrscheinlich hatte sie ihn im Bett von sich überzeugt, eine andere Erklärung hatte er nicht. Aber Aage war tot, und Karen würde es auch bald sein, so oder so. Diese Entführer waren nützliche Idioten. Ja, er stimmte mit ihren Zielen weitgehend überein, und er würde auf Bornholm auch anders durchgreifen, als die verweichlichte *Rigspoliti* es vermutlich gerne sah. Es sollten hier nicht erst Verhältnisse einreißen, wie sie schon in den Ghettovierteln in Dänemark und Schweden herrschten. Und wenn er das richtig anstellte, dann würde es hier auch keine Morde mehr geben. Dann wären Kofoed und Holm und Dam überflüssig. Ach, herrlich.

Den Kontakt zu den Entführern hatte er über ein rechtes Forum hergestellt. Dort nannte er sich Mogens von Kamptz, eine Mischung aus Mogens Glistrup und dem letzten deutschen Kommandanten auf Bornholm 1945, Gerhard von Kamptz. Das Alias bewirkte das, was Aksel sich erhofft hatte. Viele fanden es originell und nahmen den Kontakt zu ihm auf. So auch einer aus diesem Entführerkreis. Ihre Planungen dauerten drei, vier Jahre, das lag auch daran, dass dieses Corona das öffentliche Leben und die Kontakte einschränkte. Als er begriff, was genau die vorhatten, war er entsetzt. Er warnte sie, dass das kaltblütige Killen von Unschuldigen eine heftige Reaktion des Staates hervorrufen würde. Doch sein Einwand verhallte, dieser Villum Clausen war einfach ein gewissenloser Killer, wahrscheinlich erregte ihn das Töten. Der hatte sich durchgesetzt und drei Menschen hingerichtet. Aksel hatte nicht viel Mitleid mit ihnen, schlimmer war es, dass das eine unnötige Provokation des Staates war. Gleich wie das alles ausging, er, Aksel, würde als Sieger daraus hervorgehen. Wenn die Forderungen erfüllt wurden, würde er oberster Polizeichef. Und wenn nicht und die Entführer alle Geiseln töten würden, um danach selbst getötet zu werden, dann würde er Karens Nachfolge antreten. Bingo.

Auch sein Privatleben hatte er für seinen Aufstieg bestens vorbereitet. Von Helene hatte er sich getrennt. Sie war Mitte 40, wie er. Fünf Jahre wäre sie wohl noch gut anzuschauen, dann würde sie vermutlich abbauen, die Falten zunehmen. Das konnte er sich nicht leisten, er brauchte eine attraktive Begleitung. Er sah seine Nachfolge von Karen nur als Zwischenstation. Entweder wurde er dann Chef der gesamten Bornholmer Behörde oder es gab in Kopenhagen eine reizvolle und

angemessene Aufgabe. Für das gesellschaftliche Leben brauchte er eine ihn schmückende Frau an seiner Seite. Eine, nach der alle anderen sich umdrehten. Und die bei seinen Kollegen Neid hervorrief. Er selbst war ja auch attraktiv, er spürte doch die ständigen Blicke seiner Mitarbeiterinnen. Aber eine von denen zu nehmen wäre zu riskant gewesen. Außerdem, kaum eine genügte seinen Ansprüchen. Nein, eigentlich keine.
Wie gut, dass er über ein Portal Natasja kennengelernt hatte. Sie war 28 Jahre, groß, lange blonde Haare, eine tolle Figur, ein wunderschönes Gesicht mit ein paar wenigen Sommersprossen, strahlend weiße Zähne, magische blaue Augen, Busen und Hintern wie gemalt, er hätte sie nicht besser zusammenstellen können. Sie war Verkäuferin in einer Boutique in Aarhus gewesen, aber seit letztem Herbst wohnte sie bei ihm in Østermarie. Dort hatte er ein älteres Haus, das außen noch schöner werden konnte, aber darum könnte sich Natasja ab dem Frühjahr kümmern, er würde ihr schon sagen, was er sich vorstellte. Innen drinnen war es schon sehr repräsentativ.
Klar, an Natasjas Fähigkeiten zum Smalltalk musste er noch etwas arbeiten, der war nicht ihre Stärke. So ein bisschen Basiswissen zu den wichtigsten Themen würde er ihr schon beibringen, damit sie ihn auf Empfängen nicht blamierte. Und wenn sie unbedingt auch noch arbeiten wollte, könnte sie ja eine Heilpraktikerausbildung oder Ähnliches machen. Etwas, was sie zeitlich nicht so einschränkte wie ein fester Job, eine Arbeit, die beliebt war und im Grunde doch keiner brauchte. Fand er jedenfalls. Aksel Riis, zukünftiger Chef der Bornholmer Polizei.
Im Hafen war es jetzt wieder ruhig, nur ab und an zerstörte ein lärmender Lkw die Stille. Der Himmel riss

auf, der Tag versprach schön zu werden. Er schaute hinauf zur Kirche. Natasja hatte ihn gefragt, ob sie bald heiraten wollten. Er hatte nicht geantwortet. Er wusste ja nicht einmal, wie lange er sie behalten wollte. Das Handy rührte sich, eine Nachricht, um 8.30 Uhr wollte Mogens ihn sprechen. Wenn der Chef der *Rigspoliti* ihn höchstpersönlich um einen Termin bat, dann war er auf dem richtigen Weg.

Der Wagen der Kopenhagener Spedition fuhr Richtung Hasle. Der Fahrer blickte permanent in die Seitenspiegel, doch er hatte nicht das Gefühl, dass ihm jemand folgte. Das zu erkennen, hatte er gelernt. Seine Kameraden im Laderaum vertrauten ihm. Er lenkte den Wagen hinunter zum Hafen und parkte bei dem hohen weißen Silo. Er stieg aus und zündete sich eine Zigarette an. Der Mann rauchte eigentlich nicht, das war in seinem Job als Nahkämpfer nicht erlaubt. Aber zur Tarnung. Er checkte die Umgebung. Fischer gab es hier vermutlich keine mehr, falls doch, war der eine Übriggebliebene bestimmt gerade auf See. Und auch sonst rührte sich nichts. Der Fahrer öffnete die Tür zum Laderaum. Blitzschnell ließen seine Kameraden eine Rampe hinunter, dann rollte der große Jeep auf die Straße. Er verschloss die Hintertür und den gesamten Wagen. Sechs Leute waren sie, die Besten von den Besten, der Fahrer des Jeeps fuhr zu einem präparierten Haus etwas südlich von Hasle. Von da aus würden sie auf weitere Anweisungen warten.

Zu dem Zeitpunkt waren die angeblich neuen Monteure für die Off-Shore-Windräder bereits am Südrand des Rønner Hafens aus dem Kleintransporter ausgestiegen. Den hatten die fünf Männer auf dem Hafen-

gelände abgestellt und waren in einen vorbereiteten
Jeep gehüpft. Verfolgt von den neugierigen Blicken der
tatsächlichen Monteure. Deren Chef sie mit unmiss-
verständlicher Stimme zum Weiterarbeiten aufforder-
te. Kurz darauf war der Wagen bereits wie vom Erd-
boden verschluckt. Die Männer folgten der Anwei-
sung, sich in Rø einen unauffälligen Platz zu suchen.
Sie entschieden sich für den Golfclub, dort fielen so
mächtige Wagen nicht weiter auf.

<u>29</u>
Bei den Entführern wuchs die Anspannung. Der vorletzte Tag, so oder so. Hofrat Thienner und Frau hatten
sich gemeldet. Sie waren gestern Abend noch auf die
Fähre nach Ystad gefahren und hatten sich in Richtung
Kopenhagen abgesetzt. Ihnen war es auf Bornholm zu
heiß geworden.
Povl Ancher schimpfte: „Solche Memmen! Wir haben
hier alles im Griff, verdammt noch mal. Die schwächen
uns. Zwei Leute weniger, wir sind eh nur ein kleiner
erwählter Kreis. Ich könnte sie umbringen."
Villum Clausen lächelte: „Das erledige ich schon, wenn
wir hier fertig sind. Müssen wir unsere Pläne ändern?"
„Nein, alles bleibt wie besprochen, es sei denn, der
Fører kommt noch auf eine andere Idee."
„Willst du uns nicht endlich mal verraten, wer der
Fører ist?", nuschelte Claus Kam.
„Nein, je weniger jeder weiß, desto besser ist es. Also,
es geht heute um 19.30 Uhr eine Nachricht von dem
Server in China an die Staatsministerin raus, in der sie
daran erinnert wird, dass die letzten 24 Stunden be-
gonnen haben. Wir müssen den Druck weiter erhö-
hen."

Karen war fest entschlossen, die Situation eskalieren zu lassen. Sie hielt es nicht mehr aus. Sie musste hier raus. Oder zumindest an der Seite von Tom sein. Als dieser maskierte Mann hereinkam und ihr wieder den Kaffee und wieder dieses fade Brötchen hinstellte, schubste sie beides mit ihren Händen weg.

„Was soll das?"

„Ich werde nichts mehr essen und nichts mehr trinken, bis ich endlich meinen Mann mit hier im Zimmer habe."

„Das bestimmst nicht du, du dumme Kuh"

„Dann krepiere ich eben. Aber ich bin sicher, als Tote nutze ich euch nichts mehr." Sie versuchte höhnisch zu grinsen.

„Vielleicht will dein Mann deine Scheißfresse gar nicht mehr sehen, hast du darüber schon mal nachgedacht?" Der Mann stand auf und ging.

Was hatte er gesagt? Was meinte er damit? Natürlich wollte Tom sie sehen. Der Mann, der sie auf Händen trug, der ihr jeden Wunsch von den Lippen ablas. Ja, der ihr manchmal zu unterwürfig war. Und in letzter Zeit zu anstrengend und aggressiv. Wenn dieser ganze Mist hier vorbei war, würde ihre Beziehung in ganz neue, viel höhere Ebenen schweben, das hier, das hier band sie noch stärker zusammen.

Ida musste sich ablenken, sonst drehte sie in diesem kühlen und ungemütlichen Loch noch durch. Vielleicht sollte sie schon einmal an ihrer Rede nach ihrer Befreiung arbeiten. Eine gute Idee. Sie begann: „Liebe Bornholmerinnen und Bornholmer, ich bin froh und glücklich, nach so vielen Tagen in Gefangenschaft wieder bei euch zu sein." Es wäre gut, wenn die Zahl zweistellig wäre, das wäre beeindruckender. Dafür würde sie

gerne noch etwas durchhalten. „Ich möchte allen danken, die in dieser unendlich langen Zeit an mich gedacht haben. Es war eine Zeit der Tortur und Erniedrigung. Aber ich habe eure Unterstützung gespürt." Nein, Tortur musste sie streichen, das Wort kannten vermutlich einige nicht, „Qual" war besser. „Ich habe in einem eiskalten Raum gesessen, angekettet, es gab kaum etwas zu essen und zu trinken, an Schlaf war nicht zu denken. Und da war diese ständige Angst, was diese Kriminellen mit mir vorhaben." Die Kriminellen ließen sich hoffentlich noch konkretisieren, vielleicht Araber oder Drogenhändler oder Rechts- oder Linksradikale, hoffentlich eine Gruppe, die vielen Leuten unheimlich war. „Oft war ich kurz davor aufzugeben. Aber dann habe ich mir gesagt, nein, eine Ida Ibsen gibt niemals auf, niemals. Nicht Ida Ibsen. Ich habe noch eine Aufgabe zu erfüllen, eine Aufgabe mit euch und für euch. Die Aufgabe lautet ‚Bornholm blüht'. Ja, Bornholm muss wieder groß werden, geachtet, geliebt. Eine gesunde Wirtschaft mit sicheren Arbeitsplätzen und guten Einkommen."
Wurde sie jetzt zu pathetisch? Und wie sollte diese Blüte eigentlich möglich werden? Darauf fand sie jetzt auch gerade keine Antwort, aber danach würde bei so einer Rede auch keiner fragen. „Ich danke XY für meine Befreiung. Und jetzt, Bornholmerinnen und Bornholmer, geht es gemeinsam voran. Ihr und Ida Ibsen, Ida Ibsen und ihr." Sie hörte den Beifall schon. Der oder die XY musste natürlich prominent sein. Am besten die Königin, auch die Staatsministerin war noch okay. Und der Chef der *Rigspoliti*. Aber auf keinen Fall der Bornholmer Bürgermeister, der wollte ja nochmals kandidieren. Nein, einem Rivalen dankte sie natürlich nicht. Und auf irgend so eine Provinzgröße von

der Polizei konnte sie auch verzichten. Diese Chefin mit ihren gefärbten roten Haaren zum Beispiel und dem etwas schmuddeligen Ehemann. Dann eher schon dieser ältere Ermittler, Kofoed. Na ja, so hießen hier ja fast alle. Aber der sah gut aus und war sehr anerkannt, souveräner Typ, er erinnerte sie an einen Filmschauspieler, aber sie kam nicht drauf an wen.

Ditte saß angekettet auf ihrem Bett. Um sie herum brannte es. Sie schrie, aber die Ketten gaben nicht nach. Ihre Mutter saß abseits auf einem Stuhl und sagte nichts. Harry, ihr Partner, stand laut lachend hinter den Flammen. Lone lief hilflos auf und ab und weinte, durch die Flammen war kein Durchkommen. Kafka bellte wie verrückt. Das Feuer kam immer näher. Plötzlich stand Jan vor ihr, hob Ditte hoch, die Ketten gaben nach und Jan trug sie hinaus. Sie wachte auf. Was war das? Was hatte sie geträumt? Auch nach einer Stunde des Wachseins hatte sich das eigenartige Gefühl noch nicht gelegt. Sie spürte, dass heute irgendetwas passierte. Sie wusste selbst nicht weshalb. Aber irgendwie war eine Unruhe im Haus entstanden. Wollten diese Idioten sie umbringen und abhauen? Oder sollte sie heute Abend ausgetauscht werden? Gegen Geld oder eine andere Person? War sie die einzige Geisel? Würde sie eine Chance bekommen, irgendwohin zu fliehen? Nach Schweden vielleicht, mit einem kleinen Boot ab Gudhjem oder so. Ja, sie spann sich gerade so einiges zusammen. Aber was sollte sie auch sonst tun? Vielleicht war Jan in der Nähe und bereitete die Befreiung vor? Würde sie heute Abend in Lones Armen liegen? Und Kafka abküssen vor Glück? Oder würde sie hier vergessen werden und ganz jämmerlich verrecken?

Einer der Männer kam maskiert herein und stellte ihr Kaffee und Brötchen hin. Wie jeden Morgen, jeden Mittag und jeden Abend.

„Habt ihr nicht mal was anderes?", fragte Ditte spürbar genervt.

Der Mann kam auf sie zu: „Sei froh, dass du überhaupt was kriegst, du Schlampe."

Er stank nach Alkohol, früh am Morgen.

An der geöffneten Tür blieb er stehen: „Scheiß Lesbe, du brauchst mal so einen richtigen Kerl. So einen wie mich. Der dich richtig durchnimmt. Damit du diese Lesben-Scheiße lässt. Ist ja ekelhaft. Ich glaube, nach dem Mittagsschlaf komme ich mal zu dir." Er lachte.

Eine Hand griff in den Raum: „Bist du bescheuert, lass die Frau in Ruhe. Sauf nicht so viel und erzähle nicht so einen Mist. Gar nichts machst du hier. Noch so eine Nummer und es gibt gewaltig Ärger." Die Hand zog den Mann aus dem Raum.

Ditte atmete durch. Gott sei Dank war der andere Typ dazwischengegangen. Sie wäre diesem Vollidioten vollständig ausgeliefert gewesen, ihre Ketten machten sie absolut wehrlos. Ihr wurde etwas schlecht. Wenn der tatsächlich... Plötzlich erschrak sie. Diese Stimme von dem anderen Mann, die kannte sie. Das war..., nein, das konnte nicht sein, nein, das durfte nicht sein. Bitte nicht, auf keinen Fall. Wenn das so wäre, dann..., sie weinte.

30

Aksel betrat gut gelaunt die Polizeizentrale am Zahrtmannsvej. Gleich würden Dänemarks oberster Polizist und er sich austauschen. Er schritt durch den Eingangsbereich, genoss die Blicke, grüßte nach links und rechts. Alles seine Truppe. Er nahm sich einen Kaffee aus der Küche und setzte sich auf seinen Platz. Schaltete seinen Computer an. Schaute kurz in den Spiegel rechts an der Wand. Sein Haar sollte er vielleicht noch einmal kämmen, der Wind am Hafen hatte es zerzaust. Christian kam herein, hinter ihm folgte Freddy von der Bereitschaft.

„Ich muss mit Kopenhagen sprechen, raus!"

„Genau deswegen sind wir hier", antwortete ein ruhiger Christian mit einem süffisanten Lächeln.

„Was soll das heißen?"

„Ich glaube, das wird Mogens dir erklären."

Aksel schaute irritierte, seine Selbstsicherheit geriet ins Wanken.

Mogens erschien auf dem Bildschirm: „Guten Morgen, Aksel."

Der Angesprochene sagte gar nichts, sondern starrte nur auf den Bildschirm. Irgendetwas lief hier schief.

„Aksel, du stehst ab sofort unter Arrest. Wir gehen davon aus, dass du mit den Entführern von Karen und den anderen unter einer Decke steckst. Dass du sie mit Informationen fütterst und schützt. Die Beweise werden wir dir zu gegebener Zeit vorlegen. Deshalb wirst du jetzt alle Papiere abgeben, die Waffe natürlich auch, dein Handy ebenso, die Schlüssel und alles Weitere. Christian und sein Kollege werden dich in einen Raum bringen, in dem du verhört werden wirst. Wir haben auch eine Matratze auf den Boden gelegt, falls du mal schlafen willst, während wir arbeiten. Wir sind ja keine Unmenschen. Jeder Kontakt mit anderen ist dir untersagt. Christian, bitte wie besprochen."

„Aber ich, ich...", begann Aksel, doch Mogens hatte das Meeting schon verlassen.

Christian wollte Aksel aus dem Stuhl heben, doch der schlug seine Hand weg. „Fass mich nicht an, du verdammter Hurensohn." Er ließ Aksel allein aufstehen, und zu zweit begleiteten sie ihn heraus. Mit gesenktem Kopf durchquerte Aksel den großen Raum, manche Kollegen schauten ihn an, andere guckten verschämt weg oder wagten nur einen kurzen Blick. Als Aksel sich in dem Raum hingesetzt hatte, verließ Christian diesen und schloss ihn ab. Er wies zwei Beamte an, vor der Tür Wache zu schieben.
Er ging in sein Zimmer und schrieb Jan eine Nachricht. Er war sehr gespannt, was dieser nun ausgeheckt hatte.

Jan las Christians Nachricht und nickte zufrieden. Es entwickelte sich alles, wie es sollte. Bisher. Doch erst einmal wollte er mit Sonja sprechen.
„Jan, guten Morgen, mein Schatz. Sag´ mir bitte, wie steht es, ist dieser ganze Horror bald beendet? Und zwar gut beendet?"
„Ich kann dir nichts versprechen, aber ich bin sehr zuversichtlich."
„Bist du in Gefahr?"
„Nein, das bin ich nicht."
„Gut, hast du Unterstützung von deinen Leuten?"
„Ja, die habe ich, aber ich muss auch da vorsichtig sein."
„Wie meinst du das?"
„Nun, es gibt loyale Mitarbeiter und weniger loyale, mehr will ich nicht dazu sagen."
„Ich verstehe. Hast du eine Spur von Karen und Tom und Ditte?"
„Ich glaube ja. Wie geht es dir, mein Schatz, kannst du gut schlafen?"

„Nein, ich werde ständig wach, es ist schlimm. Ich fühle mich so kraftlos. Und so hilflos. Ich kann nichts dafür tun, dass alles besser wird."
„Nein, aber das ist auch nicht dein Job. Ich melde mich. Pass auf dich auf."
„Und vor allem du auf dich."

Jan war nachts wach geworden und konnte nicht weiterschlafen. Er hatte sich eine Flasche Wasser aus der Küche geholt, sich im Bett aufrecht hingesetzt und nachgedacht. Mittlerweile war er überzeugt, dass es sich bei den Entführern nur um eine kleine Gruppe handelte. Es waren immer dieselben Wagen auf den Hof gefahren. Natürlich war es möglich, dass weitere Sympathisanten auf der Insel ihren ganz normalen Tätigkeiten nachgingen, gleichzeitig die Augen für die Organisation auf hielten. Doch das Risiko musste er eingehen. Nun galt es, nach Möglichkeit weitere der Gruppenmitglieder vom Hof zu locken. Und Christian musste noch unbedingt klären, was es mit dem Interesse dieser Lea an seinem Verschwinden auf sich hatte.
Mogens meldete sich: „In 15 Minuten muss ich wieder zum Rapport bei der Staatsministerin. Wie sieht es aus?"
„Aksel hast du ausgeschaltet, danke dafür."
„Ja, Christian trägt nun die volle Verantwortung. Ich hoffe nur kurz, er ist ziemlich unerfahren."
„Das stimmt, aber ich bin im regelmäßigen Austausch mit ihm. Zwei der Entführer sind ja gestern noch nach Kopenhagen geflohen, habt ihr sie ergriffen?"
„Nein, noch nicht. Wir observieren sie, vielleicht führen sie uns noch zu Hintermännern."

„Wie du meinst. So, ich gehe davon aus, dass da jetzt noch vier Leute auf die Geiseln aufpassen. Ich warte darauf, dass mindestens zwei von ihnen in ihr Büro oder ihr Zuhause fahren. Dort setzen wir sie fest. Die restlichen zwei hole ich mir dann zusammen mit den Kollegen aus Kopenhagen.“
„Meinst du, ihr kommt unbemerkt an das Haus?“
„Das wird nicht einfach, zumal die Sonne scheint. Angeblich soll aber am späten Nachmittag Nebel aufziehen. Das wäre sehr gut.“
„Brauchst du noch irgendeine Unterstützung von hier aus?“
„Ja, erzähle den Militärskollegen bitte möglichst wenig. Die würden vermutlich liebend gerne hier landen und kurzen Prozess machen, so wie ich die kenne.“
„Ja, einige schon. Aber die Staatsministerin vertraut den Kollegen von *Aktionsstyrken*. Und speziell dir.“

Jan rief Christian an.
„Jan, sei froh, dass du nicht hier bist. Hier herrscht das völlige Chaos. Seitdem Aksel von seinem Platz geholt wurde, kochen hier die Gerüchte über. Kopenhagen will aber nicht, dass wir den Kollegen detailliert erzählen, worum es geht, weil das sonst Sekunden später ganz Bornholm weiß. Ich schwimme total. Verdammte Scheiße!“
Christian tat ihm leid. Er war noch zu jung, um eine solche komplexe Situation beherrschen zu können. Gab es eine Alternative? Eigentlich nicht. Nur die, den Erpressern ein Ende zu bereiten.
„Christian, bleibe standhaft. Sage allen, dass du Befehl von oben hast, mit Informationen zurückhaltend zu sein, um die Nachforschungen nicht zu gefährden. Verstecke dich hinter Mogens, das ist völlig okay.“

„Ich hoffe, du hast recht und alles wird gut.“
„Das wird es. Hat Lea sich nochmals für mich interessiert?“
„Ja, kaum war bekannt, dass Aksel weg ist und ich der Ansprechpartner für alle bin, war sie wieder bei mir.“
„Sehr merkwürdig. Ist sie die Freundin von Aksel?“
„Nein, der hat doch dieses blonde Supermodel. Ich habe sie gefragt, ob sie mit Aksel zusammenarbeitet, dann müsste ich sie auch festsetzen. Sie hat mich völlig entsetzt angeschaut. Angesichts dieser Drohung hat sie gestanden, dass sie die Freundin von Ida Ibsens Sohn ist und der sich Sorgen macht, weil seine Mutter spurlos verschwunden ist. Und sie wollte nicht jeden fragen, weil die Stimmung hier sowieso so eigenartig ist. Sondern dachte, dann fragt sie gleich den Chef.“
„Gut, die Erklärung kaufe ich. Ich hatte Aksel auch eher als Verräter in Verdacht, weil solche Typen wie unsere Erpresser ihre Verbündeten immer oben in der Hierarchie suchen. Kleine Lichter helfen ihnen nicht weiter. Eine Kollegin muss diese Freundin von Aksel anrufen und ihr mitteilen, dass ihr Mann heute nicht nach Hause kommt. Ein Großeinsatz stehe bevor.“
„Das organisiere ich gleich. Was hast du jetzt vor?“
„Ich fahre gleich wieder zu dem Haus. Sobald einer der Erpresser das verlässt, gebe ich dir Bescheid. Der eine ist dieser als gewalttätig bekannte Typ, der jetzt einen Garten- und Landschaftsbaubetrieb besitzt, da zwischen Aakirkeby und Snogebæk. Der andere ist der Online-Händler, der Bornholmer Spezialitäten vertreibt. Der hat seinen Sitz in Muleby. Da fährst du mit ein paar Leuten hin und setzt die fest, sodass sie nicht mehr zurück nach Olsker können.“
„Und wozu soll das gut sein?“

„Wir haben 1a-Verstärkung aus Kopenhagen bekommen, behalte das unbedingt für dich. Mit der gehe ich dann da rein. Ich vermute, dass nur noch ein oder zwei Leute da drin sind und auf die Leute aufpassen."
„Was macht dich so sicher?"
„Ich habe das Haus zwei Tage beobachtet, da sind immer dieselben Leute rein- und rausgegangen. Ja, es mag sein, dass die noch ein paar Unterstützer im Hinterland haben. Aber sobald wir die Geiseln haben, werden diese Leute sich nicht mehr zu erkennen geben, da bin ich sicher."
„Was ist mit dem IT-Unternehmer, mit Per Bjerg? Dem gehört das Haus doch."
„Ich denke, dass dem das alles egal ist. Den interessiert nur Geld, diese Erpresser zahlen ihm sicherlich Miete für die paar Tage und dafür, dass seine Firma Alarmanlagen rund um das Haus angebracht hat. Aber ansonsten wird der sich fein zurückhalten. Seine Bordelle in Kopenhagen und seine IT-Firma sind garantiert lukrativer."
„Gut, ich warte auf deinen Anruf."
Jan verließ Sonjas Haus wieder durch den Garten und durchquerte drei Grundstücke, bis er zurück bei dem Ehepaar Ebbesen war. Er hatte Sonjas Autoschlüssel eingesteckt.
„Ist euch hier jemand aufgefallen? Jemand, der sehr neugierig war?", fragte Jan.
„Ja, da war jemand, jetzt wo du danach fragst, fällt es mir wieder ein. Aber schon gleich am ersten Tag, also als Sonja und du abhauen mussten. Der war da drüben bei Grethe und Rolf am Holzzaun und machte was. Der Typ hatte so einen blauen Overall an, wie Handwerker eben. Ich habe da nicht weiter drüber nachgedacht. Aber gestern ist der Kerl wieder hier gewesen und hat

sich so komisch umgeguckt. Das war ziemlich auffällig.“

„Und dann, was ist dann passiert?“

„Nun, ich bin zu Grethe und Rolf gegangen, als der Kerl weg war, und habe sie gefragt, ob der ihr Handwerker war. Die wussten von nichts. Rolf wurde sehr sauer und ist raus. Da war so eine kleine Kamera, die der Mann an ihrem Zaun befestigt hatte. Rolf hat das Ding abgetrennt, zertreten und in den Müll geschmissen.“

Jan schmunzelte: „Damit hat er sich vermutlich keine Freunde gemacht. Dieser Handwerker, war der mit einem Auto da?“

„Äh, ja, ich glaube, da stand Per Bjerg drauf. Wie dieser Millionär.“

„Das ist einer seiner Wagen gewesen, bestimmt.“ Vielleicht war dessen Rolle in dieser Sache doch größer.

„Gut, ich nehme Sonjas Wagen und erledige meinen Job“, sagte Jan und wollte besonders gleichgültig klingen.

Susi schaute ihn an: „Sehen wir dich wieder? Also lebendig meine ich. Und Sonja auch?“

„Bestimmt.“ Jan war sich sicher. Na ja, einen kleinen Zweifel konnte er nicht verhehlen, zumindest was ihn selbst anging.

Draußen checkte Jan die Zäune, aber es schien keine zweite Kamera zu geben. Er startete den Wagen und fuhr nördlich aus Rønne heraus. Er schaute ständig in den Rückspiegel, aber niemand schien ihn zu verfolgen. Trotzdem wählte er den Abzweiger nach Sorthat. Nach zwei Kilometern wendete er und fuhr zurück zur Hauptstraße. Niemand kam ihm entgegen. Gut so. Er fuhr hinüber zum Abzweiger nach Nyker. Seine Gedanken wanderten zu Ditte, die hier wohnte. Er mochte sie so sehr, sie war eine tolle Frau. Klar, analytisch, schlau, ehrgeizig, unerschrocken, emotional. Ja, diese Begriffe passten zu ihr. Lone war anders, emotionsloser, etwas kühler, aber nicht minder herzlich, soweit er das beurteilen konnte. Und anscheinend fachlich sehr versiert, gerade war sie zur Abteilungsleiterin befördert worden. Und ihren Hund Kafka liebte er sehr, der besaß so unglaubliche Augen. So einen könnte er sich nach seiner Pensionierung auch für Sonja und sich gut vorstellen.

Er steuerte auf Klemensker zu. Seine Stimmung wurde schwermütiger. Karen und Tom. Ein schönes wie ungleiches Paar. Sie die gepflegte, auffällige Führungskraft mit den langen roten Haaren, erfolgreich, hoch angesehen, immer klar in ihren Entscheidungen. Er, der etwas ungepflegte Büchermensch, belesen, keinen Wert auf Äußeres legend, seine Frau permanent verwöhnend, ein hervorragender Koch, auf seine Art auch eine Erscheinung. Eine Ehe, in der in letzter Zeit Misstöne überwogen. Zumindest wenn er Karen hörte. Wie Tom es sah, wusste er nicht. Hoffentlich fanden sie aus dieser Situation heraus. Aber erst einmal mussten sie aus der Hand dieser Irren befreit werden. Der Abzweiger links nach Rutsker wurde angezeigt, er fuhr weiter geradeaus und näherte sich Olsker.

Wo sollte er den Wagen parken? Darüber hatte er nicht nachgedacht. Er fand eine Stelle, wo er den Wagen rechts parken konnte. Dann nahm er das Warnkreuz heraus und platzierte es auf der Kofferraumabdeckung. So wurde klar, dass jemand mit dem Wagen verreckt war. Hoffentlich reichte das als Tarnung. Er stieg aus und begab sich auf den Weg, den er schon kannte. Hinter dem Haus der Frederiksens entlang und dann in den Stall mit Blick auf das andere Gehöft.

Die Sonne schien, die Sicht war klar, das gefiel ihm nicht, er konnte leicht entdeckt werden. Aber das war jetzt nicht zu ändern.

Im Haus gegenüber tobte Povl Ancher schon wieder. Er konnte Aksel nicht erreichen, oder Alogo, wie er ihn zur Tarnung genannt hatte. Er fand diesen Namen äußerst schlau gewählt. Denn das war Griechisch und hieß Pferd. Und welches griechische Pferd war das berühmteste? Genau, Aksel war das Trojanische Pferd der Organisation. Dass seine weniger schlauen Mitstreiter mit dem Namen nichts anfangen konnten, überraschte ihn nicht. Aber Alogo meldete sich nicht mehr. Er hatte das Handy von Claus Kam gegriffen, bei der Polizei angerufen und nach Aksel gefragt. Der sei krank, wurde ihm kurz und knapp beschieden, mehr könne man leider nicht sagen.

Und wenn das alles nicht genug war, kam aus dem Büro von Per Bjerg die Info, dass die Kamera gegenüber von Kofoeds Freundin verschwunden sei, seit gestern Nachmittag bereits, und als man heute Ersatz anbringen wollte, war das Auto von Kofoeds Freundin weg. Er war nur von Unfähigen und Idioten umgeben, schrie und fluchte. Dann zwang er sich zur Ruhe und warf eine Tablette ein. Das Projekt trat jetzt in die entscheidende Phase. Er musste die Übersicht behalten.

31

Jan war wieder auf seinem Beobachtungsposten. Er hoffte, dass mindestens zwei der Entführer das Gelände verließen und nach Hause fuhren. Dort könnte Christian sie festsetzen lassen. Anschließend könnte er die Verstärkung aus Kopenhagen bitten, das Haus gegenüber möglichst unbemerkt zu umstellen. Und dann galt es, den richtigen Moment für die Erstürmung zu finden.

Es dauerte, bis sich da drüben etwas tat. Der Pick-up stand ebenso vor der Tür wie der gelbe Golf und der rote Mazda, der noch überhaupt nicht bewegt worden war. Die Frage war, ob die selbst ernannten Befreier durch die Flucht ihrer beiden Mitstreiter beunruhigt worden waren und jetzt eine Panikreaktion zeigten.

Die Tür ging auf, ein großer, kräftiger Kerl mit einem recht kantigen Gesicht trat heraus und stieg in seinen Pick-up. Mit durchdrehenden Reifen startete er in die andere Richtung, also nach Gudhjem. Jan informierte Christian.

Der beorderte umgehend drei Wagen nach Pedersker, damit sie von dort sofort zum Betrieb von Karsten Schack starten konnten, wenn es erforderlich wurde. Er selbst fuhr auch in die Richtung, wollte aber auf der anderen Seite zwischen Pedersker und Snogebæk Stellung beziehen. Eine gute halbe Stunde später passierte er den Weg zu Schacks Garten- und Landschaftsbaubetrieb. Er bog in die nächste Straße ein, fuhr ein Stückchen hinein und wendete den Wagen. So fiel er nicht so auf, und Schacks Pick-up war auch aus größerer Distanz problemlos erkennbar.

Er stand erst ein paar Minuten, als er den Wagen schon mit hoher Geschwindigkeit näher kommen sah. Er informierte seine Männer in Pedersker Sie trafen sich an der Povls Kirke und bogen in den Weg zu Schack ein. Die vier Wagen hatten kaum gehalten, da fiel der erste Schuss. Verdammt, Schack hatte sie kommen sehen, natürlich. Dass er bewaffnet sein könnte, hatte Christian völlig ausgeblendet. Wenn er derjenige war, der die drei Morde begangen hatte, konnte das hier eine komplizierte Aktion werden.

Er gab Anweisungen, sich etwas zu verteilen. Sie mussten irgendwie hinter das Haus gelangen, um Schack die Flucht dort hinaus unmöglich zu machen.

„Ich werde ihm jetzt zurufen, dass er aufgeben soll. Seine Antwort werden Schüsse sein, die erwidert ihr. Ihr alle. Nur Daniel und Finn nicht, ihr versucht, um das Haus zu kommen." Alle nickten.

Christian erhob seine Stimme: „Karsten, ergib dich und komm heraus, du hast keine Chance."

Wie zu erwarten, schoss Schack seine Antwort. Sofort nahmen ihn die zehn Polizisten unter Feuer, Scheiben zersplitterten im Stakkato. Die beiden anderen Polizisten waren anscheinend hinter das Haus gelangt. Am einfachsten wäre es nun, den Mann auszuhungern. Aber dafür war keine Zeit, es gab noch einiges zu erledigen.

Es war total still, nur ab und zu hörte man einen Wagen von der Hauptstraße her. Die Sonne strahlte, aber es blieb kalt. Christian wiederholte seine Aufforderung. Schack reagierte überhaupt nicht. Alle Augen richteten sich nun auf Christian. Was sollten sie jetzt tun? Christian war völlig unsicher. Stürmen war Selbstmord, nicht Stürmen kostete unendlich viel Zeit. Am liebsten würde er jetzt Jan anrufen. Aber nein, diese Blöße wollte er sich nicht geben. Also, wie lautete die Lösung?

Die Tür ging auf, Schack trat heraus, die Pistole in der Hand. Er hielt sie in die Richtung, in der er Christian hinter einem der Einsatzfahrzeuge vermutete: „Christian Dam, zeig dich! Sei ein Mann! Nur du und ich! Hier! Ich stecke die Pistole ein, und wir zählen bis drei! Dann sehen wir, ob dein Kind einen Vater haben wird!“ Er lachte.

Der Mann war bekloppt. Christians Erregung stieg, am liebsten würde er aus der Deckung gehen und das Schwein abknallen. Martin neben ihm, einer der ganz erfahrenen Kollegen, spürte das und legte eine Hand auf Christians Arm. Ruhig bleiben. Schack kam immer näher, allerdings vermutete er Christian hinter einem anderen Wagen. Die Situation wurde immer bedrohlicher, gleich würde Schack losballern. Christian war wie gelähmt. Verdammt, was sollte er jetzt tun? Verdammt, verdammt, verdammt. Sein Blutdruck explodierte. Schack war nur noch zwei, drei Meter von den Wagen entfernt, alle starrten Christian an, warteten auf ein Zeichen von ihm. Verdammt.

Martin gab ein Zeichen, die Polizisten erhoben sich und schossen. Die Salve ließ Schack zurückprallen, Blut spritzte aus ihm heraus, und er schlug auf dem Boden auf. Einen Schuss hatte er noch abgeben können, der hatte das Ohr des Kollegen Gunnar gestreift. Es war vorbei. Mit einem Mal war es laut auf dem Hof, kreuz und quer erschallten Rufe. Routiniert sicherten die Kollegen die Spuren auf dem Hof und gingen vorsichtig in das Haus hinein. Nicht, dass Schack dort noch eine Überraschung für sie hatte. Doch die Sorge war unbegründet.

Christian saß in seinem Wagen und zitterte. Gott sei Dank, es war vorbei. Aber er hatte versagt. Er hatte keine Entscheidung getroffen. Verdammt. Martin hatte die Situation gerettet. Christian starrte aus dem Fenster. Draußen liefen die Kollegen hin und her. Einer kam und legte ihm eine Decke um.

Nahe Olsker zitterte Povl Ancher. Villum Clausen hatte ihn angerufen. Die Polizei hatte sein Haus umstellt. Wie waren die auf ihn gekommen? Beobachtete die Polizei das Anwesen bereits? Aber von wo? Povl schaute aus dem Fenster. Es war nichts zu sehen. Drei Leute waren sie noch, drei waren weg. Es wurde eng. Das hatte er ganz anders geplant.

Er blickte hinüber zum Hof der Frederiksens. Möglicherweise hatte sich dort jemand eingenistet, ohne dass die alten Leute etwas bemerkt hatten. Er wies Claus Kam an, hinüberzugehen und die Räume zu inspizieren. Claus war nicht der Hellste, aber das würde er vermutlich noch hinbekommen.

Jan sah einen Mann aus dem Haus treten und sich dem Hof der Frederiksens nähern. Jetzt wurde es gefährlich. Der vermutliche Entführer vermittelte aus der Distanz einen etwas heruntergekommenen Eindruck, aber trotzdem durfte Jan ihn nicht unterschätzen. Jan wechselte den Raum und schaute aus dem Fenster. Der Mann ging Richtung Hauptgebäude und klopfte an die Tür. Die wurde geöffnet und bald wieder geschlossen. Der Kerl drehte um und näherte sich Jan. Er schaute nur durch die Fenster. Jan ging in die Hocke und drückte sich unter einem Fenster an die Wand. Der Raum verdunkelte sich leicht, nun musste er oberhalb von ihm stehen. Als es wieder heller wurde, zählte Jan noch langsam bis zehn. Dann erhob er sich vorsichtig und wechselte zurück zu seinem Beobachtungsposten. Er sah, wie der Mann drüben die Tür öffnete und verschwand.

Nachdem Claus gemeldet hatte, dass die Durchsuchung des Hofes der Frederiksens nichts ergeben hatte, setze sich Povl Ancher grübelnd auf einen Stuhl. Was an seinem Plan musste er jetzt ändern? Würde

Karsten plaudern? Villum wollte er ihn jetzt nicht mehr nennen, denn er war aus dem Kreis der Befreier ausgeschieden. Karsten hatte nichts zu verlieren, der hatte die drei Leute letzte Woche umgebracht und würde auf jeden Fall bis zum Sankt Nimmerleinstag einsitzen. Aber vielleicht würde er für ein paar Annehmlichkeiten die anderen verraten?

Peder Olsen war kurz nach Karsten losgefahren, er wollte einige Bestellungen aus seinem Onlineshop packen und zur Post bringen. Das Geschäft musste wie gewohnt weiterlaufen, schon allein um der Tarnung willen. Danach würde er wiederkommen.

Christian rief Jan an und berichtete. Der war zufrieden, auch wenn er Schack gerne lebend in Empfang genommen hätte.

„Wie geht es dir?", fragte Jan, dem Christian ziemlich erschöpft vorkam.

„Ich bin etwas kaputt, die Nerven, weißt du?"

„Könntest du gleich noch einen Einsatz leiten?", wollte Jan wissen, obwohl er die Antwort schon kannte.

„Ja, nein, doch, ich weiß nicht, obwohl..."

„Schon gut Christian, erhole dich, der Tag bringt noch die ein oder andere Herausforderung mehr."

Jan suchte die Nummer eines der Elitepolizisten heraus, die Mogens ihm gegeben hatte.

„Lars hier, was gibt's?"

„Hier ist Jan, Bornholmer Polizei."

„Ich weiß."

„Ich brauch euch gleich."

„Wo?"

Jan gab ihm eine Adresse in Muleby: „Aber bleibt erst mal in der Nähe und achtet auf einen gelben Golf mit der Aufschrift ‚laekkerbornholm.dk'.“

Pelle Bruun alias Peder Olsen ärgerte sich. Die Carlsens waren Versager, er hatte sich in ihnen getäuscht. Sie hatten in der Bewegung mitgemacht, waren mit die Treiber gewesen. Sie hatten den Kontakt zu Karen und Tom gesucht, um mehr über die Polizei und ihre grundsätzlichen Reaktionen auf Geiselnahmen herauszufinden. Ein paar nützliche Informationen zumindest hatten sie abgegriffen. Sie waren überzeugt, dass Bornholm befreit werden musste. Befreit von all diesem Unrat. Sie waren anders als zum Beispiel Villum, also Karsten. Den konnte er nicht leiden, der war einfach ein Schwerkrimineller, der sich daran aufgeilte, Leute umzubringen. Dieser Gesichtsausdruck, als er von seinen Taten in Nexø, Rønne und Lobbæk erzählte. Der war nicht ganz dicht, nein regelrecht gefährlich. Aber an der Bewegung war der nicht wirklich interessiert. Und die Carlsens waren jetzt eingeknickt, nur weil so ein Dorfsheriff sie kurzzeitig verhaftet hatte. Gott sei Dank hatte Aksel dafür gesorgt, dass die beiden schnell wieder freigelassen wurden.
Aksel, der war auch schräg. Hielt sich für Dänemarks besten Polizisten und wohl auch Dänemarks erfolgreichsten Schürzenjäger. Jedenfalls, wenn man seinen Erzählungen glaubte. Was er, Pelle, nicht tat. Nein, die Geschichten dachte sich Aksel aus, davon war er überzeugt. „Dann habe ich nach der Veranstaltung mit der Miss Korsør...“, „dann habe ich nach der Veranstaltung mit der Miss Aabenraa...“, es war immer derselbe Mist. Angeblich wusste seine Frau davon, dass er im Sommer zu diesen Hafen- und Stadtfesten unterwegs war.

Und was er dort trieb. Aber sie hatte nichts dagegen. Klar. Vielleicht sollte Pelle sie mal fragen. Ach nee, die war ja weggezogen, und er hatte eine Neue, so eine Blonde mit aufgespritzten Lippen. Und seine Frau lag jetzt vermutlich mit Mister Skagen im Bett. Pelle amüsierte sich über seinen eigenen Witz.

Nein, wie gut, dass er allein war. Ab und zu ein netter junger Kerl, wenn er in Kopenhagen war. Aber nichts Verbindliches. Tindern, vögeln, weg, das war sein Prinzip.

Peder hatte sein Haus erreicht. Er schaute sich um, kein Mensch zu sehen, auch keine unbekannten Autos. Apropos Auto, der Wagen vorhin an der Straße ähnelte dem von Kofoeds Freundin, dieser Sonja oder so. Aber der hatte das Warnkreuz hinten drin, dann war es das wohl doch nicht. Er würde es aber Povl nachher trotzdem sagen.

Drinnen legte er sein Handy auf den Wohnzimmertisch, setzte einen Kaffee auf, öffnete die Fenster zum Lüften und stieg in den Keller. Dort lagerten seine Vorräte. Er druckte die vier Bestellungen aus und ging mit den Zetteln durch die Regale. Zu dieser Jahreszeit war das Geschäft eher verhalten. Am besten lief es natürlich vor Weihnachten, wenn die Sommerurlauber ihre Vorräte, die sie gekauft hatten, aufgebraucht hatten. Und nun Bornholmer Senf oder Honig oder Akvavit verschenken oder selbst genießen wollten.

Er griff den Espresso, dann die Schokolade und eine Flasche Gin. Hatte er etwas gehört? Irgendein Geräusch war von oben gekommen. Oder? Nein, er hatte sich getäuscht. Was brauchte er noch? Drei Becher Rapshonig. Er griff nach ihnen. In diesem Moment fiel die Tür zu. Und wurde abgeschlossen. Pelle ließ alles fallen und rannte zur Tür. Er rüttelte vergeblich. Den

Schlüssel hatte er stecken lassen und nur einen Keil dazwischen gelegt. Ich Idiot. Er schrie. Kurz darauf ging auch das Licht aus. Wer immer das gewesen war, er hatte anscheinend die Sicherung herausgedreht. Und sein Handy lag oben. Aus lauter Wut griff er in der Dunkelheit einen Honigbecher, den er genau vor sich vermutete, und schmiss ihn an die Wand. Das Plastik riss hörbar auf, und der Honig kroch vermutlich langsam nach unten. Sehen konnte er ihn nicht.

Er setzte sich auf den Boden. Erst Carlsens, jetzt er. Waren sie ihnen auf der Spur? Egal, drei waren sie noch auf der Farm, Povl, Claus und Villum, sobald der aus seinem Betrieb zurück war. Die würden das schon schaukeln, die Geiseln waren wertvoll. Er stierte in die totale Dunkelheit. Wie waren die ihm auf die Spur gekommen? Und den Carlsens? Wussten sie auch, wer die anderen Befreier waren?

Ihm fiel ein, dass er hier irgendwo im Lager Kerzen hatte. Und daneben lagen Krølle-Bølle-Feuerzeuge. Aber würde es ihm besser gehen, wenn er sein Elend auch noch sehen würde? Er ließ es.

Lars meldete sich bei Jan, der Auftrag sei erledigt. Der bedankte sich: „Klasse, vielen Dank. Ich warte noch etwas ab, so langsam kommt der versprochene Nebel. Ich sage euch Bescheid, wenn es wirklich losgeht, ihr könnt schon mal auf den Parkplatz der Ruts Kirke fahren, dann seid ihr noch dichter dran."

Anschließend rief er Christian an: „Wie sieht es bei euch aus?"

„Besser, ich habe mich erholt. Die Spurensicherer sind im Haus von Schack, sein Leichnam ist zu Knud transportiert worden, damit er ihn untersucht. Wir müssen der Ordnung halber klären, wer den tödlichen Schuss abgegeben hat."

„So wie du es geschildert hast, werden das mehrere gewesen sein."

„Vermutlich ja."

„Gut, ich warte jetzt, dass der Nebel etwas zunimmt, dann nähere ich mich den Geiselnehmern. Die beiden Teams von *Aktionsstyrken* stehen in der Nähe parat."

„Sollen wir auch kommen?"

„Nein, nicht so viel Unruhe auf der Straße, das weckt nur die Neugierigen. Mit einem Dutzend Elitepolizisten sollten wir die ein, zwei Leute darin überwältigen können."

„Alles klar, viel Erfolg, Jan."

„Danke."

Povl lief hin und her. Karsten war erschossen worden, im Web waren entsprechende Meldungen und Fotos gepostet worden. Aksel war angeblich nicht im Haus, auf jeden Fall nicht erreichbar. Und nun kam und kam Peder Olsen, also Pelle, nicht zurück, war auch nicht zu erreichen. Da stimmte etwas nicht. Rückte der Feind an? Hatten sie ihn und die anderen Befreier ausgekontert? In ihm stieg ein Unwohlsein auf. Vielleicht sollte er die Geiseln einfach erschießen und abhauen. Aber so einfach ging das nicht. Die Sache war komplizierter. Einen Joker besaß er noch. Um 19.30 Uhr würde von dem Server in China eine Mail an die Staatsministerin geschickt werden. Eine letzte Warnung.

32

Jan verließ seinen Beobachtungsposten, nun gab es kein Zurück mehr. Eigentlich durften nur noch maximal zwei Geiselnehmer dort sein, der ungepflegt wirkende Typ von vorhin und vielleicht noch ein Unbekannter. Die Frage war, wo die Geiseln versteckt und in welchem Zustand sie mittlerweile waren. Und ob Jan früh genug an sie herankommen würde, bevor die Erpresser sie töten konnten.

Er spekulierte darauf, dass die Erpresser nicht davon ausgingen, dass ein ungebetener Besucher den Umweg über den Nachbarhof wählen würde. Das konnte völlig falsch sein, aber einen Zugang musste Jan schließlich wählen. Er kontrollierte nochmals seine Ausrüstung. Zwei Pistolen, ein Messer, ein Handy, Handschellen, Reizgas, Kabelbinder. Vorsichtig ging er hinaus in die Dunkelheit. Er näherte sich langsam dem Erpresser-Hof. Nur wenig Licht schien aus dem Hauptgebäude. Er drehte sich kurz um, auch aus dem Haus der Frederiksens schimmerte nur ein schwacher Schein. Je näher er seinem Ziel kam, desto langsamer ging er. Seine Augen suchten nach eventuellen Lichtschranken, die sein Kommen drinnen ankündigen würden. Doch er entdeckte nichts. Dafür erkannte er jetzt ein schwaches Licht aus einem kleinen Fenster. Vorsichtig schob er sich heran. Aus den Knien drückte er sich hoch, bis er einen Blick hineinwerfen konnte. Ditte saß auf einer Matratze, anscheinend machte sie ein paar Entspannungsübungen, jedenfalls soweit es die Ketten zuließen, die an ihr befestigt waren. Sie schien unversehrt.

Jan duckte sich wieder und bewegte sich vorwärts. Er kam dem Eingang näher. Kurz vorher erkannte er einen schwachen Lichtschein. Das Fenster war zum Teil abgeklebt, sodass er nicht richtig hineinschauen konnte. Er sah nur Schuhe und ein Stück Hosenanzug.

Das konnte Ida Ibsen sein. Fehlten noch Karen und Tom. Wo waren die versteckt?

Er machte einige Schritte zurück, wo er besseres Licht hatte. Er würde die beiden Elitetruppen auffordern, jetzt zu kommen. Der Zeitpunkt war perfekt. Es wurde etwas dunkler, es wurde zunehmend nebeliger, aber die Sichtverhältnisse waren noch einigermaßen. Jetzt wusste er, wo Ditte und Ida waren, Karen und Tom vermutlich in den dunklen Zimmern daneben.

Sein Handy reagierte nicht. Warum nicht? Er schaute auf die Anzeige, geladen war es zur Genüge. Aber er hatte keinen Empfang. Wieso? Der dünne Nebel konnte es nicht sein, der beeindruckte das Telefon nicht. Er hatte nur eine Erklärung, der nächste Funkmast hatte eine Störung. Ein Zufall, gerade jetzt? Wohl kaum. Vermutlich waren die restlichen Entführer in Panik geraten und hatten die Störung ausgelöst. Mit Per Bjerg und seiner IT-Firma besaßen sie einen Verbündeten, der das organisieren konnte. Das war höchst ärgerlich. Aber für einen totalen Rückzug war es zu spät. Er musste es allein riskieren.

Den Haupteingang wollte er möglichst meiden. Er drückte sich deshalb dicht an der Hauswand wieder weiter zurück, um nach einem Hintereingang zu schauen. Kaum war er um die Ecke gelangt, stand er vor einer Seitentür. Er legte den Hebel um und öffnete die Holztür ganz vorsichtig. Die Tür knarrte nicht, zum Glück. Langsam ging Jan weiter. Es wurde lauter, er hörte Stimmen.

Gerade wollte er weitergehen, da entdeckte er rechts einen Waschraum. Ein Mann hielt seinen Kopf unter den Wasserhahn, am Waschbecken stand eine Flasche Wodka. Der Kerl von heute Nachmittag. Jan griff sich eine Pistole und bewegte sich blitzschnell in den

Raum. Der Mann hatte gerade den Kopf gehoben und sah Jan auf sich zukommen. Doch er hatte noch nicht einmal mit seiner Abwehrbewegung begonnen, als ihn der Knauf der Pistole traf. Der Mann sank zusammen. Das würde für mindestens eine halbe Stunde reichen. Er stopfte ihm einen der herumliegenden Putzlappen in den Mund und band ihn mit zwei Kabelbindern an den Wasserhähnen fest.
Wenn, dann gab es jetzt nur noch einen Entführer, so Jans Spekulation.

In Rønne saß Christian mit Sanne zusammen, sie versuchten sich gegenseitig zu beruhigen. Würde bei Jans Einsatz mit der Elitetruppe alles gut gehen? Würden Karen und Ditte bald wieder hier sitzen? Sie waren so angespannt, dass sie nur Belanglosigkeiten austauschten. Aber auch all die anderen Kollegen erledigten nur Alibi-Arbeiten. Christian hatte sie vorgewarnt, dass eine wichtige Ermittlung vor ihrem Ende stand und an Feierabend für niemanden zu denken war. Das Telefon klingelte.
„Lars vom Einsatzkommando. Bist du Christian?"
„Ja, was ist los?"
„Dein Chef hat uns noch nicht angefordert. Eigentlich hätte das längst geschehen müssen. Sein Telefon ist tot. Weißt du, was los ist?"
„Nein, danke für deine Nachricht. Ich kümmere mich."
Sanne stand auf und ging zu ihrem Auto. Sie fand nicht, dass jetzt viel Zeit zum Telefonieren war. Aber sie war eine Anfängerin und hatte nichts zu entscheiden. Sie fuhr vom Parkplatz, schaltete das Blaulicht ein und nahm die Sitzhaltung ein, die sie sonst für ihre Autorennen anwandte. Sie fuhr im Slalom aus Rønne heraus und entschied sich für die Strecke nach Hasle, weil

die Straße so schön breit war. Es war wenig los, zum Glück. Sie schaute nur kurz auf ihren beleuchteten Tacho, der 160 km/h anzeigte. Die Dunkelheit störte sie nicht. Sie bremste stark ab, der Wagen schlitterte leicht über den Asphalt, aber Sanne behielt ihn im Griff, sie bog Richtung Rutsker ab, die Straße war etwas welliger, dann bog sie quietschend rechts ab und raste durch Rutsker. Hoffentlich wollte nun niemand die Durchgangsstraße Kirkebyen überqueren. Von dem Restaurantparkplatz rollte ganz gemächlich ein Kleintransporter. Sanne fluchte, riss den Wagen auf die Gegenfahrbahn, umkurvte den Transporter und hielt den Wagen geradeaus.

An der Kreuzung nach Olsker kamen zwei Wagen aus Richtung Klemensker in aller Ruhe herangefahren, der vordere hatte den Blinker nach links gesetzt. Er wollte also nach Rutsker abzweigen. Sanne hatte keine Zeit zu warten, riss den Wagen nach links und raste weiter. In Olsker nannte ihr das Navi den richtigen Abzweiger. Die Straße war nun nicht mehr beleuchtet, aber davon ließ sie sich nicht irritieren. Sie bog Richtung Hof ein, die Stoßdämpfer würden ihren wilden Ritt über den löchrigen Feldweg sicherlich verfluchen. Sie sprang aus dem Auto.

Christian lief aus seinem Zimmer hin zu Anders, der im Technikraum saß.

„Hast du Informationen über Netzstörungen im Norden?"

„Nein, weshalb?"

„Es gibt eine Meldung, dass einer unserer Leute in der Nähe von Olsker nicht erreichbar ist."

„Ich habe keine Meldung, aber um ins Detail zu gehen, müsste ich mit dem Funkmastbetreiber sprechen. Und eine genauere Abfrage starten."
„Nein, das braucht zu viel Zeit."
Er rannte wieder hinaus: „Hat jemand Sanne gesehen?"
„Die ist vor ein paar Minuten vom Parkplatz gefahren", rief eine Kollegin zurück.
Christian lief in sein Büro, um den Autoschlüssel zu holen, startete kurz darauf seinen Wagen, stellte das Blaulicht an und raste aus Rønne heraus. Er wählte den Weg über Nyker. Unterwegs rief er den Mann von der Elitetruppe an und beorderte ihn zu dem Abzweiger in Olsker. Er bat ihn, auch seine Kollegen, die in Rø auf ihren Einsatz warteten, näher nach Olsker zu ziehen.
In Nyker ärgerte er sich, er musste etwas Tempo herausnehmen, vor der scharfen Kurve an der Kirche ging er voll in die Eisen und zog die Geschwindigkeit Richtung Klemensker wieder kräftig an. Dort bog er Richtung Allinge ab. Es war leicht nebelig, aber er konnte ganz gut sehen. An der vereinbarten Stelle stand ein großer Jeep. Er bog in die Nebenstraße, der Jeep folgte ihm. Vor der Einfahrt zum Hof stand bereits der zweite Jeep. Die drei Wagen fuhren direkt auf den Hof zu. Dort stand nur ein roter Mazda sowie Sannes Einsatzwagen.

Ditte schreckte auf. Sie hörte Lärm. Stimmen, Geschrei, eine Frauenstimme, eine Männerstimme. Sie versuchte, sich zu konzentrieren. Konnte sie etwas verstehen? Nein, die Wände waren zu dick. Ärgerlich. Das hätte ihr vielleicht geholfen zu begreifen, was hier gerade passierte. Was hinter dieser ganzen Aktion stand.

Nun gut, dann nicht. Aber immerhin schien sich ihr morgendliches Gefühl zu bestätigen, dass nach Tagen der Starre nun Bewegung in das Gebäude Einzug hielt. Sie glaubte, ankommende Autos zu hören.

Jan betrat den Wohnbereich und näherte sich Stimmen. Der Betonboden der Ställe war jetzt von einem Holzboden abgelöst worden. Der knarzte leicht, aber die Stimmen waren so laut, dass das nicht auffiel.
„Du hast das von Anfang an so geplant!" Eine Frau, es war Karens Stimme. Sie weinte.
„Nein, das stimmt nicht, das hat sich mit den Jahren erst entwickelt." Jan erschrak. Die Stimme. Konnte das sein? Er beugte sich leicht vor, um in den Raum schauen zu können. Tatsache. Tom mit einer Pistole in der Hand. Ihm gegenüber seine Frau, an einen Stuhl gefesselt.
„Du hast mich nie geliebt! Du hast dich vor zehn Jahren ganz gezielt an mich herangemacht! Du hast mich benutzt! Du Schwein, ich hasse dich so sehr!" Sie schrie.
„Nein, ich habe mich damals in dich verliebt. Aber du hast nur deine Karriere gekannt, hast mich an den Rand gedrängt. Mich kleinen, doofen Bibliothekar."
„Das stimmt nicht! Du hast damals gewusst, dass ich in der Polizei meinen Weg nach oben gehen werde! Das habe ich dir immer gesagt! Und du hast immer gesagt, wie stolz du darauf bist!" Ihre Stimme überschlug sich.
„Nein, du irrst. Ich habe gesehen, wie du immer mehr ein Teil des Systems wurdest, das die Menschen unterdrückt. Ihnen die Freiheit nimmt. Gerade hier auf Bornholm. Hier gibt es doch nichts mehr. Die Menschen wissen doch kaum noch, wo sie Arbeit finden können. Alles nehmen ihnen die Fremden weg."

„Welch ein Quatsch", schrie Karen. „Aber es ist sinnlos, mit so einen verblendeten Menschen zu diskutieren. Wenn ich nur an dein ständiges Umgarnen und dein ganzes Kochen denke, alles nur, um mich an dich zu binden, mich weiterhin benutzen zu können. Ich wünschte, ich könnte das ganze Essen auskotzen!" Wieder schrie sie, die Tränen flossen.

„Nein, auch das habe ich gerne getan, aber immer mehr ist mir bewusst geworden, wie sehr du dich von mir entfernt hast."

„Ich mich von dir? Du elender Lügner, du Scheißkerl! Du hast dir wahrscheinlich vor zehn Jahren mit ein paar deiner idiotischen Freunde überlegt, wo eine alleinstehende Karrierepolizistin ist, die wir ausnutzen können. Und dann habt ihr mich gefunden. Und du wusstest, wie du mich herumkriegen kannst, du bist ja nicht doof, nur krank im Kopf."

„Nein, das stimmt nicht, auch wenn du das noch so oft wiederholst."

„War das nicht ekelhaft, mit einer Frau zu vögeln, die du nur ausnutzen willst, die du nicht eine Sekunde geliebt hast? Bist du wirklich so abgebrüht? Du Schöngeist, ha!"

„Ich habe gerne mit dir…"

„Halte den Mund, mir wird schlecht, wenn ich nur daran denke!"

Jan stöhnte innerlich auf. Er begriff immer mehr. Darum hatte Tom sich in der letzten Zeit so sehr für die Polizei interessiert. Er brauchte Informationen, wie die in Fällen wie diesem hier reagiert. Ob er all das schon vor der Ehe mit Karen geplant hatte oder erst später, war für Jan egal. Für ihn zählte die Tat jetzt. Dass es für Karen ein grausames Erwachen war, war aber auch klar.

„Wenn der ganze Scheiß hier vorbei ist, werde ich mich sofort scheiden lassen. Und dann wünsche ich nur, dass der Staat dich lebenslang einsperrt. Und noch 1000 Jahre obendrauf."

„Karen, es wird..."

„Nimm nie wieder meinen Namen in den Mund!", schrie sie. „Nie wieder, verstanden?"

„Also, es wird keine Scheidung geben. Wir haben dem dänischen Staat einige Bedingungen gestellt. Wenn er sie erfüllt, haben wir hier das Sagen. Und ich werde bestimmen, was mit dir geschieht. Ich vermute mal, ich werde dich töten lassen müssen. Oder der Staat erfüllt unsere Bedingungen nicht, dann werden wir unsere Geiseln ebenfalls nach und nach töten. Und ich könnte mir vorstellen, dass du die erste bist."

„Du hast mir die schönsten Jahre meines Lebens geklaut. Du Sau, ich wünsche dir den Tod."

Jan beschloss, diese Auseinandersetzung zu beenden und Tom festzunehmen. Er beugte sich kurz vor. Tom hatte seine Pistole auf einen Tisch gelegt, der ein paar Meter entfernt stand. Er hatte sich gerade umgedreht, sodass er Jan nicht sehen konnte. Ein idealer Augenblick, der zwischen den beiden Männern liegende Teppich würde Jans Schritte dämpfen. Jan schlich vor. Plötzlich gab der Teppich nach, und Jan stürzte in ein Loch. Tom fuhr herum, erblickte Jan, griff nach seiner Pistole und hielt sie auf ihn. Jan lag in dem nicht sonderlich tiefen Loch, an seine Pistole kam er nicht mehr heran. Tom grinste ihn an.

Hinter Jan ertönte eine Stimme: „Jan Kofoed, Superbulle. Habe ich dich endlich. Auf diesen Tag habe ich lange warten müssen."

Jan drehte sich um. Per Steen stand vor ihm, besser als „Sej" bekannt. Der entstammte einem dänischalbanischen Clan und hatte lange Jahre in Aarhus sein Unwesen getrieben, wo Jan zu jener Zeit stationiert war. Er schreckte nicht vor Erpressung und sogar Mord zurück, konnte aber nie festgesetzt werden. Es fand sich immer jemand, der ihm ein Alibi verschaffte. Zudem wurde Jan den Verdacht nicht los, dass Sej nützliche Kontakte zur Polizeispitze in Aarhus pflegte. Eines Tages wechselte nicht nur Jan nach Kopenhagen, sondern auch Sej. Jan blieb an ihm dran, aber er brauchte viel Geduld. Dann endlich, endlich wollte Sej den ganzen großen Drogendeal über die Bühne bringen und das Geld mit Immobilienkäufen in der Kopenhagener Innenstadt waschen. Jan kam ihm in die Quere und Sej in den Knast.*

„Weißt du, Kofoed, seit dem Tag, als du mir das Geschäft meines Lebens verdorben hast, habe ich von dem Tag heute geträumt. Und nun ist er gekommen. Du bist nicht mehr der Alte, früher wäre dir aufgefallen, dass überall Holzleisten auf dem Boden liegen, nur auf einem kleinen Stück etwas Teppich. Warum wohl?" Er gab sich alle Mühe, besonders fies und höhnisch zu grinsen.

„Bist du schon wieder raus? Wie schade."

„Gute Führung, weißt du."

„Gehörst du auch zu diesem Erpresserpack hier?"

„Nein", lachte Per. „Ehrlich gesagt, sind mir die scheißegal. Ich weiß gar nicht, was die genau wollen. Nein, weißt du, ich mache manchmal mit Per Bjerg Geschäfte, dem ITler. Wir haben da in Kopenhagen ein paar gemeinsame Projekte, verstehst du? Und bei der Gelegenheit hat er mir erzählt, dass so ein paar Verrückte sich in ein Haus von ihm einmieten wollen. Nur

---

* s. „Die 23 Tage von Listed", S. 210 ff.

für kurze Zeit. Und die wollen dem Staat kräftig in den Arsch treten. Unter anderem soll auch der weltberühmte Jan Kofoed dran glauben. Und da habe ich gedacht, das ist doch eine schöne Gelegenheit, diesem Arschloch wieder zu begegnen."

„Genau", mischte Tom sich ein. „Und für den Gefallen, dass er dich besuchen darf, hat er uns eine schöne Summe versprochen. Die wird unserer Bewegung guttun. Danke noch mal, Power-Per".

„Gerne, mein Freund."

Karen war völlig verstummt, sie begriff jetzt gar nicht mehr, was um sie herum passierte.

„Ja, Kofoed, wie geht es dir so in deinen letzten Minuten?" Steen genoss die Situation.

„Ach weißt du, Sej, ich habe nicht vor, das mit dir zu teilen." In den letzten Minuten waren Jan unzählige Bilder durch den Kopf geschossen. Tove, Sonja, Rune und seine Frau, Rikke und ihr Mann und die Enkelkinder. Er hatte auf Bornholm doch noch so viel vor. Sonja. Gerade erst hatte er Tove auf die Insel geholt. Ditte, Karen, Christian. Lone, Lærke und das Baby. Die wiedererweckten Freundschaften auf der Insel. Sein Haus, sein Jazz. Das abendliche IPA. In die Toskana wollte er mit Sonja, nach Lissabon und nach Spitzbergen. Er hatte doch noch so viel Hunger auf Leben.

„Tja Kofoed, beinahe hättest du es ja geschafft, die Kollegen von ihm da waren ja zu doof und haben dich entwischen lassen. Aber du warst ja so nett, hierherzukommen. Ich habe dich schon seit einer halben Stunde verfolgt." Er setzte wieder dieses Grinsen auf, das er vermutlich in irgendwelchen Western gesehen hatte.

„Weißt du, Sej, das alles wird dir nicht nutzen. Es gibt Zeugen, man wird dir den Mord an mir nachweisen, und dann verbringst du den Rest deines Lebens im Knast. Verdientermaßen."

„Nein, niemand wird wissen, dass ich hier war. In Vang liegt ein Boot, das auf mich wartet. Und Zeugen gibt es nicht." Er richtete seine Pistole auf Tom und schoss ihm in den Kopf. Der knallte nach hinten. Karen schrie auf.

„So, und nun stellt sich die Frage, erst deine hübsche Chefin oder erst du?"

Er schaute Karen an: „Eigentlich schade um dich, du bist nicht mehr ganz taufrisch, aber absolut attraktiv. In meinen Läden hätte ich viele hungrige Kerle, die total auf dich abfahren würden. Und wenn die dann wüssten, dass du ´ne Ex-Polizistin bist, würden die glatt das Doppelte zahlen. Kannst du dir ja noch mal zwei Minuten überlegen, ich würde dich gleich mitnehmen." Er lachte laut.

„Also Kofoed, dann doch erst du. Willst du noch was sagen?" Er hob seine Waffe und schritt an den Rand des Loches. Er stand einen Meter vor Jan. Der wollte gerade den Kopf schütteln, da hallte ein Schuss durch den Raum, und Per Steen kippte nach vorne. Jan kniff seine Augen noch fester zusammen und öffnete sie nach ein paar Sekunden nur zögernd. Er war nicht tot. Sej lag genau vor ihm, Blut floss aus ihm heraus. Er drehte sich mit offenem Mund um. Da stand Sanne mit einer Pistole in der Hand und weit aufgerissenen Augen. Stille.

Einen Augenblick später füllte Lärm den Raum, Schritte, Schreie. Türen wurden aufgerissen, Männer in Militärkluft und mit Gewehren stürmten hinein. Sie entwendeten Sanne die Pistole, stürmten auf den Toten auf dem Boden zu, befreiten die Frau von dem Stuhl und holten den Mann aus dem Loch, in dem Jan auf einem Teppich stand. Ein weiterer Mann wurde mit gesenktem Kopf hereingeführt, dem man Handschellen angelegt hatte. Und zwei Frauen wurden ebenfalls in den Raum geschoben, beide noch etwas unsicher auf den Beinen und sichtlich mit der Situation völlig überfordert.

Die Elitepolizisten warteten auf weitere Ansagen. Aber wer konnte die jetzt geben? Christian starrte auf Karen, die von zwei Polizisten gestützt wurde, hemmungslos weinte und zwischendurch immer wieder schrie. Er schaute hin zu Jan, der regungslos auf den Boden blickte. Christian begriff, dass er gefordert war. Er räusperte sich und schaute die Männer an: „Ditte und Ida sind befreit, bitte bringt sie in die Zentrale, dort werden sie versorgt. Den Mann da auch mitnehmen und in einen Verhörraum bringen. Für Karen holen wir psychologischen Beistand, wir rufen einen Wagen und lassen sie ins Hospital bringen. Ihr Mann wird zur Obduktion ebenfalls ins Hospital gebracht, ich informiere gleich Knud, dass er sich kümmert. Und um diesen anderen Toten da auch, den kenne ich nicht. Jan, was ist mit dir?“

Jan nickte und versuchte sich vom Rand des Lochs zu erheben, auf den er sich gerade gesetzt hatte. Zwei Männer halfen ihm hoch. Wortlos ging er Richtung Ausgang. Vor Sanne blieb er stehen und nahm sie in den Arm. Er begann zu weinen: „Danke.“

Christian rief die Spurensicherung an und gab die Adresse durch.

Jan drehte sich zu ihm: „Der Tote da ist Per Steen. Und sag´ Kopenhagen Bescheid.“

Kurz darauf stieg Mogens Mørch in einen Polizeihubschrauber, der ihn nach Bornholm fliegen sollte. Mehrere enge Mitarbeiter begleiteten ihn.

33

In einem der Wagen zurück nach Rønne saßen Ditte und Jan. Der rief Sonja an: „Schatz, es ist alles vorbei. Also ich meine, die Geiselnahme ist beendet. Du kannst nach Hause kommen. Ich glaube, auf mich wartet noch etwas Arbeit. Ich komme irgendwann in der Nacht."
Sonja brach so heftig in Tränen aus, dass Jan sie kaum verstand: „Wie schön, danke, dass du anrufst. Ja, erledige, was du noch tun musst, ich warte auf dich."
Ditte hatte noch nicht einen Ton gesagt. Jetzt schaute sie Jan an und murmelte etwas apathisch: „Kann ich mal dein Telefon haben? Meines ist leer."
Jan reichte es ihr wortlos, nachdem er Lones Nummer aufgerufen hatte.
„Hallo Schatz, ich bin es, ich bin wieder frei, ich werde gerade nach Rønne gefahren."
„Jaaah", schrie ihre Frau ins Telefon. „Jaaah, jaaah, wie schön, danke, danke, danke. Bist du okay?"
„Ja, es ist alles gut. Ich weiß nicht, was jetzt gemacht wird, ich komme nachher, ich lasse mich von einem Kollegen fahren."
„Ja, ich kann dich auch abholen, melde dich. Welch ein schöner Tag! Mein Schatz, du bist gerettet!"
Ditte reichte Jan tonlos murmelnd das Handy zurück: „Dieses Mal haben wir nur acht Tage gebraucht."

In der Polizeizentrale am Zahrtmannsvej herrschte Hektik. In vielen Räumen wurde Licht angeschaltet, die Heizung etwas höher gedreht, und Kaffee, Tee und Wasser wurden auf die Tische gestellt.
Ida wurde in einen Raum gebracht, in dem auch eine Liege stand, eine Ärztin kam herein, um sie zu untersuchen. Sie kontrollierte ihren Puls, hörte sie ab,

leuchtete in Augen und Ohren, frage nach Schmerzen, das ganze Programm einer Routinekontrolle.

„Okay. Du scheinst erschöpft und unterkühlt zu sein, eine Nacht im Hospital könnte dir guttun. Das können wir gleich klären. Du musst noch liegen bleiben, bis jemand von den Ermittlern kommt, solange wird eine Polizistin hier bei dir sein."

Kaum hatte die Ärztin den Raum verlassen, stand Ida auf. Gelegen hatte sie nun wirklich genug die letzten Tage. Im Auto hatte einer der Elitepolizisten ihr sein Telefon geliehen, sodass sie ihren Sohn anrufen konnte. Sie fühlte einfach nur Leere in Kopf und Körper, totale Leere. Sie setzte sich auf die Liege. Die Polizistin brachte ihr ein Glas Wasser, das Ida sofort leerte und um ein zweites bat.

Nachdem die Ärztin Ditte untersucht hatte, ging diese in dem Raum auf und ab. Was war eigentlich passiert? Das hatte ihr immer noch niemand erklärt. Mit Jan konnte sie auf der Heimfahrt nicht sprechen, der wirkte abwesend, weshalb auch immer. Wenn sie es richtig gesehen hatte, war der Tote Tom. Seine Stimme hatte sie erkannt, als einer der anderen Kerle sie bedrohte. Was hatte er mit der Sache zu tun? Karen war völlig außer sich gewesen, weinte und schrie ununterbrochen, vermutlich, weil irgendjemand Tom getötet hatte. Der zweite Tote war wohl einer der Entführer. Die Politikerin, Ida, war anscheinend auch gefangen gehalten worden. Welch ein Chaos. Wenn ihr endlich mal einer alles erklären würde, dann könnte sie hoffentlich zu Lone und Kafka.

Jan nahm die Untersuchung des Arztes gar nicht wahr. In seinem Kopf lief der Film der letzten zehn Minuten im Haus in Dauerschleife. Sein Heranschleichen an den großen Innenraum. Das Wortgefecht zwischen Karen und Tom. Das Erkennen von Toms Mittäterschaft, seinen Schritt auf den Teppich, der Sturz in das Loch und plötzlich Sej hinter ihm. Die Todesangst und Sannes Schuss. Und wieder sein Heranschleichen an den großen Innenraum, und wieder...

Die Tür wurde geöffnet, Christian kam herein, und sie umarmten sich.
„Danke Christian, danke, danke, danke.“
Beide kämpften mit den Tränen, die tagelange Anspannung löste sich. Christian wollte etwas sagen, doch plötzlich stieg der Lärmpegel noch weiter. Mogens und seine Kollegen waren eingetroffen.
Der Polizeichef der *Rigspoliti* kam hinein, stürmte auf Jan zu und umarmte ihn wortlos. Dann drehte er sich zu Christian um und umarmte auch ihn. Christian wurde leicht verlegen.
Mogens atmete tief durch: „Herzlichen Dank an euch alle von der Staatsministerin. Bei ihr ist gerade eben noch eine Mail von den Erpressern eingetroffen, in der ihr mitgeteilt wurde, dass das Ultimatum in 24 Stunden ausläuft. Vermutlich kam das wieder von dem Server aus China. Ich habe sie beruhigen können. So, nun lasst uns kurz austauschen, was passiert ist. An die Feinarbeit gehts morgen, wenn alle ausgeschlafen sind. Jan, bist du dazu in der Lage?“
Der nickte: „Ja, und noch leichter würde mir das fallen, wenn ihr ein Bier für mich habt, das habe ich mir verdient, glaube ich.“
Christian lächelte vorsichtig: „Dein IPA haben wir nicht, aber ein Carlsberg lässt sich schon auftreiben.“

Kurz darauf saßen Mogens und zwei seiner Leute mit Jan und Christian zusammen. Auch Ditte hatte um ihre Teilnahme gebeten, sie fühlte sich fit genug und war neugierig. In einem anderen Raum wurde Ida Ibsen von zwei Kopenhagenern zu ihrer Entführung befragt. Jan begann: „Nur in Kurzform, genauer erzähle ich alles morgen, wie Mogens vorgeschlagen hat. Eine Gruppe von fünf Männern und einer Frau hat erst drei Personen regelrecht hingerichtet. Dann hat sie Ole Abrahamsen entführt, Ida Ibsen und Montagmorgen auch Ditte. Und Karen, aber nur Karen, nicht Tom, wie wir alle gedacht haben. Der war einer der Täter." Die Anwesenden schauten sich überrascht an. „Ja, er hat seine Frau hintergangen. Warum und wie lange schon, können wir hoffentlich noch herausfinden. Ob die Geiselnehmer alle wirklich politische Motive besaßen, werden wir vermutlich auch erfahren. Christian hat auf meine Hinweise hin mit den Kollegen vier der Täter aus dem Spiel nehmen können, außerdem haben wir erkannt, dass unser Kollege Aksel Riis ein Kollaborateur war.

Als ich in das Haus gehen wollte und die Elitetruppe zur Verstärkung anfordern wollte, war das Netz gestört. Ich gehe davon aus, dass Per Bjerg, der IT-Millionär, das organisiert hat, dem gehört das Haus. Den sollten wir gleich noch verhaften. Ich musste also allein dort rein. Was ich nicht bemerkt habe, ist, dass ich bereits beobachtet wurde. Und zwar von Per Steen, auch bekannt als ‚Sej', dem habe ich mal in Kopenhagen einen großen Deal vermasselt. Der wollte sich rächen und hat mir eine Falle gestellt. Die hätte auch beinahe zugeschnappt, wenn Sanne nicht gewesen wäre. Ihr verdanke ich mein Leben." Er stoppte kurz und schluckte. „Steen hat Tom erschossen, er wollte keine

Zeugen für den Mord an mir haben, danach sollten Karen und eben ich dran glauben. Er hat Tom Geld dafür versprochen, wenn er mich umbringen darf, aber das nicht wirklich vorgehabt. Er wollte danach mit einem Boot abhauen, das in Vang auf ihn wartete. Vielleicht erwischen wir das noch."

Keiner sagte etwas. Mehrere Minuten lang. Jeder versuchte, das Geschilderte für sich zu verarbeiten. Sie hatte die letzten acht Tage ganz unterschiedlich erlebt.

„Wie geht es Karen?", wollte Ditte wissen.

„Sie ist hier im Hospital und erhält Hilfe. Gut möglich, dass sie in den nächsten Tagen nach Kopenhagen gebracht wird und anschließend in psychiatrische Behandlung kommt. Wir müssen sehen, ob sie sich von diesen Tagen erholen kann", antwortete Mogens mit ruhiger Stimme.

„Was wissen wir über die Täter?", fragte Ditte gleich hinterher.

„Das ist so kurz nach dem Ende der Geiselnahme nicht eindeutig zu beantworten. Wir wissen nicht, wer der Antreiber war, wer Mitläufer, wie die zusammengefunden haben, ob es Hintermänner gibt. Wir wissen im Moment nur, dass neben Tom noch dieses Ehepaar aus Klemensker dazugehörte, die werden wir noch ein paar Tage in Kopenhagen observieren, vielleicht führen sie uns noch zu Mitwissern oder Hintermännern. Dann gab es noch diesen Karsten Schack, der ist als Gewalttäter bekannt, aber nicht für eine politische Richtung, der könnte für die drei Morde letzte Woche verantwortlich sein. Außerdem gibt es noch diesen Delikatesshändler Pelle Bruun, der nachweislich in rechtsextremen Kreisen verkehrte. Und der letzte Täter ist ein Frührentner, Frode Hammer, der früher als Fischer und anschließend als Busfahrer tätig war, aber

nach einem Unfall nicht mehr arbeitsfähig. Über den wissen wir sonst noch nichts."
„Was macht Ida?"
„Die ist jetzt im Hospital, das wird sich morgen entscheiden, ob sie nach Hause kann oder nicht."
Wieder trat Stille ein.
„Ich würde jetzt gerne nach Hause gehen", unterbrach Jan das Schweigen.
„Selbstverständlich, Jan. Ditte, das gilt auch für dich. Und Christian ebenfalls. Morgen früh kommt eine größere Delegation aus Kopenhagen mit dem Flieger hierher und durchsucht die Häuser und Wohnungen der Täter. Ich habe schon Streifen dorthin geschickt, damit da nachts niemand einsteigt und eventuelles Beweismaterial mitnimmt. Das Haus von diesem Aksel durchkämmen wir morgen ebenfalls."
„Und Per Bjerg?"
„Unsere Leute sind auf dem Weg zu ihm. Das Boot in Vang ist übrigens festgesetzt, da sind Kollegen, die noch in Olsker waren, sofort hingefahren. Dort lag ein Motorboot mit zwei Schweden, die sollten Per Steen nach Simrishamn bringen. Die zwei Männer sind auf dem Weg zu uns. So, und nun lösen wir die Runde auf und gehen schlafen, soweit es möglich ist."

34

Kafka verstand die Welt nicht mehr. Plötzlich riss Lone ihn aus dem Schlaf, setzte ihn in den Kofferraum und stellte ihre und seine Sachen auf den Rücksitz. Und das mitten in der Nacht. Sie weinte und war doch ganz fröhlich. Kafka machte es sich im Kofferraum gemütlich und versuchte weiterzuschlafen.
Lone war aufgeregt. Gerade hatte Ditte angerufen, dass sie nun nach Hause gebracht würde. Sofort hatte

sie das Malene und Mateo erzählt, die sie die letzten Tage in Aarsballe beherbergt hatten, und zusammengepackt. Endlich, endlich, endlich.

Als sie in Nyker in ihre Straße einbog, sah sie Ditte gerade aus dem Polizeiwagen aussteigen. Sie hielt und sprang aus dem Wagen, während der andere Wagen wieder startete. Die beiden Frauen umarmten und küssten sich, drückten sich und wussten nicht wohin miteinander. Alles erschien so unwirklich. Tränen flossen. Lone hörte ein Bellen. Kafka, na klar. Sie ging zum Kofferraum und ließ ihn heraus. Er raste zu Ditte und sprang an ihr hoch. Sie nahmen ihre Sachen und gingen ins Haus.

Lone schenkte zwei Gläser Weißwein ein und setzte sich auf das Sofa, Ditte legte sich mit ihrem Kopf auf den Schoß ihrer Frau. Kafka blieb in der Küche und widmete sich dem getrockneten Schweineohr, das ihm Lone zur Feier des Tages spendiert hatte.

Die beiden Frauen sprachen nur wenig miteinander, die Erschöpfung war zu groß. Sie fühlten die Nähe ihrer Partnerin, das war jetzt wichtig. Zum Reden war noch die nächsten Tage genug Zeit. Es musste erst wieder etwas Ordnung in die Köpfe.

Christian startete den Wagen Richtung Allinge. Er wollte zu seiner Frau, die dort die letzten Tage bei ihren Eltern verbracht hatte. Er besaß keinen Schlüssel für das Haus und wählte unterwegs Lærkes Nummer. Sie nahm nicht ab. Vermutlich schlief sie und mit ihr das Baby in ihrem Bauch. Also musste er seinen Schwiegervater wecken. Der meldete sich auch mit schlaftrunkener Stimme: „Ja, ich lass dich rein, klopf kurz gegen die Tür, wenn du da bist.“

Christian fuhr die Straße nach Hasle und weiter Richtung Vang und Hammershus. Die Alternativstrecke, die ihn über Olsker geführt hätte, wollte er meiden. Nein, den Ort brauchte er heute nicht noch mal.

In Allinge angekommen, klopfte er kurz. Sein Schwiegervater hatte den Bademantel übergezogen, im Wohnzimmer das Licht angeschaltet und zwei Bier auf den Tisch gestellt.

„So mein Junge, dann erzähl mal."

Danach war Christian gerade nicht, er hatte das Gefühl, dass seine Augen sich allmählich zuzogen. Aber er wollte auch nicht unhöflich sein: „Gleich, Sven-Erik, aber erst möchte ich nach Lærke schauen."

„Selbstverständlich."

Christian betrat das Zimmer und ließ das Flurlicht hereinscheinen. Lærke schlief tief und fest auf ihrer linken Seite. Gerne hätte Christian die Decke angehoben und ihren Bauch angeschaut. Aber er wagte es nicht. Er lächelte, schloss leise die Tür und ging zurück ins Wohnzimmer.

„Prost, Christian, schön, dass alles gut ausgegangen ist. Was war eigentlich genau los? Hier in Allinge gab es so einige Gerüchte, von einer Entführung wurde gesprochen, von Gelderpressung und so."

„Ach Sven-Erik, sei mir nicht böse, aber ich kann jetzt gar nicht viel erzählen, ich bin todmüde. Ja, es gab eine Entführung, aber die haben wir heute beenden können." Er hoffte, dass sein Schwiegervater nun sein Bier austrank und wieder ins Bett ging.

„Das ist doch großartig, dass alles gut ausgegangen ist. Oder gab's Tote?"

„Ja, die gab es, aber lass mich das morgen erzählen. Es darf auch noch nicht alles an die Öffentlichkeit."

„Klar, aber ich behalte natürlich alles für mich, du kennst mich doch. Hatten diese Morde letzte Woche auch was damit zu tun?“

Christian zwang sein Bier mit zwei großen Schlucken in sich hinein: „Ja, die gehörten dazu. So Sven-Erik, sei mir nicht böse, aber ich muss mich hinlegen.“

„Klar, lege dich hier einfach auf das Sofa, bei Lærke und dem Baby ist ja kein Platz. Decken liegen hier auf dem Sessel. Morgen früh gibt's Kaffee und frische Brötchen.“

„Ja, danke, super.“

Der Schwiegervater war noch nicht aus dem Wohnzimmer gegangen, als Christian schon schlief.

Sonja hatte ein IPA aus Svaneke auf den Tisch gestellt. Sie war todmüde und glücklich, wieder in ihrem Bett zu sein, Aber sie konnte nicht schlafen. Als Jan endlich die Haustür öffnete, stieg sie aus dem Bett. Sie umarmten sich wortlos. Atmeten tief durch, immer und immer wieder. Jan lächelte, als er das einsame Bier auf dem Tisch sah. Sonja war einfach liebevoll. Sie schenkte es ihm ein und holte sich ein Glas Wasser. Ihm taten alle Knochen weh, die Müdigkeit kam durch.

„Ich bin glücklich“, sagte Sonja mit ruhiger Stimme.

„Ich auch, sehr sogar“, nickte Jan.

„Was ich so im Netz gelesen habe, bist du ja ein Held.“

„Nein, heute ist niemand ein Held.“ Er weinte ein wenig.

Sonja wusste, was er meinte.

Tag 1 danach

35

Bornholm war in Aufruhr. Die Ereignisse von Olsker hatten sich noch in der Nacht wie ein Lauffeuer auf der Insel verbreitet. Neugierige fuhren ungeachtet der Tageszeit zum Hof, der aber weiträumig abgesperrt war. Das Fernsehen sendete live bis 2 Uhr nachts, obwohl für die Zuschauer nichts Interessantes passierte. Das geschah drinnen im Haus. Natürlich versuchten manche, sich über die Wiesen und Felder anzuschleichen, um möglichst nahe an das Haus zu kommen und Filmaufnahmen zu machen. Die alten Frederiksens wurden aus dem Schlaf geklingelt und um eine Stellungnahme gebeten. Die waren damit völlig überfordert und froh, dass die Polizei umgehend die Zufahrt zu ihnen absperrte. Erst nach und nach wurde den Bornholmern bewusst, dass einige Mitbürger tagelang als Geiseln gehalten worden waren. Vor der Polizei sammelten sich Neugierige, wobei sich auch einige darüber mokierten, dass das alles so lange geheim gehalten wurde.

Die Flüge nach Bornholm für den nächsten Tag waren binnen Minuten ausverkauft, die Fluggesellschaft DAT würde gegen Morgen versuchen, kurzfristig weitere Slots zu erhalten. Bornholmslinjens Nachtabfahrt von Køge war blitzschnell ausgebucht, was für den Monat Februar ungewöhnlich war. Die Hotels waren überbucht, andere, die eigentlich im Winter geschlossen hatten, öffneten sofort. Alle wollten auf die Insel.

Bornholm fand seinen Platz in den Nachrichten deutscher und finnischer, schwedischer und niederländischer, norwegischer und britischer Medien. Namen sickerten durch, Namen der Entführer und der

Entführten. Es verging keine halbe Stunde, bis sich auch vor deren Häusern und Wohnungen Menschen versammelten. Dabei kam es aber auch zu Missverständnissen. Mancher, der fälschlicherweise als Geisel genannt wurde, sah plötzlich auf eine größere Menschenansammlung vor seinem Haus und wunderte sich. Bornholm war im Ausnahmezustand. Und es wurde im Laufe des Tages nicht besser, im Gegenteil, je mehr Menschen auf die Insel strömten, desto mehr machte sich hektisches Treiben breit.

Nachbarn der Verdächtigen wurden an der Haustür nach diesen befragt. Welchen Eindruck sie von diesen hatten, wann sie den ersten Verdacht gehabt hätten, ob sie immer gegrüßt hätten, welchen Hobbys sie nachgegangen wären und so weiter. Karens Schicksal wurde ohne Ende durchgekaut. Kaum jemand kannte sie, sie hatte sich nie in den Vordergrund gespielt. Dass sie eine gute Polizeichefin war, ja, das hatte sich mit den Jahren herumgesprochen. Aber dass ein Mann seine Frau so hintergeht, das erschütterte alle.

Vor den Häusern von Jan, Ditte, Christian, Ida sowie Ole Abrahamsen standen Journalisten, klingelten und forderten Statements ein. Erst als die Kollegen von der Bereitschaft sich mit grimmigem Blick vor deren Haustüren postierten, nahm die Belästigung etwas ab. Lærke und Christian waren ohnehin wieder nach Allinge zu Lærkes Eltern geflohen, um Lærke und das Baby zu schützen. Jan war bei Sonja untergekrochen, vor deren Haus sich nur wenige Menschen versammelt hatten. Lone und Ditte hatten mitsamt Kafka vorübergehend Unterschlupf beim Pastor in Nyker gefunden. Oles Vorgarten war groß genug, um alle Neugierigen auf Distanz zu halten. Und Ida hatte die letzte Nacht vorsichtshalber doch im Hospital verbracht und war nach ihrer Rückkehr sehr erschöpft gewesen, nun schlief sie über Mittag und bekam von dem ganzen Getöse draußen nichts mit. Die Klingel hatte sie abgeschaltet. Bornholm war auf eine Art und Weise in den Fokus der Öffentlichkeit geraten, wie ihn sich niemand gewünscht hatte.

Karen lag in einem großen Bett, sie hatte ein paar Schnüre im Arm, irgendwo piepte es fortwährend. Das Licht war abgedimmt, ständig schaute jemand in das Zimmer. Sie fühlte sich ganz ruhig. Wo war sie? Wann würde dieser Traum endlich zu Ende sein, wann würde sie aufwachen? Sie hatte von Tom geträumt, ihrem geliebten Mann. Er hatte sie angeschrien, immer und immer wieder. Sie hatte sich gewehrt, hatte auch geschrien. Ein ganz schrecklicher Traum, sie liebten sich doch so. Und dann hatte es Lärm gegeben, und Tom lag da plötzlich, und alle anderen waren weg. Und man hatte sie in ein Auto gebracht, das wie ein Krankenwagen aussah. Und nun war sie hier in diesem Zimmer. Hoffentlich würde gleich die Sonne aufgehen und sie aufwachen. Sie musste dringend Haare waschen. Sie würde ihre langen roten Haare ordentlich durchkämmen, sich schick anziehen, Tom einen Kuss geben und endlich wieder zur Arbeit fahren. Da war sie lange nicht gewesen. Warum eigentlich nicht? Ob Jan sie vermisst hatte? Oder Ditte? Oder Christian? Oder einer von den anderen? Aksel vielleicht?

Die von Mogens angekündigten Kopenhagener Ermittler kamen mit einem halben Tag Verspätung an. Bornholm war am frühen Freitagmorgen in Nebel gehüllt. Und da Bornholm als einziger größerer dänischer Flughafen nicht über ein System verfügte, das ein Landen auch bei dichtestem Nebel ermöglichte, mussten sie auf das Schiff ausweichen. Also hatten sie umdisponiert und waren in aller Frühe mit drei Autos von Kopenhagen nach Ystad gefahren. Die Fähre hatte bereits um 8.30 Uhr abgelegt, entsprechend übernächtigt hingen die Frauen und Männer auf dem Schiff an den Tischen und hielten sich an den Kaffeebechern fest. Um ca. 10.20 Uhr fanden sie sich im Zahrtmannsvej ein.

Mogens hatte gestern Abend und heute früh eine Aufgabenliste erstellt. Dazu gehörte die Durchsuchung der Häuser der Geiselnehmer, nur Frode Hammer alias Claus Kam hatte in einer Etagenwohnung im Rønner Rosenvej gewohnt. Die Durchsuchungen mussten äußerst penibel durchgeführt werden, ganz Dänemark wollte nun wissen, was auf der Sonnenscheininsel geschehen war. Und warum. Eine zentrale Rolle spielten natürlich die Laptops der Täter.

Des Weiteren mussten Pelle Bruun und Frode Hammer verhört werden. Natürlich auch Per Bjerg. Und die beiden schwedischen Bootsbesitzer. Das Ehepaar Carlsen war noch in Kopenhagen und wurde weiterhin beschattet. Mogens würde sie aber nach dem Wochenende verhaften lassen, sofern sie die Polizei nicht zwischendurch noch zu eventuellen Hintermännern geführt hatten.

Er präsentierte den Ermittlern seinen Plan. Dass das alles ebenso schnell wie gründlich zu erfolgen hatte, daran ließ er keinerlei Zweifel. Als am Nachmittag der Himmel aufgebrochen und der Nebel verschwunden war, ließ Mogens sich zum Flughafen bringen und war bald darauf schon zurück in Kopenhagen. Er musste noch schnell ein paar Personalfragen klären, ein Vakuum konnte er sich auf Bornholm nicht mehr leisten.

Tag 2 danach

36

Die Ermittler aus Kopenhagen hatten reichlich zu tun. Tom hatte in seiner Bibliothek hinter den Büchern einige Verstecke eingerichtet. Hier fanden sie Sticks mit zahlreichen Dateien, die er nicht auf dem Laptop gespeichert hatte. Er hatte wohl Angst, dass jemand in seine Cloud einbrach und wertvolle Informationen klaute. Bis das alles gesichtet und ausgewertet sein würde, wäre die ein oder andere Woche herum. Und das war sehr optimistisch gerechnet.

Unangenehm war den Frauen und Männern auch, dass sie das Eigentum der Bornholmer Polizeichefin durchsuchen mussten. Das war ein Eingriff in deren Intimsphäre, der ihnen Unbehagen bereitete, sich aber nicht vermeiden ließ. Diese Aufgabe war auch deswegen bedrückend, weil immer deutlicher wurde, dass Karen nichts, aber auch gar nichts geahnt hatte.

Voreinander Versteck spielen mussten die Carlsens alias Hofrat Thienner und Frau nicht. Das inzwischen nach Kopenhagen geflohene Ehepaar hatte seine Pläne und Pamphlete recht offen herumliegen, einen Safe gab es, aber der war leer. Problematischer war es, dass ihre Pferde dringend versorgt werden mussten und eine vorläufige Unterkunft brauchten. Gott sei Dank konnten sie auf andere Züchter verteilt werden.

Beim groben Durchblättern der Papiere wurde zumindest die Vermutung bestätigt, dass sie sich vor ein paar Jahren gezielt an Karen und Tom herangemacht hatten. Wie die Beziehung zu Tom weiterging, nachdem sich Rasmussens offiziell zurückgezogen hatten, würde noch herauszufinden sein. Kurios war, dass sich alle Entführer nach Männern des Aufstandes von

1658 benannt hatten. Frauen hatten damals nicht mitgemacht. Da ihr Mann den Namen des beteiligten Hof-
rats Thienner genutzt hatte, war Freyja deshalb
zwangsläufig Frau Thienner geworden.
Das Haus des toten Killers Karsten Schack alias Villum
Clausen war schon von der Spurensicherung durchsucht worden, da ging es mehr um die gründliche Aus-
wertung seiner Unterlagen.
Der Online-Händler Pelle Bruun alias Peder Olsen ver-
weigerte jede Aussage. Die Ermittler hatten tonnen-
weise Unterlagen aus seinem Keller geschleppt, auf
seinem Laptop fanden sie intensive Korrespondenz
mit der „Glistrups Jünger"-Gruppe. Er war schon ein
Aktivposten in der Szene gewesen.
Große politische Aktivität konnte man hingegen Frode
Hammer alias Claus Kam nicht vorwerfen. Er war ein
gebrochener Mann, einst ein gut verdienender Fischer, dann ein unauffälliger Busfahrer und nach einem Verkehrsunfall Frührentner. Er trank, seine Wohnung war die eines Messis, und schuld daran hatten
alle anderen, vor allem die Ausländer. Er ließ sich
leicht steuern, das hatte die Gruppe ausgenutzt.
Völlig schockiert war Natasja, die Freundin von Aksel
Riis. Er hatte ihr immer erzählt, dass er demnächst der
Bornholmer Polizeichef werde. Deshalb hatte sie sich
mit ihm eingelassen, besonders attraktiv fand sie ihn
nicht. Und nun gingen Polizisten in ihrem Haus von
Zimmer zu Zimmer, rissen Schubladen auf, durch-
wühlten die Wäsche und schauten unter Teppichen.

Ida hatte auch diese Nacht lange geschlafen und sich
einigermaßen erholt, nun saß sie in ihrem Haus in
Nexø. Das Krankenhaus hatte sie am Freitagmorgen
wieder verlassen dürfen, von ihrer Unterkühlung

hatte sie sich erholt, seelisch schien sie in Ordnung zu
sein. Das stimmte zwar nicht, aber sie war froh, wieder
nach Hause zu können.

Sie hatte sich einen Tag später aber nicht aufraffen
können, einkaufen zu fahren. Sie hatte Angst hinaus-
zugehen. Eine Nachbarin hatte sie mit dem Notwen-
digsten versorgt. Nun war ihr Sohn schon den ganzen
Abend bei ihr und hörte ihr zu. Sie hatten dabei beide
einen Joint in der Hand. Es war gut, das alles los zu
werden, vor allem ihre Ängste. Diese Idioten hatten
wohl vom Staat gefordert, dass Bornholm eigene Re-
geln erhält, u. a. sollten alle Ausländer von der Insel
verschwinden. Was hatten die geglaubt, mit wem sie
sich da anlegten? Solche Trottel.

Wollte Ida hierbleiben? Alles sprach dagegen. Diese
furchtbare Entführung, irgendwie war ihr hier auch alles zu provinziell. Und was sie so an Männern gesehen
hatte, konnte sie auch nicht begeistern. Sie suchte jetzt
erst recht jemanden, der für immer an ihrer Seite sein
würde. Diese beiden Polizisten gefielen ihr. Der junge
war hübsch, aber leider zu jung. Und der Chef war ein
gut erhaltener, souveräner Typ, aber vermutlich nicht
allein. Solche Typen hatten immer mindestens eine
Frau. Allein waren nur irgendwelche Kerle mit Defizi-
ten oder Störungen. Gerade wenn sie auf die 50 zusteuerten. Sie schmunzelte. Vielleicht sollte sie es mal
mit einer Frau versuchen.

In der Partei hatten sie auch einige Feinde. Sie war halt
keine von hier, sondern eine „ovrefra", eine von drüben, also vom Festland. Das ließen sie sie spüren. Sie
war ihnen vermutlich auch zu ehrgeizig, das kannten
sie hier nicht. Aber sie hatte Bock auf Politik, auf Gestalten, auf Einfluss, auf Macht.

„Ida, was überlegst du? Ob du von hier abhaust?“ Ihr Sohn hatte sie nicht mehr Mama oder Mutter genannt, seit er in die Schule gekommen war. Ihre Schwiegermutter hatte dafür gesorgt, eine widerwärtige Person. Aber die war Vergangenheit, Gott sei Dank.

„Ja, was hält mich hier?“ Sie zog an dem Joint.

„Ich denke, du willst Bürgermeisterin werden. Deine Chancen waren nie besser. Die toughe Frau, die den Entführern trotzte. Ida, lass dir was einfallen, du bist doch ´ne Marketingfrau, hast tolle Kampagnen entwickelt. Da wird dir für dich schon was einfallen. Aus der Opferrolle lässt sich echt was machen.“ Er grinste sie an. „Mach, was du willst. Ich bleibe hier.“

„Wieso, was willst du hier machen?“

„Ich ziehe mit Lea zusammen.“ Er zog an seinem Joint und pustete Kreise in die Luft. „Ich werde ein Fernstudium als Informatiker machen und dann als Freelancer arbeiten. Als ITler findest du immer Arbeit.“

Ida war zu müde, um diese Diskussion weiterzuführen. Sie spürte, dass sie die letzten Tage viel Kraft gekostet hatten. Morgen sollte sie in Rønne von diesen Sonderermittlern intensiver angehört werden. Was sollte sie denen schon erzählen? Dass sie ein paar Tage in einem kalten, übel riechenden Raum gelegen hatte, angekettet, minderwertig ernährt und ohne die Möglichkeit, sich frische Sachen anzuziehen. Furchtbar. Kein Wunder, dass sie gestern über eine halbe Stunde unter der Dusche gestanden hatte.

Sie legte den Joint in den Aschenbecher, sie mochte ihn nicht mehr. Ach, sie musste ja jetzt keine Entscheidung fällen, sondern konnte sich mit ihrer Zukunft in Ruhe befassen. Die Idee ihres Sohnes gefiel ihr allerdings. Mal schauen, ihr Mann zahlte ja genug Unterhalt.

Ditte, Christian und Jan hatte Mogens Freizeit verordnet: „Erholt euch, meine Leute machen das hier schon alles. Genießt einen freien Tag mit euren Frauen. Die nächsten Tage werden sicherlich wieder anstrengend.“

Christian blieben nicht viele Möglichkeiten. Lærke fiel das Gehen zunehmend schwerer. Am liebsten saß sie in ihrem neuen Haus in dem großen Sessel und schaute in den Garten. Ab und zu nahm sie sich eine Zeitschrift vom Tisch, legte die aber bald wieder zurück. Alles war ihr zu anstrengend. Christian nutzte die Zeit, um im Keller seinen kleinen Fitnessraum weiter einzurichten.

Ditte hatte das Gefühl, sich monatelang nicht bewegt zu haben. Sie wollte das schöne, aber immer noch frische Wetter nutzen und lange laufen. Lones Knie war noch nicht so gut, dass sie mitlaufen konnte. Sie begleitete Ditte und Kafka dafür auf dem Rad: „Damit du mir nicht noch mal geklaut wirst.“ Ditte war nicht zu bremsen gewesen. Irgendwann schaute Kafka Lone an, ob sie nicht nach Nyker umkehren wollten. Und auch Lone spürte erste Ermüdungserscheinungen: „Ditte, wenn du so weiterläufst, bist du gleich in Sandvig.“ Wortlos drehte Ditte um und zog für den Rückweg das Tempo noch einmal an.
Wieder im Haus, duschten die beiden nacheinander und verkrochen sich gemeinsam unter der Bettdecke. Bis zum Abendbrot war ja noch Zeit.

Jan hatte am Morgen die obligatorischen Einkäufe mit Sonja gemacht und schleppte nun drei Tüten hoch Richtung Kirche. Im Hafen lag die gute und zuverlässige Fähre „Povl Anker". Die hatte auch schon 45 Jahre auf dem Buckel, war aber erst renoviert worden und kam in der Hochsaison und bei besonders stürmischem Wetter zum Einsatz.

Ach Povl, wenn du wüsstest, welcher Vollidiot deinen Namen diese Woche missbraucht hat, dachte Jan.

Kurz darauf hatte Rune angerufen. Beide Bewerbungsgespräche in Kopenhagen waren gut gelaufen, gestern hatten sich beide Firmen gemeldet und ihm ein Angebot gemacht. Die Aufgabe bei der einen Firma hätte bedeutet, dass er einmal im Monat für zwei Tage auf die Færører gemusst hätte. Darauf hatte er wenig Lust. Deshalb hatte er das zweite Angebot angenommen, das zwar etwas schlechter dotiert war, aber regelmäßige Reisen ans Mittelmeer bot. Die Firma wollte den Import von Fischen aus der Mittelmeerregion forcieren, die besseren Restaurants nicht nur in Kopenhagen hatten Bedarf angemeldet. Rune sollte den Kontakt zu den Lieferanten ausbauen.

Über Mittag hatten Sonja und Jan sich hingelegt und geschlafen, bis der Wecker sie aus dem Schlaf riss. Sie wollten noch irgendwo spazieren gehen. Doch erst gaben sie ihrem gegenseitigen Verlangen nach.

Als sie sich angezogen hatten, schlug Sonja Listed als Ziel vor.

„Wie kommst du denn darauf? Auf den Spuren von Jan Kofoed, die Sightseeingtour?", wunderte sich Jan.

„Moment, wenn, wäre das die Ditte-Holm-Sightseeingtour, die hat damals die Tat dort mit ihrer Beharrlichkeit aufgeklärt", warf Sonja ein.

„Wohl wahr. Wollen wir nach Svaneke und zurück laufen?"

„Ja, das war meine Idee."

Als sie den Weg zurück nach Listed gingen, klingelte Jans Telefon. Die Nummer sagte ihm nichts.

„Hier ist Ole Abrahamsen, störe ich dich?"

„Nein, Ole, schön dich zu hören." Jan setzte sich auf die Bank, auf der Mona Jensen letztes Jahr auf die Polizei gewartet hatte, nachdem sie den Mord an Hans Andresen gemeldet hatte.

„Ich will dich auch gar nicht lange aufhalten, sondern dir nur gratulieren. Eine wahre Heldentat, Jan."

„Ach Ole, nein, das war eine Mischung aus Zufall, Glück und etwas Können." Sonja schaute ihn staunend an. Das glaubte er doch selbst nicht. Aber es klang so bescheiden gut.

„Nein, das war großartig. Komische Leute waren das, völlig verirrt. Sag mal, dieser Polizist, der mich verhört hat, hat der wirklich mit denen unter einer Decke gesteckt?"

„Ja, der war sozusagen das Trojanische Pferd. Der hat interne Informationen an die Entführer weitergegeben. Aber er war nicht so clever, wie er dachte."

„Jan, ich weiß, dass du jetzt viel zu tun hast. Aber wenn sich das alles etwas beruhigt hat, würde ich dich gerne zum Abendessen bei mir einladen. Ich habe gehört, dass du eine neue, na wie sagt man jetzt, Partnerin hast. Die ist natürlich auch herzlich eingeladen. Melde dich einfach."

„Sehr gerne, Ole, herzlichen Dank."

Sonja hatte während des Wartens überlegt, ob sie Jan nach seinen Gedanken fragen sollte, als dieser Sej ihn erschießen wollte. Aber sie hatte das Gefühl, dass das besser noch etwas Zeit hatte.

Tag 3 danach

37

Am Sonntag rief Mogens Mørch Jan an: „Jan, ich möchte mich heute Abend bei dir zu Besuch anmelden. Es ist dienstlich. Es tut mir leid, dass ich dir und deiner Freundin den Sonntagabend verderbe, aber es ist wichtig. Ich werde am Montag vor die Bornholmer Polizei treten und einige Entscheidungen verkünden. Ich möchte die aber zuvor mit dir besprechen."

Jan war nicht wirklich begeistert, aber natürlich stimmte er zu: „Ja, ich bin gespannt. Um wie viel Uhr denn?"

„Die Maschine landet um 15.55 Uhr. Kannst du uns bitte abholen? Ich würde gerne noch incognito bleiben."

„Uns?"

„Ja, ich bringe eine Frau mit."

„Deine Frau?"

„Nein, nicht meine, eine."

Jans Spannung stieg. Er ging zurück zu Sonja: „Schatz, wir müssen unsere Pläne für heute etwas ändern. Mogens kommt heute Nachmittag, mit einer weiblichen Begleitung. Ich vermute mal, sie ist Karens Nachfolgerin."

„Mit einem Polizisten zusammen zu sein hat auch Nachteile." Sie kräuselte die Stirn und lächelte zugleich. „Wenn das unvermeidlich ist, dann disponieren wir eben um. Wann kommen die Herrschaften denn?"

„Sie landen um 16 Uhr und würden gerne von mir abgeholt werden."

„Gut, ich stelle dir in der Zwischenzeit etwas Kuchen ins Wohnzimmer. Hast du noch genug Kaffee und Wasser im Haus?"

„Nicht mehr viel Wasser, mit hohem Besuch konnte ich ja nicht rechnen. Ich gehe gleich schnell zu Kvickly.“

Auf dem Weg kam Jan ins Grübeln. Eine Frau. Welche Frauen kannte er, die nun den nächsten Schritt als Polizeichefin machen konnten? Bei *Midt- und Vestsjællands Politi* in Roskilde gab es eine sehr kompetente Kollegin, Michelle Havshøj, aber die war vielleicht noch zu jung. Und in Horsens, bei *Sydøstjyllands Politi*, saß noch Anja Dreyer. Aber die wartete schon seit Jahren auf eine Beförderung auf den Posten einer Polizeichefin in einem der 14 Kreise. Sie war in Kopenhagen wegen ihres fordernden Auftretens nicht sonderlich beliebt. Ob man sie jetzt nach Bornholm fortlobte, um endlich Ruhe zu haben? Es gab bestimmt noch andere, aber was sollte er sich jetzt den Kopf zermartern, in ein paar Stunden würde er es wissen.
Außerdem stand noch die Nachbesetzung der Leitung der gesamten Behörde aus, Aages Nachfolge. Die hatte Karen abgelehnt, sie war aber unmittelbar vor ihrer Entführung bei den Auswahlgesprächen anwesend gewesen. Gab es ein Ergebnis, einen Nachfolger? Zwei spannende Personalien. Er griff drei Flaschen Wasser, zwei ohne Geschmack, eine mit etwas Zitrone, das musste reichen. Er hatte ja nicht zum Abendessen eingeladen.
Jan trug die Getränke in sein Haus, stieg in seinen Wagen und fuhr um die Kirche herum zu Sonja. Auf einen kurzen gemeinsamen Ausflug wollten sie nicht verzichten, sie entschieden sich für den Antoinette Strand am Bornholmer Nordrand. Der Wind dort blies recht kräftig, aber nicht unangenehm. Hand in Hand spazierten sie am Wasser entlang, das tat einfach nur gut. Jan erzählte von Calle in Arnager, von der Waffen-

übergabe in Balka, von Runes Besuch, von der Begegnung mit Abrahamsen.

„Wo hast du eigentlich auf deiner Flucht übernachtet?", unterbrach Sonja ihn.

„Die erste Nacht bei Calle, wie gesagt, die zweite bei Line und die dritte in deinem Haus."

Sonja blieb stehen und schaute ihn an: „Wer ist Line?"

„Line ist die Keramikerin aus dem Fall mit dem Deutschen, der an der Glocke der Ruts Kirke hing. Sie hatte eine der jungen Frauen beherbergt, die er und der Küster missbraucht haben. Sie hat ihr Haus auch bei Olsker."

„Aha."

„Sonja, ich habe nicht…"

„Ich weiß." Sie gab ihm einen Kuss und zog ihn weiter. Er stoppte sie und schaute sie an. Ihre Augen bestätigten ihm, dass sie ihm vertraute.

38

Die Maschine aus Kopenhagen landete pünktlich, und bald darauf schritten eine Frau und Mogens sich rege austauschend auf Jan zu.

„Hallo Jan, danke, dass du uns abholst. Das ist Sofie Sonne, du wirst gleich erfahren, weshalb sie mitgekommen ist."

Jan begrüßte die vollschlanke Frau. Sie besaß ein einnehmendes Lächeln, an den Ohren und Händen glänzte schwerer Goldschmuck. Jan zeigte ihnen den Weg zum Auto.

„Na Sofie, wie oft warst du schon zuvor auf Bornholm?", fragte Jan, als sie losgefahren waren.

„Nicht so oft wie die meisten Dänen, denke ich mal. Eines meiner Kinder sitzt im Rollstuhl, und deswegen ist für uns das Reisen etwas beschwerlicher."

„Oh ja, das glaube ich gerne." Da hatte er gleich nach zehn Sekunden in ein erstes Fettnäpfchen getreten. Oder zumindest einen sensiblen Punkt erwischt. „Da ist die Entscheidung für ein Reiseziel für deinen Mann und dich sicherlich komplizierter."

„Ich habe keinen Mann, ich bin seit vier Jahren geschieden." Der nächste Volltreffer. Jan wäre am liebsten ausgestiegen.

„Na, das scheint ja heute mein Glückstag zu sein", versuchte Jan die Situation zu retten.

„Das ist schon in Ordnung", beruhigte Sofie ihn. „Das konntest du nicht ahnen. Und das beweist mir, dass Mogens dich nicht vorgewarnt hat, das hatte er mir auch versprochen. Ich wohne mit meinen Kindern und einer Nanny übrigens in Nordseeland, da bleiben wir selbst im Sommer, die Infrastruktur kommt uns sehr entgegen."

Jan vermied weitere Fragen. Er hielt vor seinem Haus in der Rønner Altstadt.

„Ihr wohnt ja idyllisch", ließ Sofie ihrer Begeisterung beim Aussteigen freien Lauf.

„Ich wohne hier allein", lächelte Jan.

„Oh, dann bin ich wohl jetzt in ein Fettnäpfchen getreten. Mogens hatte mir erzählt, dass du eine neue Partnerin gefunden hast."

„Das stimmt auch, aber sie wohnt auf der anderen Seite der Kirche. Das soll auch so bleiben."

Sofie nickte, Mogens schmunzelte.

„Oh, hast du noch gebacken?", rief Mogens aus, als sie das Wohnzimmer betraten.

„Nein, das war Sonja. Sie kocht und backt großartig.
Bitte nehmt Kaffee oder Wasser. Ein paar Teebeutel
hätte ich wohl auch noch."
„So viel Aufwand wäre gar nicht notwendig gewesen,
vielen Dank. Jan, wie geht es dir nach den letzten Tagen?"
„Gut wäre gelogen. Körperlich bin ich okay. Aber Karen, die ist mein Problem. Ich mag sie sehr gerne, wir
hatten ein gutes Verhältnis. Nicht nur ein professionel-
les, sie hat mir auch das ein oder andere Private anver-
traut, ohne die Distanz zu verlieren. Dass so eine Frau
von ihrem Mann dermaßen hereingelegt, ja hintergangen wird, das ist schrecklich. Was wird nur aus ihr
werden?" Er schaute Mogens fragend an.
„Das wird die Zeit zeigen, ich vermute, die Wunden
sind riesig. Aber sie hat den allerbesten fachlichen Beistand. Wir haben sie in die Psychiatrie nach Gentofte
gebracht, wahrscheinlich wird sie nach Frederikssund
verlegt, weil ihr Heilungsprozess längere Zeit in Anspruch nehmen wird. Dort wird man alles tun, um sie
in ein halbwegs normales Leben zurückzubringen."
„Das hoffe ich auch, sie wird uns allen fehlen." Jan
wurde plötzlich bewusst, dass ihm mit Sofie die Nachfolgerin gegenübersaß. Das machte es gerade nicht
leichter.
„Zweifelsohne wird sie das. Aber wir müssen jetzt
nach vorne schauen. Wir haben drei erhebliche Ver-
luste zu verzeichnen. Karen natürlich, Aage als Leiter
der gesamten Behörde und nicht zu vergessen Aksel
als Leiter der Bereitschaftspolizei."
„Der ist kein Verlust."
„Da hast du recht, wenn du ihn als Person meinst. Aber
er ist eine von drei Führungskräften, die ich ersetzen
muss."

„Ja, ich weiß, Mogens, das ist eine wirkliche Herausforderung. Was sind deine Ideen?"

„Für Ideen habe ich keine Zeit. Jetzt sind Entscheidungen gefragt. Sofie wird gleich etwas zu ihrer Person sagen. Lass mich vorwegnehmen, dass sie Juristin ist und bisher stellvertretende Leiterin von *Nordsjællands Politi* in Helsingør ist. Sie hatte in den Interviews, die wir ja noch mit Karens Unterstützung geführt haben, den eindeutig besten Eindruck hinterlassen. Sie wird Aages Nachfolge antreten."

Jan war überrascht: „Herzlichen Glückwunsch, Sofie."

„Danke, ich freue mich auch sehr. Das ist für mich eine großartige Chance, auf die ich mich sehr freue."

Mogens übernahm wieder: „Ich wollte zuerst diese Position besetzen, weil sie in der Hierarchie ganz oben steht. Und diese Person soll und muss über die anderen beiden Positionen mitbestimmen, ja letztlich sogar bestimmen."

„Zweifelsohne, Mogens, den Ansatz teile ich mit dir."

„Gut, kommen wir zur zweiten Personalie. Was auf keinen Fall funktionieren kann, ist, dass wir auf alle drei Positionen Menschen setzen, die bisher nicht auf Bornholm gelebt haben."

Jan zögerte leicht. Was kam jetzt? Wer konnte Karen ersetzen?

„Sofie und ich haben einen Plan, der zwei Stufen beinhaltet. Stufe eins heißt, es muss hier wieder Ruhe und Verlässlichkeit einkehren. Stufe zwei heißt, dass frischer Wind hineingepustet wird und neue Projekte angeschoben werden. In der Digitalisierung und einigen anderen Dingen hinkt Bornholm bekanntlich etwas hinterher. Aage hat große Abwehrschlachten gegen alles Neue geschlagen. Sofie ist da ganz anders.

Aber sie braucht die Unterstützung aller Mitarbeiter, gerade der Führungskräfte."

Jan wollte jetzt Namen hören: „Was heißt das konkret?"

„Das bedeutet, dass du für die nächsten zwei bis drei Jahre Leiter der Bornholmer Polizei wirst."

„Nein."

„Hör mir bitte zu."

„Nein."

„Jan, bitte."

„Nein."

„Also, wir brauchen jemanden auf dieser Position, der erfahren ist, integer, anerkannt, beliebt und natürlich kompetent. Und der sich nicht für viel kompetenter als Sofie hält, sondern loyal ist. Diese Beschreibung passt auf dich. Zugleich möchten wir Ditte Holm entwickeln. Du weißt, sie braucht ein intensives Schulungsprogramm als kommende Führungskraft, sie wird oft nach Kopenhagen müssen. Wir werden sie darauf vorbereiten, dass sie dich in zwei bis drei Jahren ablösen kann. Sie ist eine kluge und ehrgeizige Frau, sie besitzt hervorragende Beurteilungen, sie ist ideal. Aber sie ist noch nicht so weit, dass sie diesen Job sofort übernehmen könnte. Das werden wir ihr beibringen. Und sie wird an deiner Seite lernen." Mogens ließ sich etwas zurückfallen und schaute Jan erwartungsvoll an.

Dessen Blicke wanderten von Sofie zu Mogens und zurück, zwischendurch Richtung wahlweise zum Fernseher oder dem Bücherregal. Mogens nahm sich ein Stück Kuchen. Jan interpretierte Sofies Blick so, dass sie den Plan großartig fand.

Jan wollte etwas Zeit gewinnen und schaute Mogens an: „Wie bist du denn auf diese Schnapsidee gekommen?"

„Ich nicht, das war Sofie." Die nickte.

„Das ist eigentlich nicht das, was ich mir für meine letzten Dienstjahre auf Bornholm erträumt habe."

Mogens grinste mit dem Kuchen im Mund: „Werte es als Krönung deiner Laufbahn."

Jan zögerte, tausend Gedanken wirbelten in seinem Kopf: „Und wen habt ihr euch für die Leitung der Bereitschaftspolizei ausgedacht?"

„Niemanden. Das entscheidest du, natürlich in Absprache mit Sofie. Die oder der wird ja dein Mitarbeiter. Und du kannst das Ermittlerteam auch wieder aufstocken, da fehlt bekanntlich jetzt eine Person."

Jan war hin- und hergerissen. Mogens Argumente waren nicht zu widerlegen. Aber sein Ziel war dieser Job nie gewesen.

„Okay, ich muss darüber schlafen. Das kann ich nicht spontan entscheiden. Und ich mache das von drei Frauen abhängig. Von Ditte, wenn die nicht mitmacht, bin ich raus. Von Sonja und von Tove."

„Einverstanden, Jan, das klingt nach einem guten Weg. Sofie und ich sind bereits bei Ditte angemeldet und fahren gleich zu ihr. Sofie und ich sind morgen um 13 Uhr im Zahrtmannsvej, Sofie wird sich vorstellen, und ich werde die neue Struktur darlegen. Deshalb bitte ich dich, mir morgen früh eine Antwort zu geben."

„Das verspreche ich dir. Ich werde heute Abend noch mit Ditte telefonieren."

„Mach das auf jeden Fall. Sofie, magst du noch kurz etwas zu dir sagen?"

„Ja, gerne". Sie drehte sich zu Jan. „Ich habe mich natürlich vorher über dich informiert, ich kenne also deinen Lebenslauf und auch ein paar private Daten. Mehr werde ich sicherlich während unserer Zusammenarbeit erfahren, auf die ich mich sehr freue. Ich möchte dir sagen, dass ich großen Respekt vor deiner Karriere und deinen Erfolgen habe. Und mir tut dein Verlust deiner Frau Tove außerordentlich leid."

„Danke." Jans Körper zog sich beim Gedanken an Tove etwas zusammen.

„Ich bin 48 Jahre, bin in Vejen geboren worden, also in Südjütland. Ich habe in Kopenhagen Jura studiert und habe gleich die Verwaltungslaufbahn eingeschlagen. Ich war zunächst bei der Polizei in Næstved, dann in Roskilde, und seit über zehn Jahren bin ich in Helsingør als stellvertretende Leiterin der Behörde tätig. Ich habe drei Kinder, die sind 18, 16 und 13 Jahre alt. Die beiden ältesten sind Mädchen, Nummer drei ist ein Junge. Er sitzt im Rollstuhl, wie vorhin schon erwähnt, da gab es Komplikationen bei der Geburt. Meinem Mann ist das mit der Zeit zu viel geworden, zu anstrengend, wir haben uns vor vier Jahren scheiden lassen. Er hat eine sehr gute Position bei einer Versicherung, Codan genauer gesagt, aber leider haben wir keinen Kontakt mehr. Immerhin hat er mir das Haus gelassen. Mit den beiden Mädchen trifft er sich manchmal in Kopenhagen."

Jan war eine Frage gekommen: „Wirst du pendeln oder zieht deine Familie hierher?"

„Gute Frage. Die beiden Mädchen bleiben zunächst drüben, die älteste wird im Sommer ihren Abschluss machen, die zweite hierherziehen. Und der Junge kommt mit mir gleich hierher, sobald ich ein passendes Haus gefunden habe. Die Nanny bleibt drüben und wird nicht mitziehen. Sie hat Familie. Ich werde mir hier eine neue suchen müssen, leider. Ja, um deine Frage konkret zu beantworten: Ich werde bis zum Sommer ab und zu kurz zu den Mädchen reisen. Aber Victor, so heißt mein Sohn, braucht mich mehr."

Sofie hatte noch ein paar Fragen zu der Geiselnahme und den Hintergründen, dann verabschiedeten sie und Mogens sich. Ein Taxi fuhr vor.

Jan nahm sich ein Stück Kuchen und ging in den ersten Stock. Von dort konnte er ein kleines Stück vom Meer sehen. Er biss ein Stück vom Kuchen ab. Mit vielem hatte er gerechnet, aber nicht mit dieser Lösung. Er hatte mit seinem Wechsel nach Bornholm auf weniger Verantwortung gehofft, nun bekam er mehr. Wollte er das? Mogens Argumentation war stringent. Ja, wahrscheinlich war er, Jan, jetzt der Einzige, der etwas Ruhe in die Bornholmer Polizei bringen konnte. An Sofie würden sich alle schnell gewöhnen. Die wirkte sehr offen und sympathisch. Ihre Kleidung war konservativ, sehr großstädtisch und sah nach Geld aus. Das mochte im reichen Nordseeland gut ankommen, hier musste sie ein, zwei Gänge niedriger schalten. Als Nachfolger für Aksel fiel ihm spontan niemand ein, als Nachrücker für das Ermittlerteam hatte er eine ganz klare Vorstellung.

Er ging hinüber zu Sonja. Die schaute ihn an und fragte „Ein IPA?"
„Ja, sehr gerne, danke."
„Ich schalte das Essen mal etwas runter, und dann kannst du mir im Wohnzimmer erzählen, was deinen Blick so unglücklich gemacht hat."
„Wie kommst du darauf?"
„Jan Kofoed, ich kenne dich seit ungefähr 50 Jahren. Mit kleinen Unterbrechungen zugebenermaßen."
Jan berichtete von Mogens Idee und von seiner eigenen Reaktion.

„Ich finde deine Antwort sehr schlau“, nickte Sonja.
„Und ich weiß, dass dir alle drei Frauen zu einem ‚Ja‘
raten werden. Ditte wäre dumm, wenn sie die Chance
nicht nutzt, sie wird sie greifen. Gerade an deiner Seite.
Meine Zustimmung hast du bereits. Du bist ja nicht
mehr die karrieregeile Nachwuchskraft, die Frau und
Kinder vernachlässigt und nur die Arbeit kennt. Son-
dern du wirst den Job mit Erfahrung und Gelassenheit
füllen und mich nicht vergessen. Hoffe ich doch. Auch
wenn ich Tove nie kennengelernt habe, bin ich mir si-
cher, dass sie sich für dich freut.“
„Danke“, lächelte Jan, aber so richtig überzeugt wirkte
er noch nicht. „Ich muss nach dem Essen noch mit
Ditte telefonieren.“
„Na, da hast du aber Glück, dass das Essen in einer
Viertelstunde auf dem Tisch steht.“
„Du bist großartig, was gibt es denn?“
„Roastbeef mit selbst gemachter Remoulade und Brat-
kartoffeln.“
„Kannst du das nicht schon jetzt auf den Tisch stellen?
So lange kann ich nicht warten.“

Nach den Nachrichten im Fernsehen, die natürlich
Bornholm als erstes Thema hatten, rief Jan bei Ditte
an: „Guten Abend Ditte, hast du etwas Zeit?“
„Eigentlich habe ich etwas Hunger, Sofie und Mogens
sind gerade erst gegangen. Kann ich dich in einer halben Stunde zurückrufen?“
„Ja, selbstverständlich, auch in einer.“
Ditte meldete sich gute 40 Minuten später: „Ich nehme
an, du willst mit mir über die neue personelle Konstellation sprechen, die Sofie und Mogens ausgeheckt haben?“
„Wie findest du Sofie?“

„Als Person spießig, als Führungskraft sehr sympathisch, ihr offener Blick gefällt mir, im Gegensatz zu ihren Kopenhagener High-Society-Klamotten. Sie ist
sehr zugewandt und will anpacken. Ich glaube, sie ist
eine gute Wahl.“
„Schön, dass wir uns wieder einmal einig sind“, amüsierte sich Jan über Dittes deutlichen Kommentar zu
Sofies Kleidung. „Und jetzt zu den Personalideen.“
„Ja, was soll ich sagen? Lone war die ganze Zeit dabei
und hat sich das mit angehört, das war mir wichtig. Es
ist natürlich eine Riesenchance für mich. Eine einma-
lige. Ich erhalte eine tolle Ausbildung und kann an deiner Seite lernen. Geht es besser? Ich glaube nein. Aber
für Lone und mich wird das natürlich eine große Herausforderung. Sie ist gerade zur Abteilungsleiterin bei
Byg befördert worden, wie du weißt, nun beginne ich
mit dieser anspruchsvollen Arbeit. Wir sind uns einig,
dass wir da sehr auf uns aufpassen müssen.“
„Das bedeutet, dass du Ja gesagt hast?“
„Das muss ich noch tun, Lone und ich habe beim
Abendessen hin- und her diskutiert. Sofie und Mogens
sind im ‚Griffen‘ untergebracht, ich werde die beiden
gleich anrufen. Wenn du auch Ja sagst. Sofie hat erzählt, dass du deine Entscheidung von drei Frauen abhängig machen willst.“
„Ja, zwei haben schon zugestimmt, ich brauche nur
noch die Einwilligung von Tove.“
„Sehr schön, dann hoffe ich, dass sie auch dafür ist.
Schlaf gut, Jan.“

Tag 4 danach

39

Sonja und Jan waren früh aufgestanden. Nach einem kurzen Frühstück waren sie zum Friedhof gegangen. Sonja blieb etwas abseits, während Jan zu Toves Grab ging. Vor dem blieb er stehen. „Was würdest du mir jetzt raten?", fragte er seine verstorbene Frau. Er wühlte in der Erinnerung. Hatte es vergleichbare Situationen gegeben? Viele kleine ganz sicherlich. Aber die vielleicht wichtigste war gewesen, als er mit der Versetzung von Aarhus nach Kopenhagen konfrontiert wurde. Wollte er das? War das auch in Toves Sinne? Sie hatte eine gute Stelle bei „Jyllands-Posten". Was bedeutete ein Umzug für die beiden Kinder?

Tove hatte ihn damals sofort bestärkt: „Das ist das, was du immer wolltest. In die Zentrale, dort, wo deine Möglichkeiten noch größer sind. Du bist eine Führungskraft, kein Zuarbeiter. Wenn du die Chance nicht nutzt, wirst du in Aarhus verkümmern."

„Ja, aber..."

„Ich weiß, du willst keine Verwaltungsaufgaben übernehmen. Das wirst du entsprechend arrangieren können, bei deiner Aufklärungsquote darfst du so manche Sonderwünsche äußern. Solange du nicht übertreibst. Die Kinder und ich gehen den Schritt gerne mit."

So war es auch gekommen. Alle vier fühlten sich in Kopenhagen wohl, Tove hatte eine gute Freelancer-Stelle bei der „Berlingske". Und Jan reifte in Kopenhagen zu einem gleichermaßen erfolgreichen wie beliebten Ermittler. Wollte er nun auch diese angebotene Position auf Bornholm? Nein, es war anders. Er wollte sie nicht, unbedingt hätte er Karen behalten wollen. Aber nun hatte sich die Situation schlagartig verändert. Er

würde die Aufgabe als Bornholmer Polizeichef übernehmen. Aber nicht aus Leidenschaft, sondern aus
Verantwortungsgefühl. Er war jetzt der Fels in der
Brandung. Und zugleich bereitete er die Nachfolgerin
von Karen und ihm auf ihre Aufgabe vor. Vielleicht war
er das Bornholm schuldig, vielleicht war das sein
„Sorry" an seine Heimatinsel, die er die letzten Jahr-
zehnte vernachlässigt hatte. Und die ihm nun nach Toves Tod eine feste Burg war. Er schaute noch mal auf
ihr Grab und wusste, dass Tove zustimmte. Er ging zu
Sonja.
„Und, was sagt Tove?"
„Sie hat genickt." Er lächelte Sonja an.
„Siehst du, wusste ich es doch. Sag mal, was hast du eigentlich deinen Eltern damals in Svaneke geantwortet,
als die dich kleinen Jungen fragten, was du später mal
werden willst?"
Jan schaute sie verwundert an. Wie kam Sonja denn
auf diese Frage? Jan überlegte. Die alte Wohnstube
tauchte vor ihm auf, die schweren dunklen Möbel, das
kleine Buchregal, die weiße Standuhr, die grünen Gardinen und die Malereien an den Wänden, die allesamt
Bornholmer Räuchereien mit den davor aufgereihten,
goldglänzenden Heringen zeigten. Sein Vater stand
vor ihm, bereits in die Postuniform gekleidet. Er sollte
gleich nach Nexø fahren, wo er Leiter der Post war. Ja,
da gab es diesen Morgen, als sein Vater ihn fragte, was
er später einmal werden wolle.
Jan drehte sich zu Sonja: „Polizeichef von Bornholm."

Sie gingen zurück, Jan verabschiedete sich von Sonja,
stieg in seinen Wagen und fuhr in den Zahrtmannsvej.
Unterwegs rief er Mogens an und überbrachte ihm
sein „Ja".

In der Zentrale herrschte unglaubliche Anspannung. Alle wussten, dass der oberste Chef auf der Insel war und nach dem Mittag vor alle Mitarbeiter treten wollte. Insbesondere die Personalfragen beschäftigten die Polizisten. Wer wird Chef der gesamten Behörde, wer Polizeichef, wer Leiter der Bereitschaft? Wird einer von uns aufsteigen? Und was bedeuten diese neuen Leute für mich?

Jan spürte die Blicke, als er hereinkam. Jeder wünschte sich, dass er ein kleines Signal sendete. Eine erste Orientierung, um die Ungewissheit zu vertreiben. Doch er verzog keine Miene, sondern grüßte jede und jeden und verschwand in seinem Büro. Kurz darauf ging auch Christian hinein.

Der kam gleich zur Sache: „Jan, weißt du, was Mogens nachher verkünden will?"

„Ja, das weiß ich, aber Mogens hat um unbedingte Verschwiegenheit gebeten."

„Das ist klar."

„Ich werde dir jetzt ein paar Dinge verraten, die du bitte gleich wieder vergisst. Aber diese Dinge haben Bedeutung für unser Team."

Jan erläuterte ihm die personellen Entscheidungen. Als er den Plan mit Ditte erwähnte, schluckte Christian. Damit hatte Jan gerechnet, Christian überschätzte sich da: „Christian, es mag sein, dass du auch gerne diese Perspektive erhalten würdest. Aber vergiss nicht, dass du erst Mitte 30 bist, Ditte zehn Jahre älter ist und somit eine zehn Jahre längere Erfahrung besitzt. Sie bringt außerdem ein Psychologiestudium mit. Du wirst deine Chance erhalten, irgendwann. Aber das hat noch Zeit, du bist jung. Du wirst bald Vater, das ist eine große und sehr schöne Heraus-

forderung." Christian nickte. Jan wusste, dass er trotz-
dem an der Entscheidung knabberte.
„Was wird aus Karen?", war Christians nächste Frage.
„Sie ist inzwischen in der Psychiatrie in Gentofte, vermutlich wird man sie für längere Zeit in Frederikssund
unterbringen. Wir alle können nur für sie beten."
„Was war Tom nur für ein Schwein," schüttelte Christian den Kopf.
Ditte kam herein: „Oh, störe ich?"
Jan zeigte auf einen Stuhl: „Nein, wir sind fertig, setz
dich ruhig."
„Gibt es noch neue Erkenntnisse?", wollte Ditte wissen,
„Ja, es ist jede Menge Material gefunden worden, das
schnellstens ausgewertet werden soll. Die Staatsministerin erwartet bis Ende der Woche einen ersten Bericht. In Kopenhagen zittern einige Leute, es wird davon ausgegangen, dass der ein oder andere Kopf rollt,
weil diese Gruppe nicht rechtzeitig entdeckt wurde.
Als ich mit Mogens kurz telefoniert habe, erzählte er
mir nur, dass Tom ziemlich clever war. Der hat seinen
Leuten immer erzählt, dass es in Kopenhagen einen
Fører gebe, der alles bestimmt und Tom das nur aus-
führt. Diesen Führer gab es nie, das war Toms Erfin-
dung. Hinter dem hat er sich versteckt, um mit seinen
Leuten nicht diskutieren zu müssen."
„Warum hat er das alles gemacht? Besaß er wirklich so
extremes Gedankengut?"
„Ich weiß es nicht, Ditte, ich habe auch viel darüber
nachgedacht und hoffe, dass die Ermittler in seinen
Unterlagen noch Gründe finden. Ich glaube, er fühlte
sich an Karens Seite zu klein. Weißt du, wie Prinz Henrik, der Mann unserer Königin. Der konnte nie Nummer eins werden und stieg mit der Zeit in der Palast-

hierarchie immer weiter ab, je mehr Kinder und Enkelkinder geboren wurden."

„Ja, zum Schluss wollte er noch nicht einmal neben ihr begraben werden, sondern ließ seine Asche verstreuen. Welch ein widerlicher Kerl, sie ist eine so großartige Frau."

„Ich stimme dir voll und ganz zu, ich mochte ihn auch nicht sonderlich. Aber er und Tom wollten beide aus dem Schatten ihrer berühmten Frauen treten, wollten etwas Eigenes darstellen. Und vielleicht hatte Tom früher schon mal so extreme Ansichten, und die brachen jetzt wieder hervor. Oder diese Carlsens haben ihn beeinflusst, und er war dafür empfänglich. Ich weiß es nicht."

„Wenn mir meine Frau zu dominant ist, trenne ich mich von ihr. Okay, beim Prinzen ging das nicht, aber Tom hätte das machen können."

„Ja, alles wäre besser gewesen als das, was er jetzt angerichtet hat." Er pausierte kurz. „Ich möchte gerne Sanne in unser Team holen, was meint ihr?"

„Oh, sie ist gut, aber das wird schwer", antwortete Christian spontan. „Sie hat mir erzählt, dass sie sich nach Jütland versetzen lassen möchte. Da gibt es doch diese große Autorennstrecke, und sie ist eine begeisterte Rennfahrerin."

„Hm, das wusste ich nicht. Wir werden sehen, was ihr wichtiger ist. Ditte, wie ist deine Meinung?"

„Ich schätze sie, sie ist für ihr Alter sehr reif und klug. Aber sie muss noch viel lernen, und wenn ich dann ab und an zu Schulungen in Kopenhagen bin, wird es um Christian recht einsam."

„Zweifelsohne, aber ich bin ja auch noch da", gab Jan zu bedenken.

„Schon, aber als Christian in unser Team kam, war er
älter, als es Sanne jetzt ist."
„Das stimmt, aber trotzdem traue ich ihr den Schritt
zu."
Alle schwiegen und schauten sich an.
„Frag sie", sagte Ditte.

Jan ging in den großen Raum und bat Sanne zu sich.
Die war irritiert, alle anderen auch, sie schauten ihr
hinterher.
„Ja, was gibt's?" Sie lehnte sich an eine Wand.
„Sanne, es wird ein paar Umstrukturierungen hier geben, die wird Mogens nachher verkünden. Wir werden unser Team aufstocken, und wir möchten dich fragen, ob du zu uns kommen möchtest?"
Sanne antwortete nicht, sondern suchte hilfesuchend
die Blicke der anderen. Sie fühlte sich sichtlich un-
wohl.
„Du musst nicht gleich antworten, überlege es dir, be-
sprich es mit jemandem, aber lass dir bitte nicht zu viel
Zeit", versuchte Jan ihr einen kleinen Schubs zu geben.
„Ja, ja, danke für das Angebot, freut mich sehr. Dass du
an mich gedacht hast, meine ich. Das ist hoffentlich
nicht nur, weil ich dich gerettet habe." Sie presste sich
ein Lächeln heraus.
„Nein, bestimmt nicht."
„Ich kann gerade nichts dazu sagen. Wie lange habe ich
Zeit?"
„24 Stunden, die Zeit läuft jetzt."

Nach der Mittagspause trat Mogens vor die rund 100
Mitarbeiter. Jeder hoffte, dass jetzt nicht eine Alarm-
meldung hereinkam, jeder wollte diesen Moment mit-
erleben.

Nach ein paar der üblichen Floskeln zur Begrüßung bedankte sich Dänemarks oberster Polizist nicht nur bei Jan, Christian und natürlich Sanne für ihren Einsatz, sondern bei allen Bornholmer Polizisten, die trotz aller Irritationen in der letzten Woche konzentriert weitergearbeitet und möglichst wenig nach draußen gelassen hätten. Er sprach ein Lob auf Ditte für ihr Durchhaltevermögen und ihre Tapferkeit aus, das er auch auf die nicht anwesenden Ida Ibsen und Ole Abrahamsen bezog.

„Bei all dieser Freude dürfen wir aber nicht die Tragik vergessen, die Karen widerfahren ist. Sie war eine großartige Polizeichefin, ein Vorbild für alle, eine beeindruckende Frau, willensstark und unbeugsam, sie hat sich immer vor euch alle gestellt. Und sie war sich für nichts zu schade, ihr wisst, dass sie Aages Arbeit auch noch übernommen hat, als der krankheitsbedingt ausfiel. Dass ihr Mann sie hintergangen hat, dass er sie für seine widerwärtigen Absichten so ausgenutzt hat, macht uns alle sehr traurig. Sie ist jetzt in besten Händen, um mit diesem Schock klarzukommen und eines Tages wieder in ein normales Leben zurückkehren zu können. Sie wird aber ganz sicherlich nicht auf ihre Stelle als Bornholmer Polizeichefin zurückkehren. Lasst uns bitte kurz innehalten und Karen Danke sagen."

Er machte eine längere Pause und bat dann Sofie Sonne herein. Er stellte sie ganz kurz vor und überließ ihr alles andere.

Jan schmunzelte, sie wirkte wie bei ihrem ersten Besuch bei ihm. Charmant, einnehmend, kompetent, klug formulierend, ehrgeizig und zum Zuhören fähig. Nur ihre Kleiderwahl passte nicht hierher, Hermes & Co waren auf Bornholm eher unüblich. Vermutlich würde das auch der Punkt sein, um den sich nachher die Gespräche unter den Kollegen drehen würden.

Als Sofie geendet hatte, klatschten die Anwesenden laut und deutlich. Mogens ergriff wieder das Mikrofon und verkündete, dass Jan nun Polizeichef würde. Freudige und zustimmende Blicke trafen ihn, er lächelte etwas verlegen.

Als Mogens den Plan mit Ditte darstellte, führte das zu einigen wohlwollenden und zustimmenden Reaktionen, die meisten aber reagierten gar nicht. Für viele war Ditte ein eher unbeschriebenes Blatt, sie war keine, die laut war, ständig das Wort übernahm oder mit mehr oder minder lustigen Sprüchen den Raum betrat. Jeder wusste, dass sie eine ehrgeizige und kaum zu erschütternde Person war, ihre Rollen bei der Geiselnahme im letzten September sowie bei der Entführung jetzt ließen viele der Polizisten Respekt vor ihr haben. Aber anders als Karen und Jan war sie nicht Everybody´s Darling.

Zum Schluss wies Mogens noch darauf hin, dass das Ermittlerteam wieder aufgestockt würde und Jan mehr dazu in den nächsten Tagen bekannt geben würde. Die eine oder der andere schaute vorsichtig in Richtung Sanne. Außerdem würde Jan noch in Abstimmung mit Sofie einen Nachfolger für Aksel suchen.

Kaum hatte Mogens seinen Auftritt beendet, packte Christian seine Sachen und fuhr zu Lærke in das neue Haus am südlichen Rønner Stadtrand. Er konnte die Geburt seines Kindes kaum erwarten. Rein rechnerisch waren es noch 44 Tage, aber vielleicht war das Baby genauso ungeduldig wie er. Lærke war gelassener, sie war überzeugt, dass das Kind später als errechnet käme, das würden fast alle Erstgeborenen tun.

Wie auch immer, er würde in den nächsten Wochen mehr von zu Hause aus arbeiten, um Lærke jederzeit zur Entbindung fahren zu können.

Ditte saß in ihrem Büro und wusste nicht, ob sie sich freuen sollte oder nicht. Die Kollegen hier waren nicht gerade in Jubel ausgebrochen, als verkündet wurde, dass sie in zwei Jahren Polizeichefin werden sollte. Ihr war bewusst, dass sie zu vielen Kollegen ein professionell-distanziertes Verhältnis hatte. Sie war keine Menschenfängerin wie Karen. Das würde jetzt eine ihrer Herausforderungen werden, sich mehr zu öffnen. Dazu würde es sicherlich Lehrgänge geben, und Jan würde sie zweifelsohne unterstützen. Verbiegen würde sie sich aber sicherlich nicht, Ditte Holm sollte Ditte Holm bleiben.

Und Lone und sie mussten auf ihre Ehe achtgeben. Auf beide warteten neue berufliche Herausforderungen. Die durften aber nicht ihr Privatleben bestimmen. Etwas schwermütig packte sie ihre Sachen, um noch etwas Abendessen einzukaufen. Zur Feier des Tages würde sie auch Kafka etwas besonders Leckeres mitbringen.

Jan war zufrieden. Die Mitarbeiter besaßen nun wieder Orientierung, das Personaltableau war fast wieder vollständig, mögliche Nachfolger für Aksel würde er in den nächsten Tagen heraussuchen. Mit Ditte müsste der ein oder andere erst noch warm werden, aber dafür gab es die ungefähr zweijährige Übergangszeit, in der er moderieren würde. Was war das nur für ein Fall gewesen? Der reine Irrsinn. So viele Leben waren für nichts und wieder nichts zerstört worden. Er schüttelte den Kopf. Er war auf den vorläufigen Bericht der

Kopenhagener Ermittler gespannt. Was die wohl alles in den Unterlagen der Entführer gefunden hatten?

Sonja hatte vorgeschlagen, dass sie in den nächsten Tagen für zwei Wochen in den Süden fliegen könnten, irgendwo hin, wo es warm ist. Lanzarote oder Fuerteventura zum Beispiel. Jan hatte erst abgelehnt, dann aber nachgegeben. Vielleicht war das genau der richtige Weg, um Distanz zu den letzten Tagen zu gewinnen und sich zu erholen.

Sanne fuhr in aller Ruhe nach Hause. Was sollte sie nur tun, wie sollte sie sich entscheiden? Jans Angebot konnte sie gerade überhaupt nicht gebrauchen. Sie hatte einen klaren Plan gehabt, in den nun Jan gegrätscht war. Sie wollte noch ein bis höchstens zwei Jahre hierbleiben und sich dann nach Jütland versetzen lassen. Dort, bei Silkeborg, konnte sie ihrem Hobby Autorennen nachgehen, konnte trainieren und an Wettbewerben teilnehmen. Sie liebte diesen Sport. Warum sonst hatte sie sich ein Lenkrad rund um ihren Bauchnabel tätowieren lassen?

Aber der Sport war nicht allein der Grund für ihren Wechselwunsch. Sie wohnte in Bølshavn zwar allein, aber hatte eine Beziehung zu Eemil. Der war Finne und hatte in Finnland und in Dänemark tolle Jobs bei Reedereien innegehabt. Eines Tages schmiss er alles hin, trennte sich von seiner Frau und zog nach Bornholm. Er hatte beschlossen, Ökobauer zu werden. Er kaufte einen Hof bei Ibsker und machte sich an die Arbeit. Er war mit 48 Jahren doppelt so alt wie Sanne.

Sie waren sich auf einem Flohmarkt in Østerlars über den Weg gelaufen, als Sanne einen kleinen Nachttisch kaufen wollte, den Eemil aber gerade in den Händen hielt. Sanne setzte ihren ganzen Charme von 173 Zentimetern, blaugrünen Augen und kurzen schwarzen Haaren ein. Aber Eemil blieb stur: „Wenn wir eines Tages zusammenziehen, bekommst du ihn." Sie lachten beide und wurden zugleich verlegen. Er gab ihr seine Adresse, bezahlte den Nachttisch und ging. Natürlich nicht, ohne sich mehrfach umzudrehen. Sanne schaute ihm hinterher.

Im Laufe der Zeit erwies sich diese Zweisamkeit als On-/Off-Beziehung. Eemil war es gewohnt, dass seine Wünsche erfüllt wurden. Als Ökobauer wollte er natürlich, dass Sanne ihren Spleen Motorsport aufgab. Und ebenso redete er ständig von Kindern, die er sich bald wünschte, weil er sonst ein zu alter Vater sein würde. An Kinder hatte Sanne noch überhaupt nicht gedacht.

So bestand ihre Beziehung aus Streit und fantastischen Nächten, Tränen und wunderschönen Spaziergängen, Beziehungspausen und tiefgründigen Gesprächen. Nicht mit dir und nicht ohne dich. Mit einem Umzug nach Silkeborg wollte Sanne aus dieser Achterbahn aussteigen. Und nun kam Jan mit seiner blöden Frage. Die für sie eine tolle Chance war. Sie freute sich, nachher auf ihrer Matte sitzen und meditieren zu können. Das würde sie wieder ihr Gleichgewicht finden lassen. Und ihr eine Entscheidung ermöglichen. Jan wollte doch morgen eine Antwort.

Jan ging nach Hause und nahm ein Buch aus dem Regal. Es hieß „Der Sekundant" aus dem Jahre 1971, geschrieben vom großen schwedischen Schriftsteller Per Olov Enquist. In dem Buch kam gegen Ende Rønne vor, weshalb es die Lehrerin damals in der elften Klasse mit in den Unterricht brachte und die kurze Passage vorlas. Jan hatte das Buch bald wieder

vergessen und erinnerte sich erst wieder, als er es in
Toves Bibliothek entdeckte. Nach ihrem Tod behielt er
das Buch, das er nie ganz gelesen hatte, wegen Tove
und wegen Rønne.
Mit dem Buch in der Hand ging er, wie der Protagonist,
in die Nicolai Kirke. Er setzte sich hin, schlug den Ab-
satz auf und las: „Unter der Decke hängt ein Schiff, ein
großes Schiff. Es gleitet mit einer absolut zeitlosen, un-
wirklichen Stille dahin. Ich setzte mich auf eine Kir-
chenbank und blickte zum Schiff hoch. Ich fühlte mich
vollkommen ruhig, aber nicht zur Kapitulation bereit.
Taue, Spanten, zerbrechliche Masten; es segelte dort
oben durch den unfaßbar ruhigen und unbeeinflußba-
ren Weltraum dahin." Jan ließ die acht Tage von Olsker
an sich vorbeiziehen und schaute dem Schiff noch
lange nach.

Zum Schluss

„Dreht Carl Harry Kirkeby nun durch?", werden Sie sich vielleicht am Ende fragen. Ist diese Geschichte nicht etwas überdreht?

Es ist ein raues Buch geworden, ein dramatisches. Ein Buch über Politik und Gewalt, über Liebe und Hass, über Wahn und Wirklichkeit, über den Anfang und das Ende von Beziehungen. Und über einen Mord, und nicht nur den. Und alles auf den 588 qkm Bornholm.

Auf Bornholm? Aber klar, Grenzen sprengen, auf den ersten Blick Unwahrscheinliches entwerfen, der Fantasie freien Lauf lassen, das darf ein Roman immer, das unterscheidet ihn von Sachbuch und Dokumentation.

Und weshalb sollten sich auf Bornholm nicht Dinge ereignen können, die sich durchaus andernorts zutragen? Die Insel ist nicht das berühmte gallische Dorf, das über Zaubertrank verfügt und an dem deshalb alles abperlt. Auch wenn sie Besuchern mitunter so vorkommt. Die perfekte Idylle. Und klar, auch ich lasse die Seele baumeln, wenn ich dort bin, freue mich an Strand und Städten, Fisch und Eis, Bier und Bummeln.

Ditte und Karen, Jan und Christian sind mir mit der Zeit ans Herz gewachsen. Sie entwickeln sich mit ihren Stärken und Schwächen, ihren Hoffnungen und Erfahrungen. Sie werden mir immer vertrauter, sind zu Familienmitgliedern geworden. Ich kenne Leser, die ihre Lieblingsfigur benennen können. Die darf ich natürlich nicht haben, denn vor dem Autor sind alle gleich.

Auf seinem Heimweg von Svaneke nach Listed wird Hans Andresen umgebracht. Weshalb wird ein anscheinend harmloser Fischer zum Opfer? Der erste Fall.
ISBN 9783748168584
ISBN 9783758379079 (E-Book)

Der erfolgreiche wie rücksichtslose Geschäftsmann
Jesper Olsen hängt an einem der Kamelköpfe unter-
halb von Hammershus. Wen hat er zu sehr verärgert?
Der zweite Fall.
ISBN 9783758324246
ISBN 9783758334238 (E-Book)

Ein deutscher Student wird an eine Glocke der Ruts
Kirke angebunden tot aufgefunden. Er kam Jahr für
Jahr für ein Buchprojekt auf die Insel. Aber er besaß
auch ganz andere Absichten. Der dritte Fall.
ISBN 9783759761132
ISBN 9783759774187 (E-Book)

Bornholmkrimi-Shop

Tove, die verstorbene Frau von Jan Kofoed, war Kulturredakteurin, sie berichtete u. a. von Kunstvernissagen.
Kunst gibt es jetzt gibt ebenfalls im bornholmkrimi-shop.de. Dort finden Freunde der Insel Kunst mit Bornholmer Motiven auf T-Shirts und Hoodies. In unterschiedlichsten Farben und Formen sowie allerbester Qualität.

https://bornholmkrimi-shop.myspreadshop.net/

„Gudhjem"
Karl Isakson

„Snogebæk"
Fritz Scherping